خوابوں کی دنیا

(تین ناولٹ)

مرتبہ:

سید حیدرآبادی

© Taemeer Publications LLC
Khwabon Ki Duniya (3 Novelletes)
by: Syed Hyderabadi
Edition: December '2025
Publisher :
Taemeer Publications LLC (Michigan, USA / Hyderabad, India)

ISBN 978-93-6908-495-1

کتاب	:	**خوابوں کی دنیا**
مرتب	:	**سید حیدرآبادی**
بہ تعاون	:	روشنائی ڈاٹ کام ویب سائٹ
صنف	:	ادب اطفال
ناشر	:	تعمیر پبلی کیشنز (حیدرآباد، انڈیا)
سالِ اشاعت	:	۲۰۲۵ء
صفحات	:	۲۱۸
سرورق ڈیزائن	:	تعمیر ویب ڈیزائن

فہرست

پیش لفظ

عالمی نوجوان بالغ ادب (Young Adult Fiction) ایک ایسی صنف ہے جو نوجوانوں کے تخیل، تجسس اور فکری بالیدگی کو پروان چڑھانے میں کلیدی کردار ادا کرتی ہے۔ یہ ادب محض کہانیاں نہیں سناتا بلکہ نوجوان قارئین کو دنیا کے مختلف ثقافتی، سماجی اور جغرافیائی پہلوؤں سے متعارف کراتا ہے۔ اس صنف کی اہمیت اس حقیقت میں پنہاں ہے کہ یہ نوجوانوں کو نئے افکار، مسائل اور مہم جوئیوں سے روشناس کراتے ہوئے انہیں زندگی کے چیلنجز کا سامنا کرنے کی ترغیب دیتی ہے۔ یہ کہانیاں انہیں ہمت، استقامت، اور انسانیت کے عالمگیر اقدار سے آشنا کرتی ہیں، اور انہیں ایک وسیع تناظر میں دنیا کو سمجھنے میں مدد دیتی ہیں۔ عالمی نوجوان بالغ ادب کی ایک بڑی خوبی یہ ہے کہ یہ مختلف ممالک اور تہذیبوں کے قصوں کو ایک پلیٹ فارم پر اکٹھا کر کے قاری کو عالمی شہری بننے کی تحریک دیتا ہے۔ یہ انہیں یہ سکھاتا ہے کہ ہر انسان، چاہے وہ دنیا کے کسی بھی کونے سے تعلق رکھتا ہو، بنیادی طور پر مشترکہ جذبات، امیدیں اور خوف رکھتا ہے۔ یہ ادب نوجوانوں کو تنقیدی سوچ، اخلاقی فیصلہ سازی اور مختلف نظریات کو قبول کرنے کی صلاحیت فراہم کرتا ہے۔ یہ انہیں خواب دیکھنے اور ان خوابوں کی تعبیر پانے کے لیے جدوجہد کرنے کی ترغیب دیتا ہے۔ اس نوعیت کا ادب نوجوانوں کو محض تفریح فراہم نہیں کرتا بلکہ ان کے فکری افق کو وسیع کرتا ہے، انہیں نئے ماحول اور حالات سے ہم

آہنگ ہونے میں مدد دیتا ہے اور انہیں معاشرے کا ایک ذمہ دار فرد بننے کی تیاری کرواتا ہے۔ یہ ادب انہیں اس بات کا احساس دلاتا ہے کہ دنیا ایک عظیم مہم جوئی ہے جس میں ہر قدم پر سیکھنے اور آگے بڑھنے کے مواقع موجود ہیں۔ مترجم ادب اس عمل میں ایک پل کا کردار ادا کرتا ہے، جو ثقافتی سرحدوں کو توڑ کر ایک زبان کے قارئین کو دوسری زبان کے شاہکاروں سے جوڑتا ہے اور اس طرح ادبی ہم آہنگی کو فروغ دیتا ہے۔

زیر نظر مجموعہ "خوابوں کی دنیا" عالمی نوجوان بالغ ادب کے تین شاہکاروں کا اردو ترجمہ پیش کرتا ہے جو قارئین کو مہم جوئی، پراسراریت اور ناقابل یقین تجربات کی دنیا میں لے جاتے ہیں۔ جیمس ہلٹن کے ناول "لوسٹ ہرائزن" (Lost Horizon) کا ترجمہ "خواب نگر" کے عنوان سے کیا گیا ہے، یہ کہانی شانگری لا نامی ایک پراسرار اور خفیہ وادی کی عکاسی کرتی ہے جہاں وقت کی رفتار تھم جاتی ہے اور انسانی عمریں طویل ہو جاتی ہیں۔ یہ ہمیں انسانیت کے مستقبل اور تہذیبوں کی بقا کے بارے میں گہرے سوالات سے روشناس کراتی ہے۔

ولارڈ پرائس کے مشہور ناول "ایمیزون ایڈونچر" (Amazon Adventure) کا ترجمہ "خونی جنگل" کے نام سے شامل ہے، جو ایمازون کے گھنے اور خطرناک جنگلوں میں جانوروں کے شکار اور مہم جوئی کی سنسنی خیز داستان بیان کرتا ہے۔ کامران اور عدنان کی یہ مہم جوئی نہ صرف دل دہلا دینے والے لمحات سے بھرپور ہے بلکہ اس میں انسانی ہمت، چالاکی اور فطرت کے ساتھ جڑے اسرار بھی شامل ہیں۔

جولس ورن کے شہرہ آفاق ناول "ٹوینٹی تھاؤزنڈ لیگز انڈر دی سی" (Twenty Thousand Leagues under The Sea) کا ترجمہ "سمندر کی پراسرار دنیا" کے

عنوان سے پیش کیا گیا ہے۔ یہ کیپٹن نیمو اور اس کی آبدوز ناٹی لس کے ذریعے سمندر کی گہرائیوں اور اس کی انمول مخلوقات کا ایک سائنسی اور خیالی سفر نامہ ہے۔ پروفیسر ایرونیکس، نیڈ اور کنسیل کی یہ کہانی سمندر کے پوشیدہ رازوں، اس کی خوبصورتی اور اس میں چھپے خطرات کو بے نقاب کرتی ہے، اور یہ سوال اٹھاتی ہے کہ انسان فطرت کے ساتھ کس طرح کے تعلقات قائم کر سکتا ہے۔

یہ تینوں ناول نوجوان قارئین کو سنسنی، تجسس اور معلومات کا ایک بہترین امتزاج فراہم کرتے ہیں اور انہیں ایک ایسی دنیا سے متعارف کراتے ہیں جہاں تخیل کی کوئی حد نہیں ہے۔

۱

خواب نگر

Lost Horizon / مصنف: جیمس ہلٹن

مترجم: رفیع الزماں زبیری

تمہید

میرا نام روتھر فورڈ ہے۔ میں نومبر میں، چین کے شہر ہان کاؤ میں اپنے ایک دوست سے ملنے گیا ہوا تھا۔ وہاں سے واپس آتے ہوئے پیکن ایکسپریس میں میری ملاقات ایک فرانسیسی کانونٹ کی بڑی نَن سے ہوئی۔ وہ بڑی شگفتہ مزاج خاتون تھیں۔ وہ چنگ کیانگ جا رہی تھیں جہاں اُن کا کانونٹ اور اس کے ساتھ ایک چھوٹا سا ہسپتال تھا۔ بڑی نَن نے راستے میں مجھے بتایا کہ ابھی چند ہفتے ہوئے ایک مریض کو ہسپتال میں لایا گیا ہے۔ جب وہ آیا تو اسے تیز بُخار تھا۔ وہ اپنے بارے میں کُچھ نہیں بتا سکا۔ اُس کے پاس کوئی چیز بھی ایسی نہیں تھی جس سے اس کی شناخت ہو سکتی۔ ایسا لگتا ہے کہ بیماری کی وجہ سے وہ اپنی یادداشت کھو بیٹھا ہے۔ صورت اور حلیے سے وہ یورپین لگتا ہے۔ وہ بہت اچھّی چینی زبان جانتا ہے۔ ہم نے اُس سے انگریزی میں باتیں کیں اور پھر جب اُسے معلوم ہوا کہ ہم فرانسیسی ہیں تو وہ ہم سے فرانسیسی میں باتیں کرنے لگا۔

جب ٹرین چنگ کیانگ پہنچی تو بڑی نَن نے مجھے دعوت دی کہ اگر کبھی مجھے اِس طرف آنے کا موقع ملے تو اُن کے کانونٹ ضرور آؤں۔ میں نے ہامی بھرلی، لیکن مجھے اِس کا امکان کم ہی نظر آتا تھا۔ اب اتّفاق دیکھیے کہ میں چند گھنٹے بعد ہی چنگ کیانگ میں تھا۔ ہوا یہ کہ ہماری ٹرین چند میل ہی چلی ہوگی کہ انجن میں کوئی خرابی پیدا ہوگئی۔ اب ٹرین آگے نہیں جاسکتی تھی لہٰذا اسے کسی طرح واپس چنگ کیانگ اسٹیشن پر لانے کی کوشش کی گئی۔ چنگ کیانگ اسٹیشن پر پہنچ کر معلوم ہوا کہ بارہ گھنٹے سے پہلے دوسرا انجن نہیں آسکے گا جو ٹرین کو آگے لے جاسکے۔ اب میرے پاس وقت تھا۔ میں بڑی نَن کی دعوت سے فائدہ اُٹھا سکتا تھا۔ چنانچہ میں اسٹیشن سے کانونٹ چلا گیا۔

کانونٹ میں بڑی نَن مُجھے دیکھ کر خوش بھی ہوئیں اور حیران بھی۔ میں نے اُن کے ساتھ کھانا کھایا۔ پھر وہ مُجھے اس اجنبی یورپین سے ملانے ہسپتال لے گئیں جو سب کُچھ بھُول چُکا تھا۔ اس کو اپنے بارے میں بھی کُچھ یاد نہیں رہا تھا۔ ایک نوجوان چینی ڈاکٹر بھی ہمارے ساتھ تھا۔ کانونٹ کا ہسپتال نہایت صاف سُتھرا تھا اور اس کا انتظام بھی اعلیٰ تھا۔ بڑی نَن نے مُجھ سے کہا کہ میں اس شخص سے انگریزی میں بات کروں۔ میں جب اس کے پاس پہنچا تو وہ سر جھکائے بیٹھا تھا۔ میں نے اُسے سلام کیا تو اس نے سر اٹھا کر مُجھے دیکھا اور میرے سلام کا جواب دیا۔ اس کا لہجہ بتارہا تھا کہ وہ پڑھا لکھا آدمی ہے لیکن اس سے پہلے کہ میں کُچھ پوچھتا میں اس کو پہچان چکا تھا۔ وہ کانوے تھا۔ میرا اسکول کا ساتھی۔ ہم دونوں آکسفورڈ یونیورسٹی میں بھی ساتھ تھے۔ وہ بہت ذہین اور تیز تھا۔ آکسفورڈ میں اس نے بہت سے اعزاز حاصل کیے تھے اور پیانو تو وہ ایسا بجاتا تھا کہ کوئی اس کا مُقابلہ نہیں کرسکتا تھا۔ میں نے اس کا نام لے کر اُسے مخاطب کیا اور اپنا نام بھی بتایا لیکن وہ مُجھے اس طرح دیکھتا رہا جیسے یہ دونوں نام اس کے لیے بے معنی ہیں۔ تاہم میں نے اُسے پہچاننے میں کوئی

غَلطی نہیں کی تھی۔ کانونٹ کی بڑی نَن اور نوجوان چینی ڈاکٹر کو یہ جان کر کہ میں اس اجنبی سے واقف ہوں خوشی ہوئی اور ہم دیر تک اُس کے بارے میں گفت گو کرتے رہے۔ میں نے ان سے پوچھا کہ کانوے یہاں کیسے پہنچا لیکن وہ کُچھ نہیں بتا سکے۔

اِس خیال سے کہ شاید میری موجودگی سے کانوے کی یادداشت واپس لانے میں مدد ملے میں دو ہفتے کانونٹ میں ٹھیرا رہا۔ میں اس سے باتیں کرتا اور اسے ماضی کے واقعات یاد دلانے کی کوشش کرتا لیکن اسے کُچھ یاد نہیں آیا۔ مُجھے اس کی یادداشت واپس لانے میں کوئی کامیابی نہیں ہوئی۔ تاہم اس دوران میں علاج اور دیکھ بھال سے اس کی صحت بہت بہتر ہوگئی۔ میں اس کو بتاتا کہ وہ کون ہے تو وہ خاموش رہتا لیکن جب میں نے اس سے کہا کہ وہ میرے ساتھ انگلستان چلے تو فوراً تیّار ہوگیا۔

کُچھ دِن بعد ہم دونوں چنگ کیانگ سے روانہ ہوگئے۔ پہلے بحری جہاز میں دریائے یانگسی کے راستے نانکنگ آئے اور پھر وہاں سے ٹرین میں شنگھائی گئے۔ جس رات ہم شنگھائی پہنچے اتّفاق سے اس رات ایک بحری جہاز امریکا جا رہا تھا۔ ہمیں اُس میں جگہ مل گئی۔

بحری جہاز پر سفر کے دوران ہم نئے سِرے سے دوست بنے۔ میں اُس کے بارے میں جو کُچھ جانتا تھا وہ میں نے اُسے بتایا۔ اس نے پوری توجّہ سے سُنا۔ اُس نے کہا کہ اُس کا ہندوستان سے کوئی تعلّق ضرور رہا ہے، کیوں کہ وہ ہندوستانی زبان جانتا ہے۔

یوکوہاما میں ہمارے جہاز پر کُچھ اور مسافر سوار ہوئے۔ ان میں مشہور پیانو نواز سیوکنگ بھی تھا۔ ایک رات مسافروں کے بے حد اصرار پر وہ پیانو بجانے بیٹھ گیا۔ میں اور کانوے بھی موجود تھے۔ اس نے بہت اچھّی دُھنیں بجائیں۔ وہ جب پیانو بجا رہا تھا تو میں نے ایک دو بار کانوے کی طرف دیکھا۔ وہ بڑے انہماک سے سُن رہا تھا۔ مُجھے یاد آیا کہ

جب ہم اکٹھے آکسفورڈ میں پڑھتے تھے تو وہ بہت اچھا پیانو بجاتا تھا۔ جب سیو کنگ پیانو بجانا ختم کر کے اپنے کیبن کی طرف جانے لگا تو اچانک کانوے اپنی جگہ سے اُٹھ کر پیانو کے قریب گیا اور بیٹھ کر پیانو بجانے لگا۔ اُس نے ایک ایسی دُھن چھیڑی جو میں نے اس سے پہلے کبھی نہیں سُنی تھی۔ سیو کنگ جاتے جاتے رُک گیا اور پلٹ کر کانوے کے پاس آیا اور اُس سے پوچھنے لگا کہ یہ کونسی دُھن ہے جو وہ بجا رہا ہے۔ کانوے خاموش ہو گیا۔ اُس کے چہرے پر ایسا تاثر تھا جیسے وہ کُچھ یاد کرنے کی کوشش کر رہا ہو۔ پھر وہ بولا۔ "یہ دُھن شوپن کی بنائی ہوئی ہے۔"

سیو کنگ نے گردن ہلائی اور کہنے لگا: "میرے دوست شوپن کی بنائی ہوئی ساری دُھنیں مُجھے یاد ہیں۔ میں پورے یقین سے کہہ سکتا ہوں کہ جو دُھن تُم ابھی بجا رہے ہو وہ ہے تو اُسی انداز کی لیکن یہ شوپن کی نہیں ہے۔ میں چیلنج کرتا ہوں، مُجھے یہ دُھن اُس کی کِسی کتاب میں دِکھا دو۔"

کانوے سوچ میں پڑ گیا پھر بولا: "ہاں، مُجھے یاد آیا۔ یہ دُھن کسی کتاب میں نہیں چھپی۔ میں نے ایک ایسے آدمی سے سیکھی ہے جو کسی زمانے میں شوپن کا شاگرد رہا ہے، میں تمھیں ایسی ہی ایک اور دُھن سُناتا ہوں۔ یہ بھی مَیں نے اُس آدمی سے سیکھی ہے۔"

کانوے نے جب نئی دُھن بجانی شروع کی تو سیو کنگ کی حالت عجیب ہو گئی۔ کانوے کا کہنا تھا کہ یہ دُھن شوپن کی بنائی ہوئی ہے اور یہ اس نے خود شوپن کے ایک شاگرد سے سیکھی ہے۔ اب اگر میں یہ بتاؤں کہ شوپن کا انتقال ۱۸۴۹ء میں ہوا تھا تو کانوے کا یہ کہنا کس طرح صحیح ہو سکتا ہے کہ وہ شوپن کے ایک شاگرد سے ملا ہے اور اس سے شوپن کی بنائی دُھنیں سیکھی ہیں۔ اس کے باوجود سیو کنگ نے یہ اعتراف کیا کہ یہ دُھنیں شوپن ہی کی ہو سکتی ہیں کسی دوسرے موسیقار کی نہیں۔

میری نظر کانوے کے چہرے پر پڑی تو میں نے دیکھا کہ وہ سخت تھکا تھکا لگ رہا ہے۔ میں نے فوراً اُٹھ کر اُس کا ہاتھ پکڑا اور اسے کمرے میں لے جا کر بستر پر لِٹا دیا۔ میں نے اُس سے کہا کہ وہ سو جائے اور میں بھی سونے کے لیے اپنے بستر پر لیٹ گیا۔ ابھی پوری طرح میری آنکھ نہیں لگی تھی کہ وہ میرے کمرے میں آیا اور کہنے لگا: "روتھر فورڈ! میری یادداشت واپس آ گئی ہے، مجھے سب کچھ یاد آ گیا ہے۔"

مگر میں نے دیکھا کہ خوشی کے بجائے اس کے چہرے پر سخت مایوسی چھائی ہوئی ہے۔ اُس نے بتایا کہ جب سیوکنگ پیانو بجا رہا تھا تو اچانک اُسے سب کچھ یاد آ گیا۔ وہ میرے پاس بیٹھ گیا اور باتیں کرنے لگا۔ میں اس کی باتیں خاموشی سے سُنتا رہا۔ میں نے کوئی سوال نہیں کیا۔ میں چاہتا تھا کہ وہ خود ہی سب کچھ کہے۔ پھر میں نے کپڑے پہنے اور اس کے ساتھ باہر آ گیا۔ ہم جہاز کے عرشے پر ٹہلنے لگے۔ وہ بولتا رہا بولتا رہا یہاں تک کہ دِن نکل آیا۔ پھر وہ چُپ ہو گیا۔ وہ بہت رنجیدہ اور بے چین لگ رہا تھا۔ ہم کافی دیر تک ٹہلتے رہے۔ اگلے دِن ہم آدھی رات کے قریب ہونولولو پہنچنے والے تھے۔ وہ سارا دِن میرے ساتھ رہا۔ رات کے دس بجے وہ مُجھ سے رخصت ہو کر اپنے کیبن میں چلا گیا۔ اس کے بعد پھر میں نے اُسے نہیں دیکھا۔ جب جہاز ہونولولو پہنچا تو وہ چُپکے سے جہاز سے اُتر کر غائب ہو گیا۔ میں نے اسے بہت تلاش کیا لیکن اس کا کُچھ پتا نہ چلا۔ تین مہینے بعد بینکاک سے اس کا ایک خط آیا۔ خط کے ساتھ اس رقم کا ایک چیک بھی تھا جو میں نے اُس پر خرچ کی تھی۔ خط میں اس نے صرف اتنا لکھا تھا کہ وہ شمال مشرق کی طرف جا رہا ہے۔

کانوے نے اس رات مجھے جو کہانی سُنائی تھی وہ بڑی عجیب تھی۔ میں نے اُس وقت اُس کی باتیں نوٹ کر لی تھیں اور پھر بعد میں ان نوٹس کی مدد سے پوری کہانی لکھ ڈالی۔ وہ کہانی اب میں آپ کو سُناتا ہوں۔

پہلا باب

مئی ۱۹۳۱ء کے تیسرے ہفتے میں باسکل میں لڑائی شدّت پکڑ گئی۔ یورپی باشندوں کو وہاں سے نکال لے جانے کے لیے ۲۰ مئی کو ہوائی جہاز پہنچ گئے۔ ان میں سے بیشتر برطانوی فضائیہ کے بڑے ہوائی جہاز تھے جنہیں بُلند پہاڑوں پر سے پرواز کر کے یورپی باشندوں کو پشاور پہنچانا تھا لیکن کُچھ چھوٹے ہوائی جہاز بھی تھے۔ اُن چھوٹے ہوائی جہازوں میں ایک چنداپُور کے مہاراجہ کا طیارہ تھا جو اُنہوں نے یورپینوں کو باسکل سے پشاور لے جانے کے لیے عارضی طور پر دے دیا تھا۔ اِس ہوائی جہاز میں چار مسافر تھے، ایک لڑکی مِس برنک لُو، ایک امریکی ہنری برنارڈ، برطانوی قونصل جس کا نام کانوے تھا اور نائب قونصل کیپٹن چارلس میلن سن۔

کانوے کی عمر ۳۷سال تھی۔ وہ بھورے بالوں اور سرمئی نیلی آنکھوں والا لمبے قد کا آدمی تھا۔ وہ دو سال سے باسکل میں تعینات تھا اور اب انگلینڈ میں چند مہینوں کی چھٹّی کے بعد اُس کا کہیں اور تقرّر ہونے والا تھا۔ پچھلے چوبیس گھنٹے مسلسل کام کرنے کے باعث وہ تھک گیا تھا اور خوش تھا کہ باسکل سے جا رہا ہے۔ ہوائی جہاز میں سوار ہو کر وہ اپنی سیٹ پر بیٹھ گیا اور آنکھیں بند کر لیں۔ وہ خوش تھا کہ فضائیہ کے کسی بڑے ہوائی جہاز میں سوار نہیں ہے جس میں مسافروں کا ہجوم ہوتا ہے۔ ہوائی جہاز فوراً ہی چل پڑا۔

ہوائی جہاز کو پرواز کرتے ہوئے ایک گھنٹے سے زیادہ ہو گیا تھا کہ اچانک کیپٹن میلن سن نے کہا کہ اُس کے خیال میں ہوائی جہاز صحیح راستے پر نہیں جا رہا ہے۔ میلن سن کانوے کی نشست سے اگلی نشست پر تھا۔ اُس کی عمر چوبیس پچیس سال ہو گی۔ پرواز کے دوران اُس نے دو تین مرتبہ کانوے سے باتیں کرنے کی کوشش کی، لیکن کانوے باتوں کے موڈ میں نہیں تھا۔ اب میلن سن کی بات سُن کر اُس نے اپنی خوابیدہ آنکھیں کھولیں اور بولا:

"پائلٹ کو معلوم ہو گا کہ وہ کِدھر جا رہا ہے۔"

آدھے گھنٹے کے بعد میلن سن نے کہا: "کانوے، میرا خیال ہے کہ فے نر ہمارا ہوائی جہاز نہیں اُڑا رہا ہے۔"

"کیوں کیا وہ نہیں ہے؟" کانوے نے غنودگی کے عالم میں سوال کیا۔

"پائلٹ نے ابھی پیچھے مُڑ کر دیکھا تھا اور میں یقین سے کہہ سکتا ہوں کہ یہ فے نر نہیں ہے۔" میلن سن نے جواب دیا۔

"تو پھر کوئی اور ہو گا۔ اِس سے کیا فرق پڑتا ہے۔" کانوے بول اُٹھا۔

"مگر یہ ہے کون؟" میلن سن نے کہا۔

"میرے دوست میں کیا جانوں یہ کون ہے۔ کیا تمہارا یہ خیال ہے کہ میں فضائی فوج کے ہر آدمی کو جانتا ہوں؟" کانوے نے کہا۔

"خیر میں اُن میں سے بیشتر کو جانتا ہوں، لیکن اِس شخص کو میں نے نہیں پہچانا۔" میلن سن بولا۔

کانوے مُسکرایا اور کہنے لگا: "تو پھر یہ وہ اُن میں سے کوئی ہو گا جِن کو تُم نہیں جانتے ہو۔ جب ہم پشاور پہنچ جائیں تو تُم اُس سے پوچھ لینا کہ وہ کون ہے؟"

"ہمارا پشاور پہنچنا تو مُمکن نظر نہیں آتا۔ مُجھے یقین ہے کہ پائلٹ راستہ بھول گیا ہے۔" اُسی لمحے ہوائی جہاز نے نیچے اُترنا شروع کر دیا۔

"اف خُدایا!" میلن سن کھڑکی سے جھانکتے ہوئے بولا۔ "ذرا نیچے کی طرف تو دیکھو۔"

کانوے نے کھڑکی سے نیچے کی طرف دیکھا۔ یہ وہ منظر نہیں تھا جس کی اُسے توقّع تھی۔ نیچے زمین پر مکانوں کے قطاروں کے بجائے دُور تک پھیلا ہوا ریگستان تھا جِس کے

ایک سِرے پر چٹیل پہاڑوں کا ایک سِلسِلہ چلا گیا تھا۔ یہ پشاور کے آس پاس کا علاقہ تو ہرگز نہیں تھا۔

کانوے بولا: "میں نہیں سمجھ سکا یہ کیا جگہ ہے۔" پھر وہ میلن سن سے کہنے لگا کہ "تم شاید ٹھیک ہی کہہ رہے تھے کہ پائلٹ راستہ بھول گیا ہے۔"

ہوائی جہاز اب بڑی تیزی سے نیچے آ رہا تھا اور ہوا گرم ہوتی جا رہی تھی۔ ہوائی جہاز ہچکولے کھا رہا تھا۔ چاروں مسافروں نے مضبوطی سے اپنی نشستیں تھام لی تھیں کہ کہیں لُڑھک نہ جائیں۔

"ایسا لگتا ہے جیسے یہ یہاں اُترنا چاہ رہا ہے۔" امریکی نے چلّا کر کہا۔

"یہ نہیں ہو سکتا۔ اگر پائلٹ نے یہاں اُترنے کی کوشش کی تو ہوائی جہاز تباہ ہو جائے گا اور ہم ہلاک ہو جائیں گے۔"

لیکن پائلٹ نے بڑی ہوشیاری سے ایک چھوٹی سی وادی میں ہوائی جہاز اُتار لیا۔ ہوائی جہاز کے زمین پر اُترتے ہی پگڑیاں باندھے داڑھی والے قبائلیوں نے اُسے چاروں طرف سے گھیر لیا اور سوائے پائلٹ کے کسی کو ہوائی جہاز سے باہر آنے نہیں دیا۔ پائلٹ کاک پٹ سے اُتر کر اُن کے پاس گیا اور جلدی جلدی اُن سے باتیں کرنے لگا۔ اب کانوے نے اُسے دیکھا۔ وہ واقعی فے نر نہیں کوئی اور تھا۔ اِس دوران میں پیٹرول سے بھرے ہوئے ڈبّے لائے گئے اور ہوائی جہاز کی ٹنکی بھر دی گئی۔ ہوائی جہاز کے اندر بند چاروں مسافروں نے اُنہیں آواز دیں مگر کسی نے کوئی نوٹس نہیں لیا اور اپنے کام میں لگے رہے۔

جب ہوائی جہاز کی پیٹرول کی ٹنکی بھر گئی اور پانی سے بھرا ایک ڈبّا ہوائی جہاز کے اندر رکھ دیا گیا تو پائلٹ کاک پٹ میں جا بیٹھا اور ہوائی جہاز ایک بار پھر فضا میں بُلند ہو گیا۔ کافی بلندی پر پہنچنے کے بعد اُس کا رُخ مشرق کی طرف ہو گیا۔ یہ دوپہر کا وقت تھا۔

ہوائی جہاز جس سمت پرواز کر رہا تھا اُس کا اندازہ سورج سے ہو رہا تھا۔ وہ مسلسل مشرق کی طرف جارہا تھا، لیکن گاہے گاہے شمال کی طرف مُڑتا جاتا تھا۔ کانوے کو کوئی اندازہ نہیں تھا کہ وہ کِدھر جارہے ہیں۔ اُس نے آنکھیں بند کرلی تھیں لیکن وہ سو نہیں رہا تھا اور گہری سوچ میں تھا۔ یہ ایک عجیب صورتِ حال تھی۔ سب سے زیادہ وہ اُس لڑکی کی طرف سے فکر مند تھا جو ہوائی جہاز میں اُن کے ساتھ تھی۔ اُسے اب کوئی شُبہ نہیں تھا کہ اُنہیں تاوان کی خاطر اغوا کرلیا گیا ہے۔

اغوا کا منصوبہ بڑی ہوشیاری سے بنایا گیا تھا اور اِس سے یہ ظاہر ہوتا تھا کہ اُن کے ساتھ اچھا برتاؤ کیا جائے گا، لیکن تاوان کی رقم وصول ہونے تک وہ کِس حال میں رہیں گے یہ الگ معاملہ تھا۔ کانوے کو یہ بھی فکر تھی کہ اُس کے ساتھیوں کا ردِّ عمل نہ جانے کیا ہوگا۔ میلن سن خاص طور پر بڑا پریشان اور گھبرایا ہوا نظر آرہا تھا۔ جیسے جیسے وقت گزرتا جارہا تھا اُس کی پریشانی بڑھتی جارہی تھی۔ اُسے خاص طور پر کانوے کی خاموشی اور سکون پر جھنجلاہٹ ہو رہی تھی۔ بالآخر وہ ضبط نہ کرسکا اور چیخ کر بولا:

"سنیئے جناب، ہم کب تک اِس طرح ہاتھ پر ہاتھ رکھے بیٹھے رہیں گے۔ یہ پاگل آدمی نہ جانے ہمیں کہاں لے جارہا ہے۔ ہم کاک پٹ کا دروازہ توڑ کر اُسے پکڑ کیوں نہیں لیتے؟"

"اس لیے کہ اُس کے پاس پستول ہے۔ ہمارے پاس نہیں ہے۔ اِس کے علاوہ ہم میں سے کوئی بھی یہ نہیں جانتا کہ ہوائی جہاز کو نیچے کس طرح اُتارا جائے گا۔" کانوے نے جواب دیا۔

"یہ کوئی بہت مُشکل کام نہیں ہے۔ مجُھے یقین ہے کہ تُم یہ کرسکتے ہو۔" میلن سن بولا۔

"میرے دوست ایسے کارنامے انجام دینے کی توقع تم مجھ ہی سے کیوں کرتے ہو؟" کانوے نے کہا۔ اب اُس کو اِس نوجوان کی باتوں سے جھنجھلاہٹ ہونے لگی تھی۔

"چلو خیر کیا ہم اس کو نیچے اُترنے پر بھی مجبور نہیں کر سکتے؟" میلن سن بولا۔ اُس کی گھبراہٹ بڑھتی جارہی تھی۔

"اچھا تو تم بتاؤ ہم اُسے نیچے اُترنے پر کس طرح مجبور کریں؟" کانوے نے سوال کیا۔

"کیا ہم یونہی خاموش بیٹھے اُسے دیکھتے رہیں؟ ہم اتنا تو کر سکتے ہیں کہ اُس کو یہ بتانے پر مجبور کریں کہ یہ سارا کھیل کیا ہے؟"

"اچھا ٹھیک ہے۔ لاؤ دیکھتے ہیں۔" کانوے نے کہا۔ وہ اپنی نشست سے اُٹھ کر اُس چھوٹی سی کھڑکی کی طرف گیا جو کیبن اور کاک پٹ کے درمیان تھی۔ اُس نے کھڑکی کے شیشے کو دھپ دھپایا۔ اُس کے جواب میں وہی ہوا جس کی اُسے توقع تھی۔ پائلٹ نے مُڑ کر بغیر کُچھ کہے پستول کا رُخ کانوے کی طرف کر دیا۔ کانوے چُپ چاپ پلٹ کر اپنی نشست پر آکر بیٹھ گیا۔

میلن سن جو یہ سب کُچھ دیکھ رہا تھا اب بھی پوری طرح مطمئن نہیں ہوا۔ وہ کہنے لگا: "میں نہیں سمجھتا وہ تم کو گولی مارنے کی جرأت کرتا۔"

"ہو سکتا ہے، لیکن یہ تجربہ تم کیوں نہ کرو؟" کانوے نے کہا۔ پھر اُس نے میلن سن کو تسلّی دی اور کہنے لگا: "میں جانتا ہوں کہ تمہارے جذبات کیا ہیں، لیکن حقیقت یہ ہے کہ ہم اِس وقت کُچھ بھی نہیں کر سکتے۔"

اب چوں کہ کُچھ اور نہیں کیا جا سکتا تھا اِس لیے کانوے نے اپنا سر اپنی نشست کی پشت سے ٹکایا اور آنکھیں بند کر کے سو گیا۔

جب اُس کی آنکھ کھُلی تو اُس نے دیکھا کہ اُس کے دوسرے ساتھی بھی سو رہے ہیں۔ اُس نے کھڑکی سے باہر دیکھا۔ آسمان صاف تھا۔ سہ پہر کی ہلکی دھوپ میں سامنے کا منظر اِس قدر دِلفریب تھا کہ وہ اُسے دیکھتا کا دیکھتا رہ گیا۔ دُور جہاں تک نظر جاتی تھی، برف سے ڈھکے ہوئے پہاڑوں کا ایک لمبا سا سِلسِلہ چلا گیا تھا۔ یہ پہاڑ یوں کھڑے تھے جیسے کوئی سفید دیوار ہو جو آسمان تک چلی گئی ہو، اور اس پر پڑنے والی سورج کی شعاعوں نے اسے بقعہ نور بنا دیا ہو۔ کانوے خاموش بیٹھا اِس منظر کو دیکھتا رہا اور سوچتا رہا کہ یہ کون سی جگہ ہو سکتی ہے۔

اُس نے نقشوں کے بارے میں سوچا۔ ذہن میں فاصلوں کو ناپا۔ ہوائی جہاز کی رفتار اور وقت کا حساب لگایا۔ پھر اُس نے دیکھا کہ اُس کے دوسرے ساتھی بھی جاگ گئے ہیں، اور جواب طلب نظروں سے اُس کی طرف دیکھ رہے ہیں۔

دوسرا باب

کانوے نے کھڑکی سے باہر چمکتے ہوئے پہاڑوں کی اُس دیوار کی طرف اِشارہ کیا۔ جب اُنہوں نے یہ منظر دیکھا تو وہ بھی گم صُم اُسے دیکھتے رہ گئے۔ پھر برنارڈ نے کانوے سے پوچھا کہ کیا وہ بتا سکتا ہے کہ یہ کون سا علاقہ ہے؟

کانوے نے کہا: "میرا خیال ہے کہ ہم ابھی ہندوستان میں ہیں۔" اس نے بتایا کہ وہ کئی گھنٹوں سے مشرق کی طرف پرواز کرتے رہے ہیں۔ اُن کا ہوائی جہاز کافی بُلندی پر ہے اِس لیے۔۔۔ کُچھ زیادہ دِکھائی تو نہیں دے رہا لیکن اُس کا خیال ہے کہ وہ کسی دریا کی وادی کے ساتھ ساتھ پرواز کر رہے ہیں۔ ہو سکتا ہے کہ یہ دریائے سندھ کی بالائی وادی ہو۔"

"کیا تُم یہ بتا سکتے ہو کہ اِس وقت ہم کہاں ہیں؟" برنارڈ نے پوچھا۔

"نہیں۔ یہ تو میں نہیں بتا سکتا کیوں کہ میں پہلے کبھی اِس طرف نہیں آیا ہوں،

لیکن میرا خیال ہے کہ یہ سامنے جو پہاڑ نظر آرہا ہے وہ نانگا پربت ہے۔" کانوے نے کھڑکی کی طرف اشارہ کیا۔

"ایسا لگتا ہے کہ ہم اُن سامنے والے پہاڑوں کی طرف ہی جارہے ہیں۔ یہ کون سے پہاڑ ہیں؟" برنارڈ نے سوال کیا۔

"میرا خیال ہے کہ یہ قراقرم کا پہاڑی سِلسِلہ ہے۔ اگر ہمارا پائلٹ ادھر جانا چاہتا ہے تو اُس کے کئی راستے ہیں۔" کانوے نے جواب دیا۔

"پائلٹ مت کہو۔ دیوانہ کہو۔ بھلا کوئی صحیح دماغ کا آدمی اِس قسم کے علاقے میں پرواز کرے گا؟" میلن سن نے کہا۔

کانوے بولا: "میں جانتا ہوں۔ کوئی بڑا ماہر ہوا باز ہی ایسا کر سکتا ہے۔ یہ دُنیا کے سب سے اُونچے پہاڑ ہیں اور اِن کے اوپر پرواز کرنا ایک ایسا پاگل پن ہے جو بہت سمجھ بُوجھ کر کیا گیا ہے۔"

کانوے یہ کہہ کر خاموش ہو گیا۔ اِس موضوع پر مزید کوئی بات کرنے کو اُس کا دِل نہ چاہا۔ اِس میں شک نہیں تھا کہ صورتِ حال نہایت گھمبیر تھی۔ لیکن اِس وقت یہ بحث بے کار تھی کہ کیا ہوگا اور کیا نہیں ہوگا۔ اس وقت تو وہ قطعی بے بس تھے۔

اس نے ایک بار پھر کھڑکی کی طرف رُخ کیا اور باہر دیکھنے لگا۔ اب سورج غروب ہو رہا تھا اور شفق کی سُرخی وادی سے اُٹھ کر پہاڑوں کی چوٹیوں تک پھیل گئی تھی۔ پھر اچانک پہاڑوں کا رنگ بدل گیا۔ پورے چاند نے ایک آسمانی چراغ کی طرف اُبھر کر بُلند بالا پہاڑوں کو منوّر کر دیا۔ یُوں لگتا تھا جیسے سیاہ آسمان کے نیچے کسی نے پورے اُفق پر چاندی بکھیر دی ہو۔ اب فضا میں ٹھنڈک بڑھ گئی تھی اور ہوا بھی تیز ہو گئی تھی۔ ہوائی جہاز ہچکو لے کھانے لگا تو مسافروں کی پریشانی کچھ اور بڑھ گئی۔ کانوے نے محسوس کیا کہ ہوائی جہاز

اب جلد ہی زمین پر اُترنے والا ہے۔ آخر پیٹرول کب تک چلے گا۔

اچانک مس برنک لُونے کانوے کی طرف دیکھا اور کہنے لگی: "آپ کو پتا ہے کہ یہ میرا ہوائی جہاز کا پہلا سفر ہے! میرے ایک دوست نے ایک مرتبہ مُجھ سے بہت کہا کہ میں لندن سے ہوائی جہاز میں پیرس چلوں لیکن میں نے انکار کر دیا۔"

"اور اب تُم ہوائی جہاز میں ہندوستان کے بجائے تِبّت جا رہی ہو۔" برنارڈ بولا۔ اس پر مس برنک لُونے مُسکرا کر سر ہلایا۔

کانوے سوچنے لگا کہ مس برنک لُو کا ہر صورت حال کو سکون کے ساتھ قبول کرنے کا رویّہ آگے چل کر مُفید ثابت ہو گا۔ وہ اُس کی طرف دیکھ کر مُسکرایا اور پھر آنکھ بند کر کے اطمینان کے ساتھ سو گیا۔

ہوائی جہاز اُڑتا رہا۔

اچانک ایک زور کے جھٹکے سے سب کی آنکھ کھُل گئی۔ ہوائی جہاز تیزی سے ایک طرف مُڑا۔ کانوے کا سر کھڑکی سے ٹکرایا اور وہ نشستوں کی قطار کے درمیان گِر گیا۔ اُس کے کانوں میں عجیب سی آوازیں آ رہی تھیں۔ اب اُس کی سمجھ میں نہیں آیا کہ ہوائی جہاز کا انجن بند کر دیا گیا ہے اور وہ تیز ہوا کے مُقابل اُڑ رہا ہے۔ اُس نے کھڑکی سے نیچے جھانک کر دیکھا۔ ہوائی جہاز زمین سے بہت قریب آ گیا تھا۔

"وہ ہوائی جہاز نیچے اُتار رہا ہے!" میلن سن نے چلّا کر کہا اور برنارڈ جو جھٹکا لگنے سے اپنی نشست سے نیچے گِر گیا تھا وہیں سے بولا: "اگر اس کی قسمت اچھی ہے تو اُتار سکے گا۔" مس برنک لُو سب سے کم پریشان نظر آ رہی تھیں۔ وہ اپنا ہیٹ اِس طرح ٹھیک کر رہی تھیں جیسے ڈوور کی بندرگاہ قریب آ گئی ہو اور وہ اُترنے کی تیّاری کر رہی ہو۔

پھر ہوائی جہاز کے پہیّے زمین سے ٹکرائے اور جہاز نے کئی جھٹکے کھائے۔ وہ چاروں

پہلے اِدھر گرے پھر اُدھر گرے۔ کسی چیز کے ٹوٹنے کی آواز آئی اور ایک ٹائر پھٹ گیا۔ میلن سن نے لپک کر کیبن کا دروازہ کھولا اور زمین پر کودنا چاہا۔

"احتیاط سے!" کانوے نے چیخ کر کہا۔

"احتیاط کی کوئی ضرورت نہیں۔" میلن سن نے جواب دیا۔ "یہ دُنیا کا آخری سِرا ہے۔ یہاں کوئی نظر نہیں آرہا ہے۔"

چند لمحوں بعد اُن سب کو اس حقیقت کا احساس ہو گیا۔ سردی اور خوف سے کسی قدر کانپتے ہوئے وہ چاروں جب ہوائی جہاز سے باہر آئے تو اُنہوں نے دیکھا کہ وہ ایک چٹیل میدان میں کھڑے ہیں۔ اُس وقت تیز ہوا چل رہی تھی اور چاند بادلوں کے پیچھے چھُپ گیا تھا۔ البتہ دُور اُفق پر پہاڑ ستاروں کی روشنی میں چمک رہے تھے۔

میلن سن ہوائی جہاز کے سامنے والے حصّے کی طرف گیا اور کاک پٹ میں چڑھ گیا۔ چند ہی لمحوں میں وہ نیچے آگیا اور کانوے کا بازو پکڑ کر اُسے اپنی طرف کھینچتے ہوئے آہستہ سے بولا: "کانوے! عجیب ماجرا ہے۔ یہ آدمی مر گیا ہے یا بے ہوش ہو گیا ہے۔ ذرا اوپر جا کر تو دیکھو۔"

کانوے جلدی سے اُوپر چڑھا اور کاک پٹ میں جھانک کر دیکھنے لگا۔

ہوا باز سامنے کی طرف جھکا ہوا تھا۔ اُس کا سر اُس کے ہاتھوں میں تھا اور وہ بالکل بے جان تھا۔ کانوے نے اُسے ہلایا اور اُس کی قمیص کا کالر کھول کر کپڑے ڈھیلے کر دیے۔ پھر وہ نیچے آیا اور کہنے لگا: "ہاں، اِسے کچھ ہو گیا ہے۔ اُسے باہر لانا چاہیے۔"

برنارڈ اور میلن سن کی مدد سے کانوے نے ہوا باز کو اُس کی نشست پر سے اُٹھایا اور نیچے لا کر زمین پر لِٹا دیا۔ وہ بے ہوش تھا، لیکن مرا نہیں تھا۔ کانوے نے اُسے جھک کر دیکھا اور کہنے لگا: "میرا خیال ہے اِتنی بُلندی پر پرواز کرنے کی وجہ سے اِس پر دِل کا دورہ

پڑا ہے۔ لیکن یہاں ہم کچھ نہیں کر سکتے۔ تیز ہوا سے بچنے کے لیے ہمیں اِسے ہوائی جہاز کے اندر لے جانا چاہیے۔"

وہ تینوں اُسے کیبن میں لے گئے اور نشستوں کے درمیان فرش پر لِٹا دیا۔ کانوے اُس کا معائنہ کرنے لگا اور برنارڈ ایک کے بعد ایک ماچس کی تیلیاں جلا کر تھوڑی بہت روشنی کرتا رہا۔ تھوڑی دیر بعد کانوے نے دیکھا کہ ہوا باز کے پپوٹے ملے۔

یکایک میلن سن نے قہقہے لگانے شروع کر دیے۔ "معاف کرنا" وہ بولا۔ "مجھ سے ضبط نہیں ہو رہا۔ دیکھو ہم سب کتنے احمق لگ رہے ہیں۔ ماچس کی تیلیاں جلا جلا کر ایک مُردہ آدمی کی لاش پر روشنی کر رہے ہیں۔ ذرا اِس کی شکل تو دیکھو۔ مجھے تو یہ چینی لگتا ہے۔"

"ہو سکتا ہے۔" کانوے نے سختی سے کہا۔ "لیکن یہ کوئی لاش نہیں ہے۔ یہ ابھی زندہ ہے اور اگر قسمت اچھی ہوئی تو وہ ٹھیک ہو جائے گا۔"

کانوے کو احساس ہوا کہ اب حوصلے اور ہمّت سے کام لینے کی ضرورت ہے ورنہ وہ شاید زندہ نہ بچ سکیں۔ اگرچہ کانوے نے یہ اندازہ لگا لیا تھا کہ وہ ہمالیہ کے مغربی سِلسِلہ کوہ کو پار کر کے کافی اندر تک آ چکے ہیں اور اس وقت دُنیا کے سب سے اُونچے مقام تبّت میں ہیں، لیکن اُن کی صحیح پوزیشن صرف ہوا باز ہی بتا سکتا تھا۔ تبّت کی نچلی وادیاں تک سطح سمندر سے دو میل بُلند ہیں اور یہاں ہر وقت برفانی ہوائیں چلتی رہتی ہیں۔

کانوے نے کھڑکی سے باہر دیکھا تو اُسے ایک لمبی وادی نظر آئی جس کے دونوں طرف مدور پہاڑیاں گہرے نیلے آسمان کے نیچے سایہ کی طرح کھڑی تھیں۔ وادی کے آخری سِرے پر ایک بلند پہاڑ تھا جسے دیکھ کر کانوے کو خیال آیا کہ دُنیا میں ایسا خُوب صُورت پہاڑ شاید اور کوئی نہ ہو گا۔ لیکن اُس کی برف سے ڈھکی ہوئی چوٹی کو دیکھ کر تنہائی

اور خوف کا احساس ہوتا تھا۔ کانوے نے سوچا کہ قریب ترین آبادی بھی یہاں سے سیکڑوں میل دور ہو گی اور اُن کی حالت یہ ہے کہ نہ کھانے پینے کو کُچھ ہے نہ اُس تیز ٹھنڈی ہوا سے محفوظ رہنے کے لیے گرم کپڑے ہیں۔ ہوائی جہاز بھی اُڑنے کے قابل نہیں رہا ہے۔ اِن حالات میں اُن کا واحد سہارا ہوائی جہاز کا پائلٹ تھا۔ وہ اب زیادہ گہرے سانس لے رہا تھا اور کُچھ حرکت بھی کر رہا تھا۔ میلن سن کا خیال تھا کہ وہ چینی ہے۔ چینیوں کی طرح اُس کی ناک چپٹی اور رُخسار کی ہڈیاں اُبھری ہوئی تھیں۔

رات آہستہ آہستہ گُزرتی رہی۔ چاند کی روشنی مدھم پڑتی گئی اور دور پہاڑ نظروں سے اوجھل ہو گیا۔ اندھیرے کے ساتھ سردی بڑھ گئی اور ہوا بھی تیز ہو گئی، لیکن سورج کے نکلتے ہی ہوا رُک گئی، پہاڑ پھر نظر آنے لگا۔ پہلے سرمئی پھر نقرئی اور پھر جب سورج کی کرنیں اُس پر پڑیں تو وہ گلابی ہو گیا۔ جب ہوا میں کُچھ گرمی آئی تو کانوے نے اپنے ساتھیوں سے کہا کہ ہواباز کو اب کیبن سے باہر لے جانا چاہیے۔ شاید باہر کی خشک ہوا اُس پر اچھّا اثر ڈالے۔ چنانچہ ایسا ہی کیا گیا اور وہ چاروں ہواباز کی حالت بہتر ہونے کا انتظار کرنے لگے۔

بالآخر ہواباز نے آنکھیں کھولیں اور بولنا شروع کیا۔ چاروں اُس پر جھک گئے لیکن کانوے کے سوا کسی کی سمجھ میں نہ آیا کہ وہ کیا کہہ رہا ہے۔ کانوے کبھی کبھی اُس کو جواب بھی دیتا جاتا تھا۔ کُچھ دیر بعد ہواباز کی حالت بگڑنے لگی۔ اُسے بولنے میں دشواری ہونے لگی اور کُچھ دیر بعد وہ مر گیا۔ یہ کوئی دوپہر کا وقت تھا۔

اب کانوے اپنے ساتھیوں کی طرف مڑا اور کہنے لگا: "مُجھے افسوس ہے کہ اس شخص نے مُجھے بہت کم باتیں بتائی ہیں۔ اُس نے صرف یہ بتایا کہ ہم تبّت میں ہیں جس کا مُجھے خود بھی اندازہ ہو گیا تھا، لیکن اس نے مُجھے یہ نہیں بتایا کہ وہ ہمیں یہاں کیوں لایا ہے۔ وہ

ایک ایسی چینی زبان بول رہا تھا جو میں اچھّی طرح نہیں سمجھ سکتا، لیکن میرا خیال ہے کہ وہ ایک خانقاہ کا ذکر کر رہا تھا جو یہاں سے قریب ہے اور جہاں ہمیں پناہ مل سکتی ہے۔ اُس خانقاہ کا نام اُس نے 'شانگری لا' بتایا تھا۔ وہ بار بار کہہ رہا تھا کہ ہمیں وہاں چلا جانا چاہیے۔"

"یہ شانگری لا یقیناً کسی ویران علاقے میں ہو گی۔ میں آبادی سے قریب جانا چاہتا ہوں دُور نہیں۔ خُدارا بتاؤ کیا ہم کبھی یہاں سے واپس بھی جا سکیں گے؟" میلن سن نے کہا۔

"ہمارے ہر طرف سینکڑوں میل تک ایسا ہی ویران علاقہ ہے۔ مجھے اُمّید نہیں کہ ہم پیدل چلتے ہوئے پشاور پہنچ سکتے ہیں۔" کانوے نے بڑے تحمّل سے جواب دیا۔

مس برنک لُو بولیں: "میں تو یہ ہمّت نہیں کر سکتی۔"

"اور نہ میں۔" برنارڈ بولا۔

کانوے کہنے لگا: "ہمارے سامنے ایک ہی راستہ ہے اور وہ یہ کہ ہم کسی آبادی کو تلاش کریں اور یہ آبادی ہمیں خانقاہ ہی میں مل سکتی ہے۔" پھر اُس نے وادی پر ایک نظر ڈالی اور بولا: "مجھے اِس وادی کے ساتھ ساتھ ایک راستہ جاتا نظر آ رہا ہے۔ اگرچہ یہ بہت ڈھلواں نہیں معلوم ہوتا لیکن ہمیں احتیاط سے آہستہ آہستہ چلنا ہو گا۔ واپسی کے سفر کے لیے ہمیں قُلیوں کی ضرورت ہو گی اور خانقاہ کے راہب ہمیں قُلی مہیّا کر سکیں گے۔ اِس لیے میری رائے ہے کہ ہمیں فوراً چل پڑنا چاہیے۔"

میلن سن بولا: "لیکن آپ نے یہ کیسے جان لیا کہ جب ہم وہاں پہنچیں گے تو وہ ہمیں قتل نہیں کر دیں گے؟"

کانوے نے جواب دیا: "کسی بودھ خانقاہ میں قتل کر دیے جانے کی توقّع نہیں کی جاتی بہرحال بھوک سے مر جانے یا سردی سے ٹھٹھر کر مر جانے سے تو قتل کر دیے جانے کا

خطرہ مول لینا بہتر ہے۔"

میلن سن ابھی تک سخت جھنجھلایا ہوا تھا، لیکن وہ کہنے لگا: "ٹھیک ہے۔ شانگری لا چلتے ہیں، لیکن اللہ کرے یہ اِس پہاڑ کی چوٹی کے قریب نہ ہو۔" وہ سب اُس پہاڑ کی طرف مُڑے جو وادی کے آخری سِرے پر تھا اور پھر حیرت سے اُسے تکنے لگے۔ اُنہیں دور پہاڑ کی ڈھلوان پر کُچھ آدمی، نظر آئے جو اُن کی طرف آرہے تھے۔

تیسرا باب

پہاڑ کی ڈھلوان سے اُتر کر آنے والے لوگ جب قریب آئے تو کانوے نے اُنہیں دیکھا۔ وہ کوئی بارہ آدمی تھے۔ دو آدمی ایک کرسی اُٹھائے ہوئے تھے، جس پر نیلا لباس پہنے ایک شخص بیٹھا ہوا تھا۔ کانوے کو کوئی اندازہ نہ تھا کہ یہ لوگ کِدھر جارہے ہیں۔ لیکن اُس نے اُسے خوش قسمتی سمجھا کہ ایسے وقت جب اُنہیں مدد کی ضرورت تھی، وہ اُن کے پاس سے گُزر رہے تھے۔ جب وہ اور قریب آگئے تو کانوے اُن کے پاس گیا اور جھک کر آداب کیا۔ اس کے جواب میں کرسی پر سوار شخص اُٹھا اور کانوے کے قریب آکر اپنا ہاتھ اس کی طرف بڑھایا۔ وہ چینی تھا اور اس کے بال سفید تھے۔ اس نے کانوے سے ہاتھ ملایا اور پھر دھیمے لہجے میں بڑی احتیاط سے انگریزی میں کہا: "میں شانگری لا کی خانقاہ سے آیا ہوں۔"

کانوے نے اسے بتایا کہ وہ اور اس کے ساتھی کس طرح اِس سُنسان علاقے میں پہنچے ہیں۔ چینی نے جا کر ہوائی جہاز کو دیکھا جو اب اُڑنے کے قابل نہیں تھا اور بولا: "واقعی یہ بڑے تعجّب کی بات ہے۔" پھر اس نے کہا: "میرا نام چانگ ہے۔ کیا آپ اپنے دوستوں کا تعارف نہیں کرائیں گے؟" کانوے کو اس عجیب وغریب چینی سے جو تبّت کے اِس دور دراز ویران سے علاقے میں اتنی عمدہ انگریزی بول رہا تھا دِلچسپی پیدا ہوگئی۔ وہ

اپنے ساتھیوں کی طرف مُڑا اور چینی سے ان کا تعارف کرانے لگا: "یہ مس برنک لُو ہیں۔ یہ برنارڈ ہیں جو امریکی ہیں۔ یہ میلن سن ہیں۔ اور میرا نام کانوے ہے۔ ہم آپ کی خانقاہ دیکھنا چاہتے ہیں۔ کیا آپ ہمیں راستہ بتائیں گے ؟"

"اس کی ضرورت نہیں۔ میں خود آپ کو وہاں لے چلوں گا۔" چینی نے کہا۔

کانوے بولا: "نہیں نہیں، آپ یہ زحمت نہ کیجئے۔ ہمیں راستہ بتا دیجئے ہم خود وہاں پہنچ جائیں گے۔"

چینی نے کہا: "یہ راستہ آسان نہیں ہے۔ میں آپ کے اور آپ کے دوستوں کے ساتھ چلوں گا۔"

کانوے نے چینی کا شکریہ ادا کیا، لیکن میلن سن جلدی سے بولا: "ہم وہاں زیادہ دِن نہیں ٹھہریں گے، اور جو کُچھ ہم لیں گے اس کی قیمت ادا کریں گے۔ واپسی کے سفر کے لیے ہمیں آپ کے کُچھ آدمی بھی درکار ہوں گے۔ آپ کے خیال میں یہاں سے ہندوستان پہنچنے میں ہمیں کتنا وقت لگے گا؟"

"میں کُچھ نہیں کہہ سکتا۔" چینی نے بڑے تحمّل سے جواب دیا۔

"خیر کوئی بات نہیں ہمیں کوئی پریشانی نہیں ہو گی۔" میلن سن نے تنک کر کہا۔

چانگ نے کہا: "مسٹر میلن سن، میں آپ کو یقین دِلاتا ہوں آپ کے ساتھ احترام کا سلوک کیا جائے گا اور آخر میں آپ کو کوئی افسوس نہیں ہو گا۔"

"آخر میں ؟" میلن نے کہا۔ اس کے لہجے سے شکوک و شبہات کا اظہار ہو رہا تھا اور وہ یہ پوچھنے ہی والا تھا کہ اس سے چینی کا مطلب کیا ہے کہ پہاڑ پر سے آنے والوں نے کانوے اور اس کے ساتھیوں کو پھل اور مشروبات پیش کر دیے جو وہ اپنے ساتھ لائے تھے۔ اس طرح بات وہیں ختم ہو گئی۔

جب وہ لوگ کھانے پینے میں مصروف تھے تو کانوے وادی کے سِرے پر واقع پہاڑ کو دیکھنے لگا۔ چانگ جو کُچھ دیر سے کانوے کو غور سے دیکھ رہا تھا بولا: "مسٹر کانوے، معلوم ہوتا ہے کہ آپ کو ہمارا پہاڑ پسند آیا ہے۔"

"ہاں یہ بڑا حسین پہاڑ ہے۔ اس کا کوئی نام تو ہوگا۔" کانوے نے جواب دیا۔

"جی ہاں یہ کراکل کہلاتا ہے۔ یہ اٹھائیس ہزار فیٹ سے زیادہ بُلند ہے۔ چانگ نے جواب دیا۔ پھر بولا: "اچھا اب اگر آپ تیّار ہوں تو ہم اپنا سفر شروع کریں۔"

کُچھ ہی دیر میں وہ سب شانگری لا کی طرف چل پڑے۔ پوری صُبح وہ آہستہ آہستہ پہاڑ پر چڑھتے رہے۔ راستہ زیادہ دشوار گزار نہیں تھا۔ لیکن زیادہ بُلندی کی وجہ سے اُنہیں سانس لینے میں دشواری ہو رہی تھی۔ چانگ اپنی کرسی پر بیٹھا تھا جسے دو آدمی اٹھائے ہوئے چل رہے تھے۔ سفر شروع ہوتے ہی اُس نے آنکھیں بند کرلی تھیں اور ایسا لگتا تھا جیسے وہ سو رہا ہے۔ کانوے ان تبّتی باشندوں کی جو چانگ کی کرسی اٹھائے ہوئے تھے، باتیں بڑے غور سے سُن رہا تھا۔ وہ تبّتی زبان زیادہ نہیں جانتا تھا، لیکن ان کی باتوں سے وہ یہ سمجھ گیا کہ وہ خانقاہ واپس جانے پر خوش ہیں۔

دو میل چلنے کے بعد اب راستہ زیادہ ڈھلوان ہو گیا تھا۔ سورج کو بادلوں نے ڈھانپ لیا تھا اور ہوا زیادہ سرد ہو گئی تھی۔ کُچھ ہی دیر میں اُنہیں ایسا محسوس ہوا جیسے وہ اُس جگہ پہنچ گئے ہیں جہاں چڑھائی ختم ہو جاتی ہے۔ چانگ کے کرسی بردار چند منٹ وہاں دم لینے کے لیے رُک گئے۔ برنارڈ اور میلن سن کا سانس پھُول گیا تھا اور وہ اس قدر تھک گئے تھے کہ اُن کے لیے سفر جاری رکھنا مُشکل نظر آ رہا تھا۔ تبّتی باربرداروں نے اِشاروں ہی اِشاروں میں بتایا کہ اب آگے سفر اتنا تھکا دینے والا نہیں ہے۔ اُنہوں نے رسّیاں نکالیں اور لوگوں کو ایک دوسرے کے ساتھ اِس طرح باندھنا شروع کر دیا جیسے کوہ پیما پہاڑ پر

چڑھتے وقت باندھتے ہیں۔ جب اُنہوں نے دیکھا کہ کانوے ایک تجربہ کار کوہ پیا ہے تو اُنہوں نے احتراماً یہ کام اُس پر چھوڑ دیا۔ کانوے نے اپنے ساتھیوں کی ترتیب یوں رکھی کہ اپنے اور میلن سن کے آگے اور پیچھے انہی تبتیوں کو رکھا۔ اس کے بعد برنارڈ اور مس برنک لُو اور آخر میں پھر تبتیوں کو۔ اس طرح ایک قطار میں یہ قافلہ روانہ ہوا۔

پہاڑ کے ساتھ ساتھ راستہ چٹانوں کو کاٹ کر بنایا گیا تھا جو بعض مقامات پر تو دو فیٹ سے زیادہ چوڑا نہیں تھا۔ جب یہ لوگ نیچے اُترنے لگے تو ہوا کُچھ گرم ہو گئی۔ کانوے نے موڈ خوشگوار رکھنے کے لیے کہا: "سچ بات ہے اگر ہم خود آتے تو ہمیں راستہ کبھی نہیں ملتا۔" لیکن میلن سن پر اس کا کوئی اثر نہیں ہوا۔ اس کا موڈ بدستور خراب تھا۔ اس نے تنک کر پوچھا: "اچھا جب ہم وہاں پہنچ جائیں گے تو پھر کیا کریں گے؟ جس راستے سے ہم جا رہے ہیں۔ اِس راستے سے واپس آنے کے لیے تو ہمیں خاصی جدوجہد کرنا پڑے گی۔"

کانوے نے اِس کا کوئی جواب نہیں دیا۔ وہ اب نیچے اُتر آئے تھے اور اُن کے عین سامنے تھوڑے فاصلے پر شانگری لا کی خانقاہ تھی۔ عجیب شان دار منظر تھا۔ ناقابلِ یقین۔ پہاڑی کی کگر پر کُچھ رنگین عمارتیں اِس طرح بنی ہوئی تھیں، جیسے کسی پھول کی نازک پتیاں ایک چٹان پر رکھی ہوں۔ اُس کے آگے کراکل کی برفانی چوٹی سورج کی روشنی میں جگمگا رہی تھی اور اس کے دامن میں ایک سرسبز و شاداب وادی دُور تک پھیلی ہوئی تھی۔ یہ وادی تیز ہواؤں کی دست بُرد سے محفوظ اور بیرونی دُنیا سے الگ تھلگ تھی۔ اِس منظر کو دیکھتے ہوئے اچانک کانوے کو ایک اَن جانے خوف کا احساس ہوا اور یہ خیال اُس کے ذہن میں کوندا کہ شاید میلن سن کے شبہات درست ہیں۔

کانوے کو یہ تو اچھّی طرح یاد نہیں رہا تھا کہ وہ اور اُس کے ساتھی کس طرح خانقاہ پہنچے، لیکن اُسے یہ یاد تھا کہ جب اس نے خانقاہ میں اپنے کمرے کو دیکھا کہ وہ کس قدر

صاف ستھرا وسیع اور گرم ہے تو وہ حیران رہ گیا تھا۔ چانگ اپنی کرسی سے اُٹھ گیا تھا اور اُنہیں اپنے ساتھ لے کر آ رہا تھا۔ اس کا رویّہ اب بہت دوستانہ تھا۔ وہ کہنے لگا: "میں معافی چاہتا ہوں کہ میں راستے میں آپ کے ساتھ نہیں چلا۔ دراصل اِس قسم کے سفر تھکا دیتے ہیں اور مجھے اپنا خیال رکھنا پڑتا ہے۔ کہیں آپ تو زیادہ تھک نہیں گئے؟"

"بس، ہم نے کسی نہ کسی طرح یہ راستہ طے کر ہی لیا۔" کانوے نے مُسکرا کر کہا۔

"خوب۔" چانگ بولا اور پھر کہنے لگا: "آیئے، اب آپ میرے ساتھ چلئے۔ میں آپ لوگوں کو آپ کے کمروں میں پہنچادوں۔ یقیناً آپ نہانا چاہتے ہوں گے۔ اس کے بعد آپ میرے ساتھ کھانا کھائیں گے اور یہ میرے لیے ایک اعزاز ہو گا۔"

"شکریہ"۔ کانوے نے شائستگی سے کہا، لیکن میلن سن خاصا بد اخلاق ہو رہا تھا۔ وہ بولا: "اور اس کے بعد اگر آپ کو کوئی اعتراض نہ ہوا تو ہم یہاں سے واپس جانے کے انتظامات پر غور کریں گے۔ میں جتنی جلدی مُمکن ہو یہاں سے نکل جانا چاہتا ہوں۔"

چوتھا باب

رات کو کھانے پر چانگ نے مُسکرا کہا: "میرا خیال ہے کہ آپ نے ہمارے بارے میں جو سوچا تھا ہم اس سے زیادہ مہذّب نکلے ہیں۔"

کانوے اِس سے انکار نہیں کر سکتا تھا۔ شانگری لا میں اب تک جو انتظامات اس نے دیکھے تھے وہ اس کی توقّع سے کہیں زیادہ بڑھ کر تھے۔ بلکہ یوں کہنا بہتر ہو گا کہ اُس کی توقّع کے بالکل خلاف تھے۔ خانقاہ میں جدید دور کی تمام آسائشیں موجود تھیں، اعلیٰ قسم کے حمام شامل تھے جنہیں امریکا سے لایا گیا ہو گا۔ کھانا کھلانے والے ملازم چینی تھے جو چین کے رواج کے مطابق کھانا کِھلا رہے تھے۔

کانوے نے دس سال چین میں گزارے تھے اور وہ اِن دس سالوں کو اپنی زندگی کا

سب سے خوش گوار دور تصوّر کرتا تھا۔ اُسے چین کے لوگ اور اُن کے طور طریقے پسند تھے۔ خاص طور پر اُسے چینی کھانے مرغوب تھے اور شانگری لا میں کھانا اسے بہت اچھّا لگا تھا۔ اس نے دیکھا کہ چانگ نے تھوڑی سی سبزیوں کے علاوہ کوئی چیز نہیں کھائی اور نہ شراب کو ہاتھ لگایا۔

"میں بہت تھوڑا کھاتا ہوں۔ مُجھے اپنا خیال رکھنا پڑتا ہے۔" وہ کہنے لگا۔ کانوے کو خیال آیا کہ اُس نے پہلے بھی یہ بات کہی تھی کہ وہ سوچنے لگا کہ اسے کیا بیماری ہے اور احتیاط کرنے کی ضرورت کیوں ہے۔ چانگ کی عُمر کا اندازہ لگانا مُشکل تھا یا تو وہ ایسا جوان تھا جو وقت سے پہلے بُوڑھا ہو گیا تھا یا پھر وہ ایسا بُوڑھا تھا جسے اپنی صحت کا ہر وقت خیال رکھنا پڑتا تھا۔

کھانا کھا چُکنے کے بعد کانوے چانگ سے کہنے لگا: "میرا خیال ہے کہ یہاں باہر سے لوگ کبھی کبھار ہی آتے ہوں گے؟"

"جی ہاں۔ اِس راہ سے مسافر کم ہی گُزرتے ہیں۔" چانگ نے جواب دیا۔

کانوے مُسکرایا اور بولا: "آپ سچ کہتے ہیں۔ جب میں یہاں آیا تو میں نے محسوس کیا کہ اِس سے زیادہ سُنسان جگہ دُنیا میں کوئی نہیں ہو گی۔"

مس برنک لُو نے چانگ سے کہا کہ وہ اس خانقاہ کے بارے میں اُنہیں کُچھ بتائے۔ کتنے لوگ یہاں رہتے ہیں اور خود اُس کا تعلّق کس ملک سے ہے۔

چانگ نے جواب دیا: "یہاں کوئی پچاس لامہ ہیں۔ اِن کے علاوہ اور لوگ بھی ہیں جیسے میں ہوں جو ابھی تک لامہ نہیں بنے ہیں۔ یہ زیادہ تر تبّتی ہیں یا چینی، لیکن بہت سے دوسرے ملکوں کے بھی ہیں۔"

"آپ کے سب سے بڑے لامہ بھی تبّتی یا چینی ہوں گے؟" مس برنک لُو نے کہا۔

"نہیں۔" چانگ نے کہا۔

"کیا یہاں کوئی انگریز بھی ہے؟" برنک لُو نے سوال کیا۔

"جی ہاں بہت سے۔" چانگ نے جواب دیا۔

"یہ حیرت کی بات ہے۔" مس برنک لُو نے کہا۔ پھر بولیں: "اچھا، بتائیے آپ کا عقیدہ کیا ہے؟"

کانوے بولا: "ہاں یہ تو میں بھی جاننا چاہوں گا۔"

چانگ نے دھیمے لہجے میں آہستہ آہستہ بولنا شروع کیا: "چند لفظوں میں کہوں گا کہ ہم ہر معاملے میں میانہ روی اختیار کرتے ہیں۔ اِس وادی میں کئی ہزار آدمی رہتے ہیں جو ہمارے کنٹرول میں ہیں۔ ہم اپنے اختیارات اِس طرح استعمال کرتے ہیں کہ نہ زیادہ سخت کرتے ہیں نہ زیادہ نرمی برتتے ہیں اور اُن سے اِتنی ہی وفاداری چاہتے ہیں جتنا ہم اُن کا خیال رکھتے ہیں۔ ہم مکمّل اچھائی کی اور ایمانداری کی اُن سے توقّع نہیں کرتے۔ اس کے بین بین رہنے میں ہم سب خوش ہیں۔"

میلن سن جو یہ گفت گو سُن رہا تھا بولا: "یہ سب تو ٹھیک ہے لیکن یہاں سے واپسی کے بارے میں بھی تو سوچنا چاہیے۔ ہم جلد سے جلد ہندوستان پہنچنا چاہتے ہیں۔ آپ بتایئے مسٹر چانگ، آپ ہمیں کتنے قُلی مہیّا کر سکتے ہیں؟"

اس سوال پر چانگ کُچھ دیر خاموش رہا پھر بولا: "مسٹر میلن سن، مُجھے افسوس ہے قُلیوں کے معاملے سے میرا کوئی تعلّق نہیں، لیکن میں یہ کہہ سکتا ہوں کہ اِس کا انتظام جلد نہیں ہو سکے گا۔"

میلن سن بولا: "تاہم کُچھ نہ کُچھ تو ضرور کرنا ہو گا۔ ہم سب کو اپنے اپنے کام پر واپس پہنچنا ہے۔ پھر ہمارے دوست اور رشتہ دار بھی ہماری طرف سے فکر مند ہوں گے۔"

چانگ نے کوئی جواب نہیں دیا۔

میلن سن نے کُچھ دیر انتظار کیا اور پھر بولا: "قریب ترین ٹیلی گراف لائن کہاں ہے؟ جب آپ کو کسی چیز کی ضرورت ہوتی ہے تو آپ کہاں سے پیغام بھیجتے ہیں؟" اچانک اُس کے لہجے سے خوف جھلکنے لگا اور وہ کرسی پیچھے کِھسکا کر کھڑا ہو گیا۔ اُس کا چہرہ پیلا پڑ گیا اور وہ اپنی آنکھوں پر ہاتھ پھیرنے لگا۔ اُس نے دیوانوں کی طرح چاروں طرف نظریں دوڑاتے ہوئے کہا: "اف، میں کِس قدر تھک گیا ہوں اور آپ میں سے کوئی بھی میری مدد کرنے کو تیّار نہیں۔ میں نے ایک سیدھا سا سوال کیا تھا۔ اِس کا کوئی تو جواب آپ کے پاس ہو گا۔ یہاں جو آپ نے جدید قسم کے حمّام بنا رکھے ہیں اُن کے لیے آپ نے سامان کس طرح منگوایا ہے؟"

کمرے میں خاموشی رہی۔ کوئی نہیں بولا۔

"اچھا تو آپ مُجھے نہیں بتائیں گے؟ یہ بھی شاید کوئی راز ہے۔" میلن سن نے کہا۔ پھر وہ کانوے سے مخاطب ہو کر بولا: "کانوے، ہمیں کل ہی یہاں سے نکل جانا چاہیے۔ یہ انتہائی ضروری ہے۔"

اس پر ہیجانی کیفیّت طاری ہو رہی تھی اور وہ فرش پر گِرنے ہی والا تھا کہ برنارڈ نے اُس کو سنبھال لیا اور پکڑ کر کرسی پر بِٹھا دیا۔ کانوے نے یوں محسوس کیا جیسے وہ کسی عجیب خواب سے جاگا ہو۔ اس نے کہا: "میرا خیال ہے کہ ہم سب تھک گئے ہیں۔ ہمیں یہ بحث ختم کر کے سو جانا چاہیے۔ برنارڈ! تُم میلن سن کو لے جاؤ۔ مس برنک لُو، میں سمجھتا ہوں کہ تمہیں بھی آرام کی ضرورت ہے۔ جاؤ۔ شب بخیر! میں بھی تھوڑی دیر میں آتا ہوں۔"

کانوے نے یہ کہتے ہوئے اپنے تینوں ساتھیوں کو کمرے سے باہر دھکیل دیا۔

اب وہ چانگ کی طرف مُڑا اور اس سے مخاطب ہو کر سنجیدگی سے کہنے لگا: "اچھّا

جناب، اب میں آپ سے کُچھ کہنا چاہتا ہوں۔ میرا دوست سخت پریشان ہے۔ میں اُسے کوئی الزام نہیں دیتا۔ وہ صحیح کہہ رہا تھا۔ ہمارے واپسی کے سفر کا انتظام ہونا چاہیے اور یہ ہم آپ کی مدد کے بغیر نہیں کرسکتے۔ اگر یہ صحیح ہے کہ آپ ہمارے لیے خود کُچھ نہیں کر سکتے تو ہمیں اُس سے ملا دیجئے جو کر سکتا ہے۔"

چانگ نے کہا: "میرے محترم دوست، آپ اپنے ساتھیوں سے زیادہ ذہین ہیں اور اِس لیے اتنے بے صبر نہیں ہیں۔"

پھر وہ مُسکرایا اور بولا: "میں نہیں سمجھتا ہوں کہ آپ کو آسانی سے ایسے لوگ مل جائیں گے جو اِس سفر کے لیے تیّار ہوں۔ اِس وادی میں رہنے والے باہر کی دُنیا کا لمبا اور تھکا دینے والا سفر پسند نہیں کرتے۔"

"ان کو اِس کے لیے آمادہ کیا جا سکتا ہے۔ وہ آج صُبح آپ کو لے کر کہاں جا رہے تھے؟" کانوے نے کہا۔

"آج صُبح؟ اوہ وہ کُچھ اور بات تھی۔"

"وہ اور بات کیسے تھی؟ کیا آپ کسی سفر پر نہیں نکلے تھے کہ ہم مل گئے؟" کانوے نے سوال کیا۔

چانگ نے اس کا کوئی جواب نہیں دیا۔ کانوے نے ایک لمحہ توقّف کیا اور پھر دھیمے لہجے میں بولا: "میں سمجھ گیا۔ یہ کوئی اتّفاقیہ ملاقات نہیں تھی۔ آپ قصد کر کے ہم سے ملنے آئے تھے۔ اِس کا مطلب یہ ہے کہ آپ کو معلوم تھا کہ ہم آرہے ہیں۔ اب دِل چسپ سوال یہ ہے کہ آپ کو یہ کس طرح معلوم ہوا تھا؟"

لیمپ کی روشنی میں چانگ کا چہرہ پُر سکون نظر آرہا تھا۔ اُس پر کوئی تاثر نہیں تھا۔ اس نے کہا: "آپ سمجھ دار ہیں، لیکن جو کُچھ آپ نے کہا ہے سب صحیح نہیں ہے۔ اِس لیے میں

آپ کو مشورہ دوں گا کہ آپ پریشان نہ ہوں۔ یقین جانیے شانگری لا میں آپ کو کوئی خطرہ نہیں ہے۔"

"ہم کسی خطرے کی وجہ سے پریشان نہیں ہیں۔ ہمیں اپنی واپسی میں تاخیر سے پریشانی ہے۔" کانوے نے کہا۔

چانگ بولا: "مجھے اِس کا احساس ہے۔ یقیناً کچھ تاخیر ہو گی جو ناگزیر ہے۔ اِس دوران میں مَیں چاہوں گا کہ آپ اور آپ کے ساتھی یہاں اپنے قیام سے پوری طرح لُطف اندوز ہوں۔"

کانوے نے کہا: "خیر اگر تھوڑی سی تاخیر ہو جاتی ہے تو مُجھے اعتراض نہیں ہو گا۔ یہ ایک نیا اور دِل چسپ تجربہ ہے اور یہ بھی حقیقت ہے کہ ہمیں تھوڑے سے آرام کی ضرورت ہے۔"

اُس نے باہر کی طرف دیکھا۔ نیلے آسمان کے سایہ میں کراکل پہاڑ چاند کی تیز روشنی میں چاندی کی طرح چمک رہا تھا۔ اُسے یوں لگا جیسے وہ اپنا ہاتھ بڑھائے تو اُسے چھُو سکتا ہے۔ اُسے اندر سے ایک خواہش ہوئی اور اس نے پوچھا: "کراکل کا کیا مطلب ہے؟"

چانگ نے جواب دیا: "یہاں کی زبان میں کراکل کے معنی ہیں۔ نیلا چاند۔"

پانچواں باب

دوسرے دِن صُبح ناشتے پر میلن سن نے کانوے سے پوچھا: "کیا تُم میرے جانے کے بعد اِس چینی سے کوئی بات معلوم کر سکے؟"

کانوے نے جواب دیا: "ہماری زیادہ دیر بات نہیں ہوئی۔ میں واپسی کے سفر کے بارے میں اُس سے کوئی حتمی وعدہ نہیں لے سکا۔"

اُسی وقت چانگ کمرے میں داخل ہوا اور نرمی سے اُن سے پوچھنے لگا کہ کیا رات ان

کو اچھّی طرح نیند آئی۔ کانوے نے اُس کا شکریہ ادا کیا اور کہا کہ وہ اب اپنے آپ کو کافی بہتر محسوس کر رہا ہے، لیکن میلن سن پھٹ پڑا۔ وہ کہنے لگا:

"اگر اِسے آپ بد اخلاقی نہ سمجھیں تو میں یہ کہنا چاہتا ہوں کہ ہم سب جتنی جلدی مُمکن ہو یہاں سے چلے جانا چاہتے ہیں۔ آپ کو کوئی اعتراض نہ ہو تو میں آج صُبح کُچھ قلی تلاش کروں؟"

چانگ نے پُر سکون لہجے میں جواب دیا: "مُجھے افسوس ہے کہ اِس کا کوئی فائدہ نہیں ہو گا۔ ہمارے ہاں کوئی آدمی ایسا نہیں ملے گا جو اپنے گھر سے اِتنی دور آپ کے ساتھ جانے کو تیّار ہو۔"

"اف خُدایا، کیا آپ سمجھتے ہیں کہ ہم اِس جواب سے مطمئن ہو جائیں گے۔" میلن سن نے چیخ کر کہا۔

"مُجھے افسوس ہے۔ میں اِس کے علاوہ اور کُچھ نہیں کہہ سکتا۔"

"دیکھیے جناب۔" میلن سن نے بگڑ کر کہا۔ "ہم یہاں ہمیشہ نہیں رہ سکتے اور خود یہاں سے نکلنا بھی مُمکن نہیں۔ ایسی صورت میں آپ کا مشورہ کیا ہے؟"

چانگ مُسکرایا اور کہنے لگا: "گاہے گاہے ہمیں بیرونی دُنیا سے کُچھ چیزیں منگانی پڑتی ہیں۔ یہ چیزیں قُلیوں کی جماعتیں لاتی ہیں۔ ایسی ہی ایک جماعت عنقریب آنے والی ہے۔ جب وہ یہ چیزیں ہمیں پہنچا دیں گے تو واپس چلے جائیں گے۔ میرا خیال ہے کہ آپ اُن قُلیوں کے ساتھ واپس جانے کا کوئی انتظام کر سکیں گے۔"

"یہ لوگ کب آئیں گے؟" میلن سن نے سوال کیا۔

"صحیح تاریخ بتانا تو مُمکن نہیں۔ تاخیر بھی ہو سکتی ہے، لیکن میرا خیال اب سے ایک مہینہ بعد یہ لوگ یہاں پہنچیں گے۔ بہر حال دو مہینے سے زیادہ دیر نہیں ہو گی۔" چانگ

نے جواب دیا۔ پھر وہ دروازے کی طرف بڑھا۔ پلٹ کر کانوے کی طرف تھوڑا سا جھکا اور یہ کہتا ہوا کمرے سے باہر نکل گیا کہ "میں اُمّید کرتا ہوں کہ اُس وقت تک آپ یہاں اپنا وقت آرام سے گزاریں گے۔"

کانوے اور اُس کے ساتھیوں کا صُبح کا باقی وقت یہاں سے اپنی واپسی کے مسئلہ پر غور کرنے میں گزرا۔ یہ خیال کہ تِبّت کی ایک خانقاہ میں اُنہیں دو مہینے پڑا رہنا پڑے گا، پریشان کُن تھا۔ میلن سن کہنے لگا: "اِس سارے معاملے میں مُجھے گڑبڑ نظر آتی ہے۔ ہم سے کُچھ چھُپایا جا رہا ہے۔ میں تو اِسی لمحے یہاں سے نِکل جانا چاہتا ہوں۔"

کانوے بولا: "تُم غَلَط نہیں کہہ رہے، لیکن بد قسمتی سے ہم اِس معاملے میں بالکل بے بس ہیں۔ اگر یہ لوگ ہمارے لیے اِس وقت قُلیوں کا اِنتظام نہیں کرتے ہیں یا نہیں کر سکتے ہیں تو ہمیں مجبوراً اُن قُلیوں کا انتظار کرنا پڑے گا جو آنے والے ہیں۔ دُنیا کے کسی اور ویران علاقے میں دو مہینے گزارنے سے بہتر ہے کہ یہیں گُزار لیے جائیں۔" یہ آخری جملہ اُس نے میلن سن کو حوصلہ دینے کے لیے کہا۔ اُسے میلن سن کی بے چینی کا احساس تھا۔ اُسے معلوم تھا کہ اس نوجوان کے ماں باپ لندن میں اُس کے منتظر ہیں اور وہ لڑکی بھی جس سے اُس کی شادی ہونے والی ہے۔ وہ کہنے لگا: "میں اِس اعتبار سے خوش قسمت ہوں کہ میرا کوئی نہیں جو میری طرف سے فکر مند ہو، لیکن جِن کے دوست اور عزیز ہیں اُن کے لیے واقعی یہاں اِتنا وقت گزارنا بہت مُشکل ہو گا۔"

برنارڈ اپنی خوش مزاجی کی عادت کے مطابق بولا: "دو مہینے یہاں رہنے سے میں بھی مر نہیں جاؤں گا۔ میرے گھر والوں کو کوئی فکر نہیں ہو گی۔ میں یوں بھی اُنہیں خط کم ہی لکھتا ہوں۔"

کانوے نے کہا: "مت بھولو کہ ہمارے نام اخباروں میں آ جائیں گے۔ ہوائی جہاز

کے بارے میں خبر ہوگی کہ وہ لاپتہ ہے اور ہمارے بارے میں لوگ سمجھ لیں گے کہ ہوائی جہاز کے تباہ ہونے سے ہم ہلاک ہوگئے ہیں۔"

برنارڈ ہنسا اور بولا: "ہاں یہ صحیح ہے، لیکن جہاں تک میرا تعلّق ہے اِس سے کوئی فرق نہیں پڑتا۔"

کانوے کو خوشی ہوئی لیکن اُس کے اِس جملے سے وہ چونکا۔ پھر اُس نے مس برنک لُو کی طرف دیکھا۔ وہ بولی: "جیسا کہ مسٹر برنارڈ نے کہا دو مہینے یہاں رہنے میں کیا پریشانی ہے۔ میں یہاں بہت خوش ہوں۔"

برنارڈ اور مس برنک لُو جِس سکون کے ساتھ اس صورتِ حال کو قبول کر رہے تھے۔ اِس پر کانوے کو تعجّب تو ہوا، لیکن اُس نے اطمینان کا سانس لیا۔ اب میلن سن تک کی اداسی بھی آہستہ آہستہ دُور ہوتی جا رہی تھی اور جب دوپہر کے کھانے کے بعد چانگ اُن لوگوں کے پاس آیا تو اُنہوں نے خوش مزاجی سے اُس کا خیر مقدم کیا۔ اس نے کہا کہ کانوے اور اُس کے ساتھی خانقاہ کی کُچھ عمارتیں دیکھنا پسند کریں گے تو اُسے اُنہیں یہ عمارتیں خود لے جاکر دِکھانے میں خوشی ہوگی۔

برنارڈ نے کہا: "ہاں ضرور۔ ہم اِس جگہ کو اچھّی طرح دیکھنا چاہیں گے کیوں کہ پھر نہ جانے دوبارہ کب یہاں آنا ہو۔" اس کے سب ساتھیوں نے اُس کی تائید کی۔

شانگری لا پہلی خانقاہ نہیں تھی جو کانوے نے دیکھی تھی لیکن یہ یقیناً سب سے بڑی اور سب سے عجیب خانقاہ تھی۔ اُنہیں خانقاہ کے بہت سے حصّوں میں نہیں لے جایا گیا اِس کے باوجود پوری سہ پہر خانقاہ کا دورہ کرنے میں گزر گئی۔ کانوے نے جو کُچھ دیکھا اُس سے خانقاہ سے اس کی دِل چسپی اور بڑھ گئی۔ اُس نے وہاں ایسی نادر و نایاب چیزیں دیکھیں جو کسی اعلیٰ میوزیم کی زینت ہو سکتی تھیں۔ خُوب صُورت قدیم گُل دان، قلمی

نقّاشی اور کندہ کاری کے اعلیٰ نمونے اور قلمی تصویریں جن میں سے بعض تو ایک ہزار سال سے زیادہ پرانی تھیں۔ اِن کے علاوہ ایک نفیس لائبریری بھی تھی جس میں ہزاروں بیش قیمت کتابیں تھیں۔ کانوے نے کتابوں کی الماریوں پر ایک اُچٹتی ہوئی نظر ہی ڈالی تھی، لیکن یہی اُس کو حیران کرنے کے لیے کافی تھا۔ دُنیا کا بہترین لٹریچر وہاں تھا۔ انگریزی، فرانسیسی، جرمن اور روسی کتابوں کے علاوہ بڑی تعداد میں چینی اور دوسری مشرقی زبانوں کی کتابیں بھی موجود تھیں۔ وہ قدیم نوادرات اور علم و ادب کے اِس خزانے کو دیکھنے میں اتنا محو ہوا کہ اُسے وقت گزرنے کا احساس تک نہ ہوا اور جب چانگ نے اُس کو چائے پینے کی دعوت دی تو اُسے احساس ہوا کہ شام ہو گئی ہے۔

مس برنک لُو نے چانگ سے پوچھا کہ کیا وہ اُنہیں خانقاہ کے راہبوں سے نہیں ملائیں گے؟ اِس پر چانگ نے بڑی نرمی سے جواب دیا کہ معاف کیجئے گا، یہ مُمکن نہیں، خانقاہ کا دورہ کرنے والے لاماؤں سے نہیں مل سکتے۔

"یہ واقعی افسوس کی بات ہے۔" برنارڈ نے کہا: "میں تو آپ کے بڑے لامہ سے ملنا چاہتا تھا۔"

چانگ نے کہا: "افسوس کہ یہ مُمکن نہیں؟" اور پھر وہ ہمیں لے کر ایک چھوٹے سے خوب صورت باغ میں آ گیا جس کے بیچ میں کنول کے پھولوں سے بھرا ایک حوض تھا۔ باغ کے دوسری طرف ایک کمرہ تھا جس میں ایک جدید قسم کا پیانو رکھا تھا۔ کانوے اُسے دیکھ کر خوش ہو گیا۔ چانگ نے بتایا کہ لامہ مغربی موسیقی کے بڑے دِلدادہ ہیں، خاص طور پر موزارٹ کی بنائی ہوئی دُھنیں اُنہیں بہت پسند ہیں اور کُچھ لامہ بہت عمدہ پیانو بجانا بھی جانتے ہیں۔

برنارڈ کو سب سے زیادہ حیرت اِس بات کی ہوئی کہ اتنا بڑا پیانو یہاں تک کیسے لایا گیا

ہو گا۔ اُس نے حیرت سے پوچھا: "کیا آپ کا مطلب یہ ہے کہ یہ پیانو اُس راستے سے یہاں لایا گیا ہے جس راستے سے ہم کل یہاں پہنچے ہیں؟"

چانگ نے جواب دیا: "جی ہاں۔ اِس کے علاوہ کوئی راستہ نہیں۔"

اُس لمحے کُچھ تبّتی ملازم خوشبو دار چائے کی پیالیاں لے کر آ گئے۔ اُن کے پیچھے چینی لباس میں ایک لڑکی تھی۔ وہ خاموشی سے پیانو کی طرف گئی اور بیٹھ کر پیانو بجانا شروع کر دیا۔ وہ جتنی خوب صورتی سے پیانو بجا رہی تھی اُتنی ہی خُوب صورت وہ خود بھی تھی۔ مانچو نسل کے لوگوں کی طرح اُس کی ناک لمبی اور نازک تھی، اُس کا چہرہ کسی گُلابی پھُول کی مانند تھا۔ جب پیانو پر دُھن ختم ہو گئی تو وہ اُٹھی اور مہمانوں کے سامنے تعظیماً جھک کر کمرے سے باہر چلی گئی۔

چانگ نے مُسکرا کر اُسے جاتے دیکھا اور پھر وہ کانوے کی طرف مُڑا اور بولا: "مُجھے اُمّید ہے کہ آپ کو لُطف آیا ہو گا۔"

"یہ کون ہے؟" میلن سن نے سوال کیا۔

"اس کا نام لوتے سن ہے۔ یہ مغربی موسیقی کی ماہر ہے اور میری طرح ابھی پوری طرح لامہ بننے کی اہل نہیں ہوئی ہے۔" چانگ نے جواب دیا۔

مس برنک لُو بولی: "واقعی یہ ابھی لامہ کیسے بن سکتی ہے۔ بالکل بچّی ہی لگتی ہے۔ کیا عُمر ہو گی اِس کی؟"

"میں نہیں بتا سکتا۔" چانگ نے جواب دیا۔

برنارڈ مُسکرایا اور بولا: "کسی خاتون کی عُمر نہیں بتائی جاتی کیوں ہے نا یہی بات؟"

"بالکل ٹھیک کہا آپ نے۔" چانگ بولا اور ایک ہلکی سی مُسکراہٹ اُس کے چہرے پر نمودار ہوئی۔ پھر اِس سے قبل کہ اُس سے مزید سوال کیے جائیں وہ کمرے سے باہر چلا

گیا۔

اس رات کھانے کے بعد کانوے اپنے ساتھیوں کو وہیں چھوڑ کر باہر صحن میں چلا گیا۔ چاند کی روشنی پھیلی ہوئی تھی اور ہر طرف خاموشی تھی۔ سردی تھی لیکن ہوا بند تھی۔ کراکل پہاڑ دِن کی روشنی میں دُور لگتا تھا، لیکن اِس وقت بہت قریب لگ رہا تھا۔ جسمانی طور پر کانوے مطمئن اور خوش تھا لیکن اُس کے ذہن میں ایک اُلجھن تھی۔ اُس کی سمجھ میں نہیں آرہا تھا کہ یہ سب کُچھ جو اُن کے ساتھ ہوا ہے کیوں ہوا ہے۔ اِس کی کوئی وجہ ضرور ہے۔ اور اگر یہ وجہ معلوم ہو جائے تو پھر ہر بات واضح ہو جائے گی۔ صحن سے گزر کر وہ اس ٹیرس پر پہنچ گیا جو وادی کے کنارے پر آگے کو نکلا ہوا تھا۔ وہاں وہ جھک کر نیچے تاریک کھائی کی طرف دیکھنے لگا۔ اچانک اسے دور وادی کی طرف سے کُچھ آوازیں آتی سُنائی دیں۔ یہ ڈھول پر تھاپ کی آواز تھی۔ کُچھ لوگوں کے بولنے کی بھی ہلکی سی آوازیں تھیں۔ اچانک دو تبّتی خاموشی سے آئے اور صحن کو پار کر کے ٹیرس کے آخری سِرے پر دیوار کی طرف بڑھ گئے۔ اب ڈھول اور نفیری کی آوازیں زیادہ واضح سُنائی دے رہی تھیں۔ اِس دوران کانوے نے سُنا۔ ایک تبّتی دوسرے تبّتی سے کہہ رہا تھا:

"اُنہوں نے تالو کو دفنا دیا ہے۔"

کانوے کو تبّتی زبان زیادہ نہیں آتی تھی لیکن وہ اُن کی باتیں غور سے سُننے لگا۔ سوال کرنے والے کی بات تو وہ نہیں سُن سکا لیکن جواب دینے والے کی بات وہ سُن رہا تھا۔ وہ کہہ رہا تھا:

"تالو کا اِنتقال ہو گیا۔ اس نے شانگری لا کے بڑوں کے حکم پر عمل کیا۔ وہ ایک عظیم پرندے پر سوار، عظیم پہاڑوں پر اُڑتا ہوا آیا تھا۔ وہ اپنے ساتھ کُچھ اجنبیوں کو لایا تھا۔ تالو نہ باہر کی سردی سے ڈرتا تھا نہ باہر کی تیز ہوا سے۔ وہ کافی مدّت ہوئی باہر چلا گیا

تھا، لیکن نیلے چاند کی وادی اُسے بھولی نہیں تھی۔"

اِس کے بعد اُن دونوں کے درمیان اور کوئی گُفت گو نہیں ہوئی۔ کانوے نے کُچھ دیر انتظار کیا اور پھر وہ بھی اپنے کمرے میں لوٹ آیا۔ اُس نے جو کُچھ سُنا تھا اُس سے یہ بات صاف ہو گئی کہ باسکل سے اُن کے ہوائی جہاز کی پرواز کِسی دیوانے کی بے مقصد حرکت نہیں تھی۔ یہ ساری کارروائی شانگری لا کے حکم پر باقاعدہ منصوبہ بندی کے تحت کی گئی تھی۔ ہواباز کو یہاں رہنے والے جانتے تھے اور اُس کے نام تک سے واقف تھے۔ وہ اُن ہی میں سے تھا اور اُس کی موت کا یہاں سوگ منایا گیا ہے۔ لیکن یہ سب کُچھ کیوں کیا گیا؟ برطانوی حکومت کے ایک ہوائی جہاز میں سفر کرنے والے چار آدمیوں کو یہاں اُس سُنسان اور خُفیہ مقام پر کیوں لایا گیا ہے؟

یہ ایک سخت اُلجھا دینے والا معاملہ تھا۔ ایک معمّہ تھا۔ کانوے نے اُسی لمحے ایک فیصلہ کیا کہ وہ اپنے شُبہات کسی پر ظاہر نہیں کرے گا۔ کیوں کہ اُس کے ساتھی اُس کی کوئی مدد نہیں کرسکتے تھے اور ظاہر تھا کہ چانگ یقیناً اُس کی کوئی مدد نہیں کرے گا۔

چھٹا باب

کانوے اور اس کے ساتھیوں نے شانگری لا کی زندگی کو قبول کر لیا تھا اور اب وہ آہستہ آہستہ اس ماحول کے عادی ہوتے جارہے تھے۔ وقت گزارنے کے لیے مس برنک لُو نے تبّتی زبان سیکھنا شروع کر دی تھی اور کانوے نے اِس مسئلے کے علاوہ جس کے بارے میں وہ سوچتا رہتا تھا اپنے لیے کئی اور دِلچسپیاں ڈھونڈ لی تھیں۔ گرم چمکیلے دِنوں میں وہ لائبریری یا میوزک روم میں چلا جاتا۔ اُس کا اندازہ تھا کہ لائبریری میں بیس سے تیس ہزار کتابیں ہوں گی۔ چانگ نے بتایا تھا کہ ۱۹۳۰ء تک شائع ہونے والی اور بھی بہت سی کتابیں ہیں جو خانقاہ پہنچ چکی ہیں، لیکن ابھی لائبریری میں نہیں رکھی گئی ہیں۔ اس نے کہا:

"آپ نے دیکھا ہم اپنے آپ کو جدید حالات سے خاصا باخبر رکھتے ہیں۔"

کانوے نے مُسکراتے ہوئے جواب دیا: "کُچھ لوگ آپ سے اس معاملے میں اتّفاق نہیں کریں گے۔ آپ کو معلوم نہیں گزشتہ سال سے اب تک دُنیا میں بہت کُچھ تبدیلیاں ہو چکی ہیں۔"

"کوئی بات ایسی نہیں ہوئی ہو گی جناب جسے دس سال بعد سمجھا نہ جا سکے۔" چانگ نے جواب دیا۔ کانوے بولا: "چانگ صاحب میرا خیال ہے میں اب آپ کو کُچھ کُچھ سمجھنے لگا ہوں۔ آپ کی نظر میں وقت کی وہ اہمیّت نہیں جو دوسرے لوگوں کی نظر میں ہے۔ اگر میں لندن میں ہوں تو میں وہ اخبار دیکھنا چاہوں گا جو ایک گھنٹہ پہلے شائع ہوا ہے، لیکن یہاں شانگری لا میں آپ کو ایک سال پرانا اخبار دیکھنے کی بھی کوئی خاص خواہش نہیں ہو گی۔ میرے خیال میں تو یہ ایک معقول رویّہ ہے۔ اچھّا خیر یہ تو بتایئے آخری مرتبہ بیرونی دُنیا سے یہاں کسی آدمی کو آئے کتنا عرصہ ہو گیا ہو گا؟"

"معاف کیجئے گا، مسٹر کانوے میں یہ آپ کو نہیں بتا سکتا۔" چانگ نے جواب دیا۔

عموماً ایسے ہی جواب سے گُفت گُو ختم ہو جایا کرتی تھی لیکن اب کانوے اِس کا عادی ہو گیا تھا اور اُسے اِس سے اُلجھن نہیں ہوتی تھی۔ وہ چانگ کو پسند کرنے لگا تھا۔ لیکن یہ تعجّب کی بات تھی کہ خانقاہ میں چند ہی لوگوں سے اُس کی ملاقات ہوئی تھی۔ اگر لاماؤں سے ملنا مُمکن نہیں تھا تو چانگ جیسے کُچھ دوسرے لوگ تو یقیناً وہاں ہوں گے جن سے وہ مل سکتا تھا۔

چینی لڑکی لوتے سن سے البتّہ ملاقات ہو جاتی تھی۔ وہ میوزک روم آتی تھی، لیکن اُسے انگریزی نہیں آتی تھی اور کانوے کِسی پر ظاہر نہیں کرنا چاہتا تھا کہ وہ چینی زبان جانتا ہے۔ وہ یہ محسوس کرتا تھا کہ چینی زبان سے اپنی واقفیت کو راز میں رکھنا آگے چل کر اُس

کے لیے مُفید ثابت ہو گا۔ وہ لوتے سن کو پیانو پر خُوب صورت دُھنیں بجاتے دیکھتا تھا لیکن یہ جاننا مُشکل تھا کہ اُس کے ذہن میں کیا ہے۔ وہ کیا سوچ رہی ہے۔ اِس سے بھی زیادہ یہ جاننا مُشکل تھا کہ اُس کی عُمر کیا ہے۔ وہ تیس سال سے زیادہ کی نہیں لگتی تھی اور تیرہ سال سے کم کی بھی نہیں معلوم ہوتی تھی۔ تاہم عجیب بات یہ تھی کہ اگر کوئی یہ کہتا کہ وہ تیس سال سے زیادہ کی ہے یا تیرہ سال سے کم کی ہے تو اس پر بھی یقین کیا جا سکتا تھا۔ یوں لگتا تھا کہ جیسے وہ عُمر کی قید سے آزاد ہو۔

میلن سن بھی جو کبھی کبھی اس کی موسیقی سُننے کے لیے آیا کرتا تھا، اس کے بارے میں حیران تھا۔ اس نے کئی بار کانوے سے کہا:

"میری سمجھ میں نہیں آتا، یہ لڑکی یہاں کیا کر رہی ہے۔ تمہارا کیا خیال ہے، کیا یہ یہاں خوش ہے؟"

"وہ ناخوش ہو بھی تو نہیں معلوم ہوتی۔" کانوے کا جواب ہوتا۔

ایک دِن جب یہی گُفت گو چھڑی تو میلن سن کہنے لگا: "ایسا لگتا ہے جیسے اس لڑکی کے کوئی جذبات ہی نہیں ہیں۔ وہ انسان سے زیادہ چینی کی ایک گُڑیا لگتی ہے۔ بھلا اُس کی عمر کیا ہو گی؟" وہ رُکا، پھر بولا: "اور تمہارے خیال میں چانگ کی عُمر کیا ہو گی؟"

"انچاس اور ایک سو انچاس سال کے درمیان کُچھ بھی۔" کانوے نے ہنس کر جواب دیا۔

دریں اثنا مس برنک لُو کو تبّتی زبان سیکھنے میں لُطف آ رہا تھا۔ برنارڈ بھی بہت خوش تھا اور ہنسی مذاق کی باتیں کرتا رہتا تھا۔ اُس کا یہ ہنستا بولنا میلن سن کو اچھّا نہیں لگتا تھا۔ اُس نے جب کانوے سے یہ بات کہی تو کانوے نے کہا: "یہ تو اچھّی بات ہے کہ وہ یہ دِن ہنسی خوشی گزار رہا ہے۔"

میلن سن بولا: "مُجھے تو یہ عجیب سا لگتا ہے۔ وہ ایک جہاں گشت کاروباری آدمی ہے۔ اُس کو تو یہاں کی خاموش زندگی نے پاگل کر دیا ہوتا۔ تُم اس کے بارے میں کیا جانتے ہو؟ کانوے؟ کیا تُم نے اُس کا پاسپورٹ دیکھا ہے؟"

"شاید میں نے دیکھا ہے، مُجھے یاد نہیں، مگر تُم یہ کیوں پوچھ رہے ہو؟" کانوے نے کہا۔

"اس لیے کہ اس کا پاسپورٹ جعلی ہے۔ یہ شخص برنارڈ نہیں ہے۔" میلن سن نے جواب دیا۔

کانوے نے یہ بات دِلچسپی سے سُنی لیکن اُسے کوئی پریشانی نہیں ہوئی۔ وہ برنارڈ کو پسند کرتا تھا۔ اُسے اِس سے غرض نہیں تھی کہ وہ کون ہے۔ اُس نے پوچھا: "اچھّا تو پھر یہ کون ہے؟"

"یہ کالمر برائنٹ ہے۔" میلن سن نے جواب دیا۔

"اچھا وہ ہے۔ لیکن تمہیں کیسے معلوم ہوا؟" کانوے نے پوچھا۔

میلن سن نے کہا: "آج صُبح اُس کی نوٹ بک کہیں گر گئی تھی۔ وہ چانگ کو پڑی ملی۔ اُس نے اُٹھالی اور یہ سمجھ کر شاید یہ میری ہے مُجھے دے دی۔ اُس میں بہت سے اخباری تراشے تھے۔ میں اُنہیں دیکھے بغیر نہ رہ سکا۔ یہ سب برائنٹ اور اُس کی تلاش کے بارے میں تھے۔ ایک تراشے میں برائنٹ کی تصویر بھی تھی جو ہو بہو برنارڈ کی تصویر ہے۔" میلن سن نے بتایا۔

کانوے سوچ میں پڑ گیا۔ "شاید تُم ٹھیک کہتے ہو۔ اِسی وجہ سے وہ یہاں مطمئن نظر آتا ہے۔ اُسے گرفتاری سے بچنے کے لیے اُس سے بہتر جگہ اور کہاں مل سکتی تھی۔"

"اب اِس معاملے میں تُم کیا کرو گے؟" میلن سن نے سوال کیا۔

"فی الحال تو کچھ نہیں کر سکتا۔ اگر وہ مجرم ہے بھی تو جب تک ہم یہاں ہیں ہمیں اُس کے ساتھ رہنا ہے۔ میرا مشورہ ہے کہ تمہیں جو کچھ معلوم ہوا ہے اُسے اپنے تک ہی رکھنا۔ کسی کو نہیں بتانا۔"

میلن سن بولا: "لیکن یہ شخص چور ہے۔ میں بہت سے ایسے آدمیوں کو جانتا ہوں جن کا سرمایہ اُس شخص کی وجہ سے ڈوبا ہے۔"

کالمر برائنٹ نیویارک میں کمپنیوں کے ایک بڑے گروپ کا سربراہ تھا۔ اِن کمپنیوں کا دیوالیہ نکل گیا اور سیکڑوں لوگوں کا سرمایہ ڈوب گیا۔ کمپنیوں کے دیوالیہ ہو جانے کی ذمّہ داری برائنٹ پر آتی تھی۔ وہ گرفتاری سے بچنے کے لیے اپنا سارا روپیہ لے کر یورپ بھاگ گیا۔ کئی ملکوں کی پولیس اُس کی تلاش میں لگ گئی۔ لیکن اُس کا کہیں پتا نہ چل سکا۔ کانوے کو اِن باتوں کا علم تھا۔ اگرچہ پوری تفصیلات اُسے نہیں معلوم تھیں۔

وہ کہنے لگا: "خیر میلن سن تم میرا مشورہ مانو تو اِس کا کسی سے ذکر نہ کرنا۔ اُس کی خاطر نہیں بلکہ اِس وجہ سے کہ اگر یہاں لوگوں کو یہ بات معلوم ہوئی تو ہمیں شرمندگی ہوگی۔ اور یہ بھی یاد رکھو کہ ہو سکتا ہے یہ شخص برائنٹ نہ ہو۔"

لیکن وہ برائنٹ ہی تھا اور اُس کا اعتراف اُس نے خود کیا۔ اُس رات کھانے کے بعد جب چانگ اُٹھ کر چلا گیا تو مس برنک لُوتبّتی زبان سیکھنے میں لگ گئی۔ کانوے، میلن سن اور برنارڈ بیٹھے تھے۔ کانوے نے محسوس کیا کہ میلن سن کا برنارڈ کے ساتھ رویّہ پہلے جیسا نہیں ہے۔ برنارڈ نے بھی یہ محسوس کر لیا تھا کہ کوئی بات ضرور ہے۔

اچانک وہ بولا: "میرا خیال ہے کہ تم لوگوں کو معلوم ہو گیا ہے کہ میں کون ہوں؟"

تھوڑی دیر خاموشی رہی پھر مس برنک لُو نے کہا: "مجھے نہیں معلوم مسٹر برنارڈ آپ کون ہیں؟ لیکن میرا خیال ہے یہ آپ کا اصلی نام نہیں ہے۔"

سب اُس کو حیرت سے تکنے لگے۔ وہ کہنے لگی: "مُجھے یاد ہے کہ جب مسٹر کانوے نے کہا تھا کہ ہمارے نام اخباروں میں چھپ جائیں گے تو آپ نے کہا تھا کہ جہاں تک آپ کا تعلّق ہے اِس سے کوئی فرق نہیں پڑے گا۔ اُس وقت میں یہ سمجھی تھی کہ شاید برنارڈ آپ کا اصلی نام نہیں ہے۔"

برنارڈ مُسکرایا اور بولا: "محترمہ آپ ایک اچھّی سُراغ رساں ہیں۔ خیر، مُجھے اِس کا افسوس نہیں کہ یہ بات آپ لوگوں کو معلوم ہوگئی ہے کہ میں برنارڈ نہیں ہوں۔ آپ سب نے میرے ساتھ بڑا اچھا برتاؤ کیا ہے اور میں آپ کے لیے مشکلات پیدا کرنا نہیں چاہتا۔ اس وقت جو صورتِ حال ہے، اِس میں ہمیں ایک دوسرے کی زیادہ سے زیادہ ضرورت ہے۔ آئندہ کیا ہوگا یہ آنے والے وقت پر چھوڑ دینا چاہیے۔"

کانوے نے تحسین آمیز نظروں سے برنارڈ کو دیکھا۔ اُسے یہ کُچھ عجیب سا لگا کہ یہ بھاری بھر کم، خوش مزاج بزرگانہ انداز رکھنے والا شخص جو کسی اسکول کا ہیڈ ماسٹر لگتا تھا وہ اتنا بڑا دھوکہ باز اور چور ہو۔ وہ بولا: "ہاں، تُم ٹھیک کہہ رہے ہو۔"

برنارڈ ہنسا اور کہنے لگا: "پہلے پہل تو اِس میں بڑا لطف آیا۔ پولیس سارے یورپ میں میرے پیچھے دوڑتی رہی اور میں اُس کے ہاتھ نہیں لگا، لیکن جب میں ویانا میں پکڑے جانے سے بال بال بچا تو گھبرا گیا۔ آپ جو مُجھے یہاں اِس قدر مطمئن دیکھتے ہیں تو اِس کی وجہ یہ ہے کہ یہاں میں پولیس کی گرفت سے دور ہوں۔ یہاں سکون ہے، آرام ہے۔ کوئی ٹیلی فون نہیں کہ مُجھے پریشان کرے۔"

"اور باتوں کا تو مُجھے زیادہ عِلم نہیں لیکن میں سمجھتا ہوں یہاں ٹیلی فون ہوتا تو اچھّا تھا۔" کانوے بولا۔

برنارڈ نے کہا: "مالی کاروبار در اصل قسمت کا کھیل ہے۔ میری قسمت خراب تھی

اور میرا سارا سرمایہ ڈوب گیا۔ بس یہی بات تھی۔"

"تُم نے دوسرے لوگوں کا سرمایہ بھی توڈبویا۔" میلن سن نے کہا۔

"ہاں اُن کا سرمایہ بھی ڈوبا، مگر کیوں؟ اِس لیے کہ وہ اپنے سرمایہ سے نفع کمانا چاہتے تھے، اور اُن کے پاس اِتنی عقل نہیں تھی کہ وہ خود ایسا کرسکتے۔" برنارڈ نے جواب دیا۔

میلن سن نے بولا: "میں یہ نہیں مانتا۔ ان کی رقم اس لیے ڈوبی کہ اُنہوں نے تم پر بھروسہ کیا اور سمجھے کہ ان کا سرمایہ محفوظ ہے۔"

برنارڈ نے کہا۔ "نہیں۔ اُن کا سرمایہ محفوظ نہیں تھا۔ ہو بھی نہیں سکتا تھا، اسٹاک مارکیٹ میں قیمتیں اچانک۔گر جائیں تو کوئی کُچھ نہیں کر سکتا۔ میں بے بس تھا۔ بالکل اُسی طرح جیسے باسکل سے روانگی کے بعد جو کُچھ ہوا اُس میں ہم بے بس ہیں۔" برنارڈ نے جواب دیا۔

اس سے پہلے کہ میلن سن کُچھ کہتا کانوے نے کہا: "بہتر ہے کہ ہم یہ بحث ختم کر دیں۔ اِس وقت اہم بات یہ ہے کہ یہاں اپنے قیام کو خوش گوار بنانے میں ہمیں ایک دوسرے کی مدد کرنی چاہیے۔ اچھّی بات یہ ہے کہ ہم چار افراد میں سے تین یہاں کے قیام سے مطمئن ہیں۔"

"آپ مُجھے تواُن میں شامل نہیں کر رہے ہیں؟" میلن سن بگڑ کر بولا۔

"نہیں۔" کانوے نے پُر سکون لہجے میں جواب دیا۔ "میں برنارڈ، مس برنک لُو اور اپنی بات کر رہا ہوں۔ میرے اطمینان کی وجہ بڑی سادہ سی ہے۔ بس مُجھے یہاں رہنا اچھا لگ رہا ہے۔"

یہ ایک حقیقت تھی۔ کانوے کو شانگری لا میں رہنا اچھّا لگ رہا تھا۔ خانقاہ اور یہاں رہنے والوں کا معمّہ اب آہستہ آہستہ اُس کی سمجھ میں آتا جارہا تھا۔ وہ محسوس کر رہا تھا کہ

اِس معمّے کا حل اُس نے تلاش کر لیا ہے۔ یہاں شانگری لا میں ہر طرف خاموشی اور سکون تھا۔ اندھیری راتوں میں ستارے جگمگاتے تھے اور پہاڑ آسمان کی نیلگوں روشنی میں نہائے نظر آتے تھے۔ کانوے نے اچانک محسوس کیا کہ بیرونی دُنیا سے آنے والے قُلی اگر ابھی آ جائیں تو اُسے زیادہ خوشی نہیں ہو گی۔ وہ اِن ہی خیالوں میں گم تھا کہ چانگ دبے پاؤں وہاں آ گیا۔

وہ کہنے لگا: "جناب میں آپ کو ایک اہم بات بتانے آیا ہوں۔ بڑے لامہ نے آپ کو بُلایا ہے۔ وہ آپ سے فوراً ملنا چاہتے ہیں۔" چانگ بہت جوش میں تھا۔ وہ کہنے لگا: "آپ کو یہاں آئے ابھی پندرہ دِن ہی ہوئے ہیں کہ بڑے لامہ نے آپ کو طلب کر لیا ہے۔ اس سے پہلے ایسا کبھی نہیں ہوا ہے!"

چانگ کا جوش و خروش دیکھ کر کانوے کو حیرانی ہو رہی تھی۔ وہ بولا: "اِس وقت اُن سے ملاقات کے لیے رات زیادہ تو نہیں ہو گئی ہے؟"

چانگ نے کہا: "اِس سے کوئی فرق نہیں پڑتا جناب۔ آپ یہ باتیں جلدی ہی سمجھ جائیں گے۔ یقین کیجئے جب آپ مُجھ سے کُچھ پوچھتے تھے اور میں اُن کا جواب نہیں دیتا تھا تو مُجھے کتنی تکلیف ہوتی تھی۔ شکر ہے کہ اب اِس کی نوبت نہیں آئے گی۔"

کانوے نے کہا: "اچھّا تو اب کُچھ اور کہنے کی ضرورت نہیں۔ چلئے مُجھے راستہ دکھایئے۔"

ساتواں باب

چانگ کے ساتھ خالی دالانوں اور صحنچیوں سے گُزرتے ہوئے کانوے بظاہر پُر سکون تھا، لیکن حقیقت یہ تھی کہ بڑے لامہ سے ملاقات کے خیال نے اُسے ایک ہیجان میں مبتلا کر دیا تھا۔ چانگ نے جو کُچھ کہا تھا اُس کا مطلب یہ تھا کہ جو باتیں اب تک راز میں

تھیں وہ اب کھُل کر سامنے آنے والی ہیں اور بہت جلد اُسے یہ معلوم ہو جائے گا کہ اُس نے جو سوچا تھا وہ کہاں تک صحیح ہے۔

کانوے نے دیکھا کہ چانگ اُس کو ایسے راستوں سے لے جا رہا ہے جہاں سے وہ پہلے کبھی نہیں گُزرا تھا۔ کئی کمروں سے گُزرنے کے بعد وہ چند سیڑھیاں چڑھے۔ پھر ایک دروازے پر پہنچ کر چانگ نے دستک دی۔ ایک تبّتی خادم نے دروازہ کھولا۔ چانگ کانوے کو لے کر اندر داخل ہو گیا۔ خانقاہ کے اِس حصّے کی ہوا خُشک اور گرم تھی۔ ایسا لگتا تھا کہ جیسے کھڑکیاں بند ہوں اور کمروں کو گرم رکھنے والا اسٹیم پلانٹ پوری رفتار سے چل رہا ہو۔ کُچھ اور آگے بڑھنے کے بعد چانگ ایک دروازے پر پہنچ کر رُک گیا اور آہستہ بولا:

"لامہ اعظم آپ سے اکیلے میں ملیں گے۔"

اس نے دروازہ کھولا، کانوے کو اندر جانے کا اشارہ کیا اور کانوے کے اندر جانے کے بعد آہستہ سے دروازہ بند کر دیا۔ کانوے کمرے میں داخل ہونے کے بعد کُچھ دیر خاموش وہیں کھڑا رہا تاکہ اُس کی آنکھیں کمرے کے اندھیرے کی عادی ہو جائیں۔ اُس نے دیکھا کہ وہ نیچی سی چھت والے ایک کمرے میں ہے اور سامنے ایک کرسی پر ڈھیلے ڈھالے چینی لباس میں ایک منحنی سا بُوڑھا شخص کسی پرانی دُھندلی سی تصویر کی مانند بے حس و حرکت بیٹھا ہے۔ کانوے اُس کی طرف بڑھا۔ اس کے قریب آنے پر بوڑھے لامہ نے نہایت شستہ انگریزی میں کہا:

"آپ مسٹر کانوے ہیں۔"

"جی ہاں۔" کانوے نے جواب دیا۔

"مُجھے آپ سے مل کر خوشی ہوئی، مسٹر کانوے۔ آیئے یہاں میرے قریب بیٹھ جایئے اور ڈریے نہیں۔ میں ایک بُوڑھا آدمی ہوں، کسی کو نقصان نہیں پہنچا سکتا۔" اس

نے کہا۔

کانوے بولا: "آپ کی خدمت میں باریابی میرے لیے بہت بڑا اعزاز ہے۔"

"شکریہ!" بڑے لامہ نے کہا۔ "جیسا کہ میں نے کہا ہے یہ لمحہ میرے لیے بڑی مسرّت کا ہے۔ میری بینائی کمزور ہے لیکن میں آپ کو اپنی آنکھوں سے اور اپنے ذہن دونوں سے دیکھ سکتا ہوں۔ مجھے اُمّید ہے کہ شانگری لا میں آپ کو کوئی تکلیف نہیں ہوئی ہو گی۔"

"جی نہیں۔ میں بہت آرام سے ہوں۔" کانوے نے جواب دیا۔

"مجھے یہ سُن کر خوشی ہوئی۔ مجھے یقین ہے چانگ نے آپ کے آرام کا پورا پورا خیال رکھا ہو گا۔ اُس نے مجھے بتایا ہے کہ آپ ہماری خانقاہ اور یہاں کے معاملات کے بارے میں بہت کُچھ پوچھتے رہے ہیں۔" بڑے لامہ نے کہا۔

"جی ہاں۔ میں اس کے بارے میں یقیناً جاننا چاہتا ہوں۔" کانوے نے جواب دیا۔

"اچھّا اگر آپ مجھے کُچھ وقت دیں تو میں آپ کو اس خانقاہ کا مختصر حال بتاؤں۔" بڑے لامہ نے کہا۔

"اس سے بڑھ کر مجھے اور کیا خوشی ہو گی۔" کانوے نے جواب دیا۔

"تو سُنئیے۔" بڑے لامہ نے کہنا شروع کیا۔ "آپ تِبّت کی تاریخ سے تھوڑی بہت واقفیت تو رکھتے ہوں گے۔ آپ کو یہ بھی معلوم ہو گا کہ سترھویں صدی میں روم نے ایشیا میں عیسائی مذہب کی تبلیغ کے لیے بہت سے مشنری بھیجے تھے۔ ۱۷۱۹ء میں بیلجیئم کے چار عیسائی پادری اِس مقصد کے لیے چین سے تِبّت کی طرف روانہ ہوئے۔ وہ کئی مہینے تک جنوب مغرب کی جانب سفر کرتے رہے۔ اُن میں سے تین راستے میں مر گئے۔ چوتھا بھی مرنے کے قریب تھا کہ اُسے اتّفاق سے نیلے چاند کی وادی کو جانے والا پہاڑی راستہ نظر آ

گیا اور وہ اس پر چل پڑا۔ خوش قسمتی سے وادی میں اُس کو ہمدرد لوگ مل گئے جنہوں نے اُس کے ساتھ بہت اچھّا برتاؤ کیا اور وہ اُن کے ساتھ رہنے لگا۔ وادی کے لوگ بودھ مذہب کے پیرو تھے لیکن وہ عیسائی مذہب کے بھی خلاف نہیں تھے۔ اِس پہاڑی پر ایک قدیم بودھ خانقاہ تھی۔ عیسائی مشنری نے یہیں ایک مسیحی خانقاہ قائم کرنے کا فیصلہ کیا۔ اِس غرض سے خانقاہ کی پُرانی عمارتوں کی مرمّت کی گئی اور کُچھ نئی عمارتیں بھی تعمیر کی گئیں۔ پادری نے خانقاہ میں رہنا شروع کر دیا۔ یہ ۱۷۳۴ء کی بات ہے۔ اس وقت اس پادری کی عُمر ترپن سال تھی۔

اُس پادری کا نام پیرالٹ تھا۔ پادری بننے سے پہلے اُس نے پیرس اور یورپ کی دوسری یونیورسٹیوں میں تعلیم حاصل کی تھی۔ وہ ایک عالم تھا۔ موسیقی اور فنونِ لطیفہ سے اُسے خاص دِلچسپی تھی اور وہ بہت سی غیر ملکی زبانیں بھی جانتا تھا۔ جسمانی طور پر بھی وہ مضبوط تھا۔ یہاں اپنے قیام کے ابتدائی زمانے میں اس نے دوسرے لوگوں کی طرح اپنے ہاتھوں سے کام کیا۔ خود زمین کھودی اور طرح طرح کے درخت اور پودے لگائے۔ وہ عملی آدمی تھا۔ کس خیالی دُنیا میں نہیں رہتا تھا۔ دُنیا کی اچھّی چیزوں سے لُطف اُٹھانا پسند کرتا تھا۔ وہ یہاں کے لوگوں کو اپنے مذہب کی باتیں بھی سِکھاتا تھا اور اُس کے ساتھ کھانا پکانا بھی سکھاتا تھا۔ آپ یوں سمجھئے کہ وہ ایک مُخلص سیدھا سادہ زندہ دِل، پڑھا لکھا آدمی تھا جو مذہبی عالم ہونے کے باوجود عام لوگوں کی طرح کام کرنے کو عار نہیں سمجھتا تھا۔

وقت گُزرتا گیا یہاں تک کہ پیرالٹ بُوڑھا ہو گیا۔ اس کے پیروکار آہستہ آہستہ پھر بودھ مذہب کی طرف راغب ہو گئے۔ یہ کوئی تعجّب کی بات نہیں تھی کیوں کہ صدیوں کی عادتوں اور عقیدوں کا بدلنا ایک آدمی کے بس کی بات نہیں تھی۔ اس کے پیروکار اگرچہ اُس کی دی ہوئی تعلیم بھُول چکے تھے، لیکن وہ اس سے بہت محبّت کرتے

تھے اور عقیدت رکھتے تھے۔ پیر الٹ جسمانی اور ذہنی دونوں طرح سے چاق و چوبند تھا۔ ترانوے سال کی عُمر میں اس نے بودھ مذہب کا مطالعہ شروع کیا۔

پیرالٹ کی زندگی کا یہ دور بڑے سکون اور اطمینان کا تھا۔ وہ بہت بُوڑھا ہو چُکا تھا۔ لیکن نہ اُسے کوئی بیماری تھی اور نہ کوئی فکر۔ بس ایک موت کا انتظار تھا جسے اب آنا ہی آنا تھا۔ وہ اس کے لیے تیّار تھا۔ اس کے کھانے اور کپڑے کا انتظام وادی کے لوگوں نے اپنے ذمّے لے رکھا تھا اور وہ اپنا وقت کتابوں کے مطالعے اور پرانی یادوں میں گزارتا تھا۔ ذہن کو آرام پہنچانے کے لیے وہ ایک قدرتی بوٹی استعمال کرتا تھا اور جسم کو درست رکھنے کے لیے یوگا کے طریقے پر عمل کرتا تھا۔ ۱۷۸۹ء میں جب پیرالٹ کی عُمر ایک سو آٹھ سال کی ہو گئی تو وادی میں یہ خبر پہنچی کہ اُس کے اِس دُنیا سے جانے کا وقت آ گیا ہے۔

پیرالٹ اس کمرے میں بسترِ مرگ پر پڑا تھا۔ جہاں سے وہ کھڑکی میں سے کراکل کی سفید پوش چوٹی کو دیکھ سکتا تھا۔ اس کا ذہن پُرسکون تھا اور وہ خوش خوش موت کی آغوش میں جانے کے لیے تیّار تھا۔ اس نے اپنے دوستوں اور خادموں کو اپنے پاس بلایا تاکہ اُن کو الوداع کہہ سکے۔ پھر اُس نے اُن سے کہا کہ وہ اُس کو تنہا چھوڑ دیں۔ وہ پُرسکون تنہائی میں اِس دُنیا سے گزر جانا چاہتا تھا، لیکن حقیقت یہ تھی کہ ابھی اُس کا وقت نہیں آیا تھا۔ کئی ہفتوں تک وہ بے حس و حرکت خاموش اپنے بستر پر لیٹا رہا اور پھر یکایک اُس کی حالت بدلنے لگی اور اُس کی طاقت و توانائی واپس آ گئی۔"

بڑے لامہ نے یہ کہنے کے بعد ذرا توقّف کیا۔ اُس کی خوابیدہ نظریں دورِ ماضی میں کُچھ تکتی رہیں اور پھر وہ اپنا سِلسِلہ کلام جاری رکھتے ہوئے بولا: "خانقاہ کے پرانے راہب ایک ایک کر کے انتقال کرتے گئے اور ۱۷۹۴ء میں جب آخری راہب کا انتقال ہوا تو پیرالٹ اُس وقت بھی زندہ سلامت تھا۔ ایسا لگتا تھا جیسے قدرتی بوٹی کے استعمال اور یوگا

کے طریقے پر عمل سے اس نے ابدی زندگی کا سُراغ پالیا ہے۔ وادی کے سیدھے سادھے لوگ اسے دیوتا سمجھنے لگے جو غیر معمولی قوّتوں کا مالک ہے۔ وہ روزانہ شانگری لا آتے اور کھانے پینے کی چیزیں اور کپڑے نذرانے کے طور پر چھوڑ جاتے۔ اگر یہاں کوئی کام ہوتا تو وہ بھی کر جاتے۔

پیرالٹ کو اب وہ زندگی میسّر تھی جس کا وہ ہمیشہ سے آرزومند تھا۔ پہلے اُسے پڑھنے کا کم وقت ملتا تھا۔ اب مطالعے کے لیے وقت ہی وقت تھا۔ پڑھنے کے لیے اُسے کتابوں کی ضرورت تھی، کُچھ کتابیں وہ اپنے ساتھ لایا تھا۔ اُن میں ایک انگریزی گرامر کی کتاب اور ایک ڈکشنری تھی۔ اِن دو کتابوں کی مدد سے اس نے انگریزی زبان پر عبور حاصل کر لیا۔ طالبِ علمی کے زمانے میں اس کا حافظہ جتنا تیز تھا اب اُس سے کہیں زیادہ تیز ہو گیا تھا اور اب وہ ہر چیز سیکھ سکتا تھا۔

پھر ۱۸۰۴ء میں ایک دوسرا اجنبی یورپ سے نیلے چاند کی وادی میں پہنچا۔ وہ ایک اعلیٰ تعلیم یافتہ نوجوان تھا جس کا نام ہنشل تھا۔ اُس کا تعلّق آسٹریا کے ایک اعلیٰ خاندان سے تھا۔ وہ یہاں کیسے پہنچا یہ بھی اپنی جگہ ایک دِل چسپ کہانی ہے۔ اگرچہ خود اس کو اس کا صحیح عِلم نہیں تھا کیوں کہ وہ نیم مُردہ حالت میں یہاں پہنچا تھا۔ وادی کے لوگوں نے بڑی توجّہ سے اُس کی دیکھ بھال کی اور وہ بہت جلد صحت یاب ہو گیا۔ آپ کو شاید معلوم ہو کہ یہاں سونے کی کانیں ہیں۔ ہنشل اِن کانوں سے سونا نکالنے کے منصوبے بنانے لگا۔ اس کا اِرادہ تھا کہ وہ تھوڑے سے وقت میں جتنی زیادہ سے زیادہ دولت کما سکے کما لے اور پھر یورپ واپس چلا جائے لیکن ایسا نہیں ہوا۔ ایک دِن وہ شانگری لا کی خانقاہ دیکھنے آیا۔ یہاں پیرالٹ سے اُس کی ملاقات ہوئی۔ پہلی ہی ملاقات میں ہنشل پیرالٹ کا گرویدہ ہو گیا۔ پیرالٹ نے اس نوجوان کو اپنے عِلم سے آگاہ کیا اسے اپنے خواب سنائے اور مُستقبل کے

بارے میں اپنی اُمّیدوں کا ذکر کیا۔"

بڑا لامہ ایک لمحے کے لیے خاموش ہوا تو کانوے نے کہا: "میں سمجھا نہیں یہ مستقبل کی اُمّیدیں کیا تھیں؟"

بڑے لامہ نے کہا: "میں ابھی آپ کو بتاؤں گا لیکن پہلے میں یہ کہانی پوری کر لوں۔ خانقاہ میں چینی آرٹ کے جو نمونے آپ نے دیکھے ہیں وہ ہنشل نے ہی جمع کرنے شروع کیے تھے۔ اُنہوں نے ہی لائبریری کے لیے دوسری کتابوں کے علاوہ موسیقی کی کتابیں منگوائیں۔ ۱۸۰۹ء میں وہ ایک لمبا اور خطرناک سفر کر کے پیکن گئے اور وہاں سے بہت سی چیزیں اپنے ساتھ لائے۔ اس کے بعد وہ خود تو وادی سے باہر نہیں گئے، لیکن اُنہوں نے ایک ایسا نظام بنا دیا جس کے ذریعہ ہم بیرونی دُنیا سے اپنی ضرورت کی چیزیں حاصل کر لیتے ہیں۔"

"میرا خیال ہے ان چیزوں کی قیمت آپ سونے میں ادا کرتے ہوں گے؟" کانوے نے کہا۔

"جی ہاں۔ خوش قسمتی سے ہمارے پاس وہ دھات ہے جس کی دُنیا میں بڑی قیمت ہے۔"

"یہ بھی آپ کی خوش قسمتی ہے کہ لوگ سونے کی تلاش میں اس طرف نہیں دوڑ پڑے ہیں۔" کانوے نے کہا۔

بڑے لامہ نے اثبات میں سر ہلایا اور کہنے لگا: "ہنشل کو یہی ڈر لگا رہتا تھا۔ اس نے یہ احتیاط کی تھی کہ باہر سے سامان لانے والے قُلی وادی کے اندر نہ آنے پائیں۔ وہ یہ سامان یہاں سے ایک دِن کی مسافت پر چھوڑ جاتے تھے اور وادی کے لوگ جا کر اُسے لے آتے تھے۔ پھر اس راز کو پوشیدہ رکھنے کا کہ وادی میں سونا ہے اُنہوں نے ایک اور زیادہ محفوظ

اور زیادہ آسان طریقہ بھی سوچ لیا۔"

"اچھا۔" کانوے نے کہا۔ اچانک اس کے ذہن میں خیال آیا کہ کہیں یہی تو وہ بات نہیں ہے جس کو وہ ابھی تک سمجھ نہیں پایا ہے۔

بڑے لامہ نے اپنی بات جاری رکھتے ہوئے کہا: "آپ سمجھ سکتے ہیں کہ یہاں کسی فوج کے حملے کا تو کوئی اندیشہ نہیں تھا۔ طویل فاصلوں اور دشوار گزار راستوں کے پیش نظر ایسا مُمکن نہیں تھا۔ کُچھ خطرہ اُن چند لوگوں کی طرف سے تھا جو بھٹکتے بھٹکاتے یہاں پہنچ سکتے تھے، لیکن وہ اگر مسلح بھی ہوتے تو یہاں تک آتے آتے ادھ مُوئے ہو جاتے۔ چناں چہ یہ فیصلہ کیا گیا کہ جو اجنبی بھی یہاں پہنچ جائے گا اس کا شانگری لا میں خیر مقدم کیا جائے گا اور اسے یہاں رہنے کی دعوت دی جائے گی۔

پچھلے برسوں کے دوران ایسے کُچھ لوگ یہاں آئے۔ اُن میں کُچھ چینی تاجر، تبّتی خانہ بدوش اور دو انگریز مشنری شامل تھے۔ ۱۸۲۰ء میں ایک یُونانی تاجر اپنے بیمار اور فاقہ زدہ نوکروں کے ساتھ پہاڑی درّہ کے اوپر نیم مُردہ حالت میں ملا۔ ۱۸۲۲ء میں اسپین کے تین باشندے سونے کی تلاش میں بھٹکتے بھٹکاتے یہاں پہنچے۔ اس کے بعد ۱۸۳۰ء میں پانچ کھوجیوں کی ایک جماعت ہماری خانقاہ میں آئی۔ اِن میں دو جرمن، ایک روسی، ایک انگریز اور ایک سویڈن کا باشندہ تھا۔ اس دوران شانگری لا کے طریقوں میں ایک تبدیلی آ گئی۔ اب اگر کوئی اجنبی وادی تک پہنچنے کا راستہ پا لیتا تھا تو نہ صرف یہ کہ اُس کا خیر مقدم کیا جاتا تھا بلکہ آگے بڑھ کر اس سے ملا جاتا اور اس کو اپنے ساتھ لے آیا جاتا۔ اس کی وجہ میں آپ کو بعد میں بتاؤں گا لیکن جو بات میں یہاں کہنا چاہتا ہوں وہ یہ ہے کہ خانقاہ کو نہ صرف اس کی ضرورت تھی کہ نئے لوگ یہاں آئیں بلکہ ہماری خواہش تھی کہ وہ آئیں۔

اس دوران میں خانقاہ میں رہنے والوں کی تعداد بھی بڑھی اور یہاں عمارتوں اور

سہولتوں میں بھی اضافہ ہوا۔ شانگری لا آج جو ہے وہ پیرالٹ اور ہنشل کی بدولت ہے۔ ہنشل نے اپنی موت سے پہلے یہاں بہت کُچھ کر دیا۔"

"وہ مر گیا؟" کانوے نے پوچھا۔

"ہاں۔ اس کا انتقال اچانک ہی ہو گیا۔ اس کی موت ۱۸۵۷ء میں واقع ہوئی۔ اس کے انتقال سے کُچھ ہی دِن پہلے ایک چینی مصوّر نے اُس کی ایک تصویر بنائی تھی۔ میں آپ کو وہ تصویر دِکھاتا ہوں۔ وہ اس کمرے میں ہے۔"

بڑے لامہ نے کمرے کے آخری سِرے پر ایک چھوٹے سے پردے کی طرف اشارہ کیا۔ کانوے اپنی کرسی سے اٹھا اور قریب جا کر پردہ سِرکایا۔ دیوار پر ایک خوب صورت جوان آدمی کی تصویر لگی تھی۔

"لیکن۔۔۔ آپ تو کہہ رہے تھے کہ یہ تصویر اس کی موت سے چند دن پہلے ہی بنائی گئی تھی؟" کانوے نے حیران ہو کر سوال کیا۔

"جی ہاں۔ یہ اسی کی تصویر ہے۔" بڑے لامہ نے جواب دیا۔

"لیکن اگر وہ ۱۸۵۷ء میں مرا تو۔۔۔" کانوے نے کہا۔

"ہاں۔ اسی سن میں۔" بڑے لامہ نے کہا۔

"اور وہ یہاں ۱۸۰۴ء میں آیا تھا۔ اس وقت وہ جوان تھا؟" کانوے بولا۔

"جی ہاں۔" بڑے لامہ نے جواب دیا۔

کانوے ایک لمحے کے لیے خاموش ہو گیا۔ پھر اس نے سوال کیا: "اس کی موت کیسے واقع ہوئی؟"

بڑے لامہ نے جواب دیا: "ایک انگریز نے اسے گولی مار دی۔ یہ انگریز ایک کھوجی تھا جو چند ہفتے پہلے ہی آیا۔"

"اس نے ایسا کیوں کیا؟" کانوے نے سوال کیا۔

"کچھ قلیوں کے بارے میں اس کا جھگڑا ہوا تھا۔ ہنشل نے جب اسے وہ شرط بتائی جس پر اجنبیوں کا شانگری لا میں خیر مقدم کیا جاتا ہے تو وہ آگ بگولا ہو گیا۔"

بڑے لامہ نے کہا۔ پھر ذرا توقف کے بعد وہ بولا: "آپ شاید یہ سوچ رہے ہوں گے کہ وہ شرط کیا ہے؟"

کانوے نے دھیمے لہجے میں آہستہ آہستہ جواب دیا: "میرا خیال کہ میں سمجھ گیا ہوں۔"

"کیا واقعی آپ سمجھ گئے ہیں؟ میری اس عجیب و غریب کہانی سے آپ نے اور کیا سمجھا ہے؟"

کانوے جو سوچ رہا تھا اس پر خود حیران تھا۔ وہ بولا: "یہ ناممکن نظر آتا ہے۔ ناقابلِ یقین۔۔۔بہت عجیب۔"

"کیا میرے بیٹے؟" بڑے لامہ نے سوال کیا۔

"یہ کہ فادر پیرالٹ، آپ اب تک زندہ ہیں!" کانوے نے آہستہ سے جواب دیا۔

آٹھواں باب

بڑے لامہ کے خادم چھوٹے چھوٹے نازک سے چینی پیالوں میں خوشبودار چائے لے کر آ گئے۔ بڑے لامہ نے موسیقی کے بارے میں باتیں کرنا شروع کر دیں۔ اس نے کہا: "خوش قسمتی سے ہمارے پاس ایک بہت اچھا موسیقار ہے۔ اس نے خود شوپن سے موسیقی سیکھی ہے۔ میرا خیال ہے کہ آپ اس سے ضرور ملے ہوں گے۔"

وہ چائے پیتے رہے اور موسیقی کے بارے میں باتیں کرتے رہے۔ پھر خادم آ کر چائے کے پیالے اُٹھا لے گئے۔ ان کے جانے کے بعد کانوے نے پُرسکون لہجے میں بڑے

لامہ سے کہا: "تو گویا آپ ہمیں یہاں رکھنے کا ارادہ رکھتے ہیں؟ میں سمجھتا ہوں کہ آپ کے مہمانوں کے لیے یہی اہم شرط ہوتی ہے۔"

"ہاں میرے بیٹے تُم نے صحیح سمجھا ہے۔" بوڑھے لامہ نے جواب دیا۔

کانوے بولا: "مگر یہ بات میری سمجھ میں نہیں آئی ہے کہ ساری دُنیا میں سے ہم چار آدمیوں ہی کو کیوں یہاں لایا گیا ہے؟"

"میں بتاتا ہوں۔" بڑے لامہ نے کہا۔ "ہماری کوشش ہوتی ہے کہ شانگری لا میں ایک خاص تعداد میں لوگ رہیں۔ بد قسمتی سے یورپ میں حالیہ جنگ اور روس میں انقلاب کی وجہ سے یہاں سیّاحوں اور کھوجیوں کے آنے کا سلسلہ تقریباً ختم ہو گیا ہے۔ ۱۹۱۲ء کے بعد سے کوئی یہاں نہیں آیا ہے۔ پھر ایک بات یہ بھی ہے کہ ہمیں یہاں آنے والے ہر شخص کے معاملے وہ کامیابی حاصل نہیں ہوتی جو ہم چاہتے ہیں۔ ہمارے کُچھ مہمان تو جیسے آئے تھے ویسے ہی رہے اور کُچھ بڑھاپے تک جئے اور پھر معمولی سی بیماری سے مر گئے۔ چینی اور تبّتی باشندوں کے معاملے میں ہمیں زیادہ ناکامی ہوئی ہے۔ لیکن یورپینوں کے معاملے میں ہم بہت کامیاب رہے ہیں۔

اب میں آپ کے اس سوال کا جواب دوں گا کہ آپ چار آدمیوں کو یہاں کیوں لایا گیا۔ جیسا کہ میں نے بتایا ہے کہ گزشتہ بیس سال سے کوئی نیا آدمی یہاں نہیں آیا تھا۔ اس دوران میں ہمارے بہت سے لوگ مر بھی گئے۔ جب ہمارے لیے مسئلہ پیدا ہونے لگا تو ہماری وادی کے ایک نہایت قابلِ اعتماد نوجوان نے، جسے ہمارے مقصد سے پوری ہمدردی تھی، یہ تجویز پیش کی کہ وہ یہاں سے کسی غیر ملک میں جا کر رہنے لگے اور ایک ایسے طریقے سے جو پہلے مُمکن نہ تھا کُچھ افراد کو یہاں لے آئے۔"

"آپ کا مطلب یہ ہے کہ اُس کو خاص اِس مقصد کے لیے باہر بھیجا گیا تھا کہ وہ ہوائی

جہاز کے ذریعہ لوگوں کو یہاں لائے ؟"کانوے نے سوال کیا۔

"جی ہاں۔ منصوبہ یہ تھا کہ پہلے وہ کسی امریکی فلائنگ اسکول میں ہوابازی کی تربیت حاصل کرے گا اور پھر اگلا قدم اُٹھائے گا۔" بڑے لامہ نے جواب دیا۔

"لیکن اگلا قدم وہ کیسے اُٹھاتا؟ یہ تو محض اتّفاق تھا کہ باسکل میں اُسے ایک ہوائی جہاز مل گیا۔" کانوے بولا۔

"سچ کہتے ہو، لیکن بہت سی باتیں اِتّفاقاً ہی ہوتی ہیں۔ تالو، اُس نوجوان کا نام تھا وہ ایسے ہی ایک موقع کی تلاش میں تھا اور اسے باسکل میں یہ موقع مل گیا۔ خوش قسمتی سے اسے زیادہ انتظار بھی نہیں کرنا پڑا۔" بڑے لامہ نے جواب دیا۔

"لیکن اس سب کا مقصد کیا ہے ؟"کانوے نے سوال کیا۔

بڑا لامہ مُسکرایا اور کہنے لگا: "جس سکون کے ساتھ تُم نے یہ سوال کیا ہے اس سے مُجھے بڑی خوشی ہوئی۔ ماضی میں جب میں نے کسی کو یہ بات جو تُم پوچھ رہے ہو بتائی تو مختلف قسم کا ردِ عمل ہوا۔ کسی نے شدید نفرت کا اظہار کیا کسی نے رنج کا۔ کوئی طیش میں آ گیا اور کوئی حیرت میں ڈوب گیا۔ لیکن تم نے حقیقی دِلچسپی کا اظہار کیا ہے۔ کیوں کیا میں صحیح کہہ رہا ہوں؟ میں تُم سے صرف یہ وعدہ لینا چاہتا ہوں کہ جو کُچھ میں تمہیں بتاؤں گا اس کا ذکر فی الحال تم اپنے ساتھیوں سے نہیں کروگے۔"

کانوے خاموش رہا۔ بوڑھے لامہ نے کہنا شروع کیا: "میں تمہارے سامنے پہلے حالات کی اچھّی تصویر پیش کروں گا۔ تم ابھی جوان ہو اور اُمّید کر سکتے ہو کہ بیس تیس سال اور جیوگے، لیکن اگر تم شانگری لا کے خوش قسمت انسانوں میں سے ایک ہوئے تو نوّے سال کی عُمر کو پہنچ کر بھی تم اتنے ہی جوان رہوگے جتنے کہ آج ہو۔ ہنشل کی طرح تُم بھی ایک لمبی اور پُر مسرّت جوانی کا لُطف اُٹھاؤ گے۔ پھر ایک وقت آئے گا جب دوسروں

کی طرح تُم بھی بوڑھے ہو جاؤ گے۔ لیکن یہ بڑھاپا دیر میں آئے گا۔ اسّی سال کی عُمر میں بھی تُم میں جوانوں جیسی طاقت ہو گی۔ اگرچہ ہم موت پر فتح حاصل نہیں کر سکے ہیں اور نہ بڑھاپا آنے کو روک سکے ہیں، لیکن ہم نے زندگی کے سفر کی رفتار کو کم کر دیا ہے تاکہ بڑھاپا آہستہ آہستہ اور زیادہ دیر میں آئے۔

ذرا سوچو! سال پر سال گُزرتے چلے جائیں گے۔ تمہارے پاس ہر کام کے لیے وقت ہی وقت ہو گا۔ وقت قدرت کا ایک حسین اور انمول تحفہ ہے۔ جسے تم مغربی ملکوں کے لوگوں نے اپنی عجلت پسندی اور جلد بازی میں کھو دیا ہے۔" بوڑھا لامہ ایک لمحے کے لیے چُپ ہو گیا اور پھر جب کانوے خاموش رہا تو کہنے لگا: "عزیزِ من، تُم کُچھ بولے نہیں۔ شاید تُم اپنے بیوی بچّوں، رشتہ داروں اور دوستوں کے بارے میں سوچ رہے ہو گے جنہیں تُم اپنے وطن میں چھوڑ آئے ہو یا شاید تمہیں اپنے کاموں کے ادھورا رہ جانے کا افسوس ہو گا۔ ہو سکتا ہے اِن سب سے جُدائی کا غم ابتدا میں بہت تکلیف دہ ہو، لیکن میں، تمہیں یقین دِلاتا ہوں کہ دس سال بعد تمہیں اُن کی یاد تک نہ آئے گی۔ لیکن جہاں تک میں تمہارے ذہن کو پڑھ سکتا ہوں تمہیں ایسی کوئی فکر نہیں ہے۔"

اپنے خیالات کا صحیح اندازہ لگانے پر کانوے بڑے لامہ کو دیکھ کر مُسکرایا اور بولا: "آپ نے صحیح سمجھا۔ میری شادی نہیں ہوئی ہے۔ میرے قریبی دوست دو چار ہی ہیں۔ میری کوئی بڑی خواہشیں بھی نہیں ہیں۔ حقیقت یہ ہے کہ یہاں کی پُر سکون زندگی مُجھے اچھّی لگی ہے اور جیسا کہ آپ نے کہا ہے میں بہت جلد یہاں کے ماحول کا عادی ہو جاؤں گا۔"

"بس یہی۔ کیا تُم اِس سے زیادہ کے طلب گار نہیں ہو؟" بوڑھے لامہ نے سوال کیا۔

کانوے کچھ دیر چپ رہا۔ پھر بولا: "آپ نے مُستقبل کی جو تصویر کھینچی ہے۔ مجھے اِس سے زیادہ آپ کی ماضی کی داستان سے دِلچسپی ہے۔ میں اتنا آگے کا نہیں سوچ سکتا۔ اگر مجھے اگلے ہفتے شانگری لا سے جانا پڑا تو مجھے افسوس ہو گا بلکہ شاید ایک سال بعد بھی میں یہاں سے جانا پسند نہیں کروں گا۔ لیکن اگر میں یہاں سو سال رہوں، تو کیا محسوس کروں گا یہ میں نہیں کہہ سکتا۔ میں کبھی کبھی سوچا کرتا ہوں کہ کیا زندگی کا کوئی مقصد ہے۔ زندہ رہنے کی کوئی وجہ ہے اور اگر نہیں ہے تو عُمر کو طول دینے سے کیا حاصل۔"

بوڑھے لامہ نے جواب دیا: "میرے دوست ہمارا دین ہمیں بتاتا ہے کہ زندگی کا ایک مقصد ہے۔"

"ہو سکتا ہے، لیکن سو سال سے یا اس سے زیادہ عرصے تک زندہ رہنے کا کیا مقصد ہے؟"

بوڑھے لامہ نے جواب دیا: "بہت واضح مقصد ہے اور شانگری لا اس کا مظہر ہو گا۔ ہم کوئی خیالی تجربہ نہیں کر رہے ہیں۔ مُستقبل کے لیے ہمارا ایک خواب ہے، ایک اُمّید ہے۔ جب میں ۱۷۸۹ء میں اِس کمرے میں لیٹا اپنی موت کا منتظر تھا تو جیسا کہ میں نے تمہیں بتایا ہے۔ میں نے اپنی گزشتہ لمبی زندگی پر ایک نگاہ ڈالی۔ میں نے یہ محسوس کیا کہ لالچ اور ہوس، ظلم اور زیادتیاں لڑائی اور جھگڑے ایک دِن زندگی کا سارا حُسن ختم کر دیں گے اور دُنیا خُوب صُورت چیزوں سے خالی ہو جائے گی۔ کتابیں، تصویریں، موسیقی، نوادرات کچھ باقی نہیں رہے گا۔ سب کچھ ایک ایسی خوفناک جنگ میں تباہ ہو جائے گا جو پوری دُنیا کو اپنی لپیٹ میں لے لے گی۔ کانوے یقین کرو یہ کوئی بھیانک خواب نہیں۔ ایسا ہو کر رہے گا۔ یہی وجہ ہے کہ ہم نے اپنی ایک الگ چھوٹی سی دُنیا یہاں بسائی ہے اور ہم اُمّید کرتے ہیں کہ اس تباہی کے بعد بھی یہ موجود رہے گی۔"

"دُنیا کی تباہی کے بعد بھی موجود رہے گی۔"کانوے نے حیرت سے کہا۔

"ہاں۔۔۔" بڑے لامہ نے جواب دیا۔ "اس کا امکان ہے۔ قبل اِس کے کہ تُم میری طرح بوڑھے ہو یہ تباہی جس کا خطرہ ہر طرف سے بڑھتا چلا آرہا ہے۔ دُنیا کو اپنی لپیٹ میں لے لے گی۔"

"اور آپ کا خیال ہے کہ شانگری لا۔ اس تباہی سے محفوظ رہے گا؟"کانوے نے سوال کیا۔

"شاید۔۔۔" بڑے لامہ نے جواب دیا۔ "ہمیں یہ توقع نہیں کہ کوئی رحم کھا کر ہمیں چھوڑ دے گا لیکن یہ اُمّید ضرور ہے کہ ہماری طرف کوئی توجّہ نہیں دے گا اور ہم یہاں اپنی کتابوں اپنی موسیقی اپنے نوادرات اپنے تصوّرات اپنے امن اور سکون کے ساتھ محفوظ رہیں گے اور اس طرح ہم اس مٹ جانے والی تہذیب کے نازک اور حسین آثار آئندہ نسلوں کے لیے بچا کر وہ عقل و دانش تلاش کریں گے جس کی انسان کو اس وقت ضرورت ہوگی جب وہ نفرت اور ظُلم سے تنگ آجائے گا۔"

"پھر اُس کے بعد؟"کانوے نے پوچھا۔

"پھر اُس کے بعد میرے بیٹے، ہم انسانوں کو سمجھائیں گے کہ زندگی اور حُسن کے اصل معنی کیا ہیں؟" بڑے لامہ نے جواب دیا اور اپنی کرسی سے اُٹھ کر کھڑا ہو گیا۔ اچانک کانوے نے وہ کیا جو اُس نے اِس سے پہلے کبھی نہ کیا تھا۔ وہ اٹھا اور بے اختیّار بڑے لامہ کے سامنے گھٹنوں کے بل جھک گیا اور بولا:"میرے روحانی باپ، میں سمجھ گیا۔"

اسے یہ یاد نہیں تھا کہ وہ بڑے لامہ سے کیسے رُخصت ہوا اور کب کمرے سے باہر آیا۔ وہ ایک خواب کی سی حالت میں تھا اور یہ حالت بڑی دیر بعد تک قائم رہی۔ چانگ اُس کے ساتھ تھا۔ باہر صحن میں ہوا برف کی طرح سرد تھی۔ آسمان پر تارے چمک رہے

تھے۔ وہ دونوں خاموشی سے چلتے ہوئے خانقاہ کے اس حصّے میں آئے جہاں وہ اور اس کے ساتھی مقیم تھے۔ رات خاصی گُزر چکی تھی اور کانوے کو یہ دیکھ کر اطمینان ہوا کہ اُس کے ساتھی سو چکے ہیں۔

نواں باب

کانوے جب صُبح سو کر اُٹھا تو سوچنے لگا کہ رات جو کُچھ ہوا تھا وہ کوئی خواب تو نہیں تھا۔ لیکن بہت جلد اُس کو معلوم ہو گیا کہ بڑے لامہ سے واقعی اُس کی ملاقات ہوئی ہے۔

وہ جب ناشتے کی میز پر پہنچا تو اُسے اپنے ساتھیوں کے تابڑ توڑ سوالات کا سامنا کرنا پڑا۔

برنارڈ بولا: "معلوم ہوتا ہے رات تمہاری بڑی لمبی گُفت گو ہوئی ہے۔ ہم نے سوچا تھا کہ ہم تمہارے آنے تک جاگتے رہیں گے لیکن جب بہت دیر ہو گئی اور ہم انتظار کرتے کرتے تھک گئے تو سونے کے لیے لیٹ گئے۔ بتاؤ یہ بڑا لامہ کس قسم کا آدمی ہے؟"

"اُس نے کُچھ قُلیوں کے بارے میں بھی بات کی؟" میلن سن نے پوچھا۔

کانوے نے محتاط انداز سے کہا: "میرا خیال ہے میرے جواب سے تمہیں مایوسی ہو گی۔ اُنھوں نے قُلیوں کا کوئی ذکر ہی نہیں کیا اور جہاں تک ان کی شکل و صورت کا تعلّق ہے تو وہ ایک بہت بُوڑھے آدمی ہیں۔ وہ بہترین انگریزی بولتے ہیں اور بہت ذہین ہیں۔"

"لیکن یہ میری سمجھ میں نہیں آیا کہ تُم نے اُن سے قُلیوں کے بارے میں بات کیوں نہیں کی؟" میلن سن نے بگڑ کر کہا۔

"مُجھے اِس کا خیال نہیں آیا۔" کانوے نے جواب دیا۔

میلن سن نے حیران ہو کر اُس کی طرف دیکھا اور بولا: "میری سمجھ میں نہیں آتا تمہیں کیا ہو گیا ہے؟ باسکل میں تو تُم نے اتنی اچھی طرح سب معاملات طے کر دیے تھے۔ یوں لگتا ہے جیسے تُم وہ آدمی ہی نہیں ہو۔ تم بالکل بدل گئے ہو۔"

"میں معافی چاہتا ہوں۔" کانوے نے مختصر جواب دیا اور ناشتے کی میز سے اُٹھ کر باہر صحن میں چلا گیا۔ وہ اس وقت کس بحث کے لیے تیّار نہیں تھا۔

وہ سوچ رہا تھا کہ آئندہ چند ہفتوں کے دوران اسے دُہری زندگی گزارنی پڑے گی اور اس کے لیے اُسے اپنے آپ پر قابو رکھنا ہو گا۔ اپنے تین ساتھیوں پر تو اُسے یہ ظاہر کرنا ہو گا کہ وہ قُلیوں کا منتظر ہے اور ہندوستان جانے کے لیے بے چین ہے اور تنہائی میں وہ مُستقبل کے ناقابلِ یقین خوابوں میں کھویا رہے گا۔ اب اس کے لیے نیلے چاند کا مفہوم بدل گیا تھا۔ اب مستقبل نیلے چاند سے وابستہ تھا۔

چانگ اب اس سے آزادی کے ساتھ باتیں کرنے لگا تھا۔ خانقاہ کے معاملات پر بھی اُن کے درمیان کئی بار گُفت گو ہوئی۔ کانوے کو معلوم ہوا کہ پہلے پانچ سال وہ معمول کے مطابق گزارے گا اور کوئی خاص پابندیاں اس پر عائد نہیں ہو گی۔ چانگ کا کہنا تھا یہ خانقاہ کا عام دستور ہے تاکہ جسم یہاں کی آب و ہوا کا عادی ہو جائے اور ذہن سے ہر طرح کی فکر اور پریشانی دور ہو جائے۔

کانوے نے پوچھا: "کیا آپ کو واقعی یقین ہے کہ محبّت کے رشتے پانچ سال کی جُدائی برداشت نہیں کر سکتے، ٹوٹ جاتے ہی؟" چانگ نے جواب دیا: "یقیناً کر سکتے ہیں، لیکن اتنی مدّت گُزرنے کے بعد محبّت کے ان رشتوں کی ایک سہانی یاد ہی باقی رہ جاتی ہے۔"

چانگ کہنے لگا کہ پہلے پانچ سال گزرنے کے بعد بڑھاپے کا عمل سُست ہونا شروع ہو جاتا ہے۔ اگر یہ عمل کامیاب رہا تو اگلے پچاس سال تک کانوے کی عمر چالیس سال کی رہے گی۔

"آپ کے معاملے میں کیا ہوا؟" کانوے نے پوچھا۔

چانگ نے جواب دیا: "خوش قسمتی سے میں جب یہاں پہنچا تو میری عُمر بہت کم تھی۔ میں بائیس سال کا تھا۔ میں فوجی تھا۔ ۱۸۵۵ء میں ہم کُچھ دُشمن قبیلوں سے لڑ رہے تھے اور میں اس لڑائی کے دوران پہاڑوں میں راستہ بھُول گیا۔ میری حالت خراب تھی کہ وادی کے لوگوں نے مجھے پالیا اور یہاں شانگری لا مُجھے لے آئے۔"

"بائیس سال۔" کانوے نے آہستہ سے کہا۔ "تو گویا اب آپ ۹۷ سال کے ہیں۔"

"ہاں۔ اب مُجھے اُمّید ہے کہ میں بہت جلد پورا لامہ بن جاؤں گا۔" چانگ بولا۔

"اور اِس کے بعد کیا ہو گا۔ آپ کتنا اور جئیں گے؟" کانوے نے سوال کیا۔ "شاید سو سال اور یا اس سے زیادہ۔" چانگ نے اطمینان سے جواب دیا۔

کانوے نے پوچھا: "آپ پر بڑھاپے کے آثار کب سے ظاہر ہونا شروع ہوئے؟"

چانگ نے جواب دیا: "جب میں ستّر سال سے زیادہ کا ہوا، لیکن میں سمجھتا ہوں کہ میں اب بھی اپنی عُمر سے کم لگتا ہوں۔"

"بلا شُبہ آپ اپنی عُمر سے بہت کم ہی لگتے ہیں۔ اچھّا یہ بتائیے کہ اگر آپ اب وادی سے باہر چلے جائیں تو کیا ہو گا؟" کانوے نے پوچھا۔

"اگر میں چند دِن وادی سے باہر رہا تو مر جاؤں گا۔" چانگ نے جواب دیا۔

کانوے بولا۔ "اِس کا مطلب یہ ہوا کہ جوان رہنے کے لیے وادی کی آب و ہوا ضروری ہے۔ اچھا اگر آپ تیس سال پہلے جب آپ کی عمر ۶۷ سال تھی، لیکن آپ جوان لگتے تھے۔ وادی سے باہر چلے جاتے تو کیا ہوتا؟"

چانگ نے جواب دیا: "شاید میں اُس وقت بھی مر جاتا۔ بہر حال وادی سے نکلتے ہی میری اصل عُمر ظاہر ہونے لگتی ہے۔ چند سال ہوئے ہمیں اِس قسم کا ایک تجربہ ہوا ہے۔ ہمارے ساتھیوں میں ایک شخص سیّاحوں کی تلاش میں وادی سے باہر چلا گیا۔ یہ شخص

جب ہمارے پاس آیا تھا تو اُس کی عُمر چالیس سال تھی اور جب یہ وادی سے نکلا تو اس وقت ۸۰ سال سے زیادہ کا تھا۔ ایک خانہ بدوش قبیلے کے لوگوں نے اُسے پکڑ لیا اور کُچھ دور لے گئے۔ تین مہینے کے بعد وہ وہاں سے فرار ہو کر ہمارے پاس واپس آ گیا۔ لیکن اب وہ ایک مختلف آدمی تھا۔ وہ اپنی اصل عمر کے مطابق ۸۰ سال کا لگتا تھا اور ویسی ہی باتیں بھی کرتا تھا۔ کُچھ عرصے بعد اِسی طرح اُس کا انتقال ہو گیا جس طرح بوڑھے مرتے ہیں۔"

کانوے بولا: "بڑی خوف زدہ کرنے والی بات ہے چانگ۔ ایسا لگتا ہے جیسے وقت وادی کے باہر انتظار کر رہا ہے کہ جیسے ہی کوئی یہاں سے بھاگے وہ اُسے دبوچ لے۔"

اگلے چند دِنوں میں کانوے کی ملاقات خانقاہ کے کئی لاماؤں سے ہوئی۔ اُن میں ایک جرمن تھا۔ وہ کھوجی تھا اور ۱۸۸۰ء کی دہائی میں یہاں پہنچا تھا۔ ایک دو روز بعد کانوے اُس شخص سے ملا جس کا بڑے لامہ نے خاص طور پر ذکر کیا تھا۔ یہ موسیقار انفانسو بریک تھا۔ وہ فرانسیسی تھا۔ اس کا کہنا تھا کہ وہ شوپن کا شاگرد ہے۔ بریک نے کانوے کو شوپن کی بنائی ہوئی کئی مشہور دُھنیں سُنائیں۔ اُسے شوپن کی بہت سی ایسی دُھنیں بھی آتی تھیں جو اس کی موسیقی کی کسی کتاب میں شائع نہیں ہوئی تھی۔ کانوے نے محنت کر کے اُس سے یہ دُھنیں سیکھ لیں۔

کانوے کی لوتے سن سے بھی ملاقات ہوئی تھی۔ وہ اکثر موسیقی کے کمرے میں چلا جاتا اور لوتے سن کو پیانو بجاتے سُنتا۔ وہ بڑا اچھّا پیانو بجاتی تھی۔ وہ بہت کم بات کرتی تھی حالانکہ اب تو اُسے یہ بھی معلوم ہو چکا کہ کانوے کو چینی زبان آتی ہے۔ ایک دِن کانوے نے چانگ سے اُس کے بارے میں پوچھا۔ چانگ نے بتایا کہ اس کا تعلّق مانچو کے شاہی خاندان سے ہے۔ وہ ترکستان کے شہزادے سے شادی کرنے کے لیے کاشغر جا رہی تھی کہ اس کا قافلہ راستہ بھٹک گیا۔

"یہ واقعہ کب کا ہے ؟"کانوے نے پوچھا۔

"۱۸۸۴ء کا۔ وہ اس وقت اٹھّارہ برس کی تھی۔" چانگ نے جواب دیا۔

"اٹھارہ برس کی ؟"کانوے نے حیرت سے کہا۔

"جی ہاں۔ اُس کے معاملے میں بڑی ہی کامیابی ہوئی ہے۔ آپ خود دیکھ سکتے ہیں۔" چانگ نے جواب دیا۔

کانوے یہ باتیں سُن کر اس قدر حیران ہو گیا تھا کہ اُس نے چانگ سے اِس سِلسِلے میں مزید کوئی سوال نہیں کیا۔ کُچھ دیر کی خاموشی کے بعد اس نے کہا: "آپ کے خیال میں بڑے لامہ سے میری دوبارہ ملاقات کب ہو گی ؟"

"غالباً پہلے پانچ سال ختم ہونے پر۔" چانگ نے جواب دیا۔

لیکن چانگ کا خیال غَلَط تھا۔ شانگری لا آنے کے ایک مہینے کے اندر ہی کانوے کو دوبارہ بڑے لامہ کی خدمت میں طلب کر لیا گیا۔

دسواں باب

چانگ نے جب یہ سُنا کہ کانوے کی بڑے لامہ سے دوسری بار ملاقات ہوئی ہے تو وہ حیران رہ گیا۔ اس نے کہا کہ اس سے پہلے تو کبھی ایسا نہیں ہوا۔ بڑے لامہ پہلے پانچ سال پورے ہونے سے پہلے کسی سے ملنا پسند نہیں کرتے۔ کسی اجنبی سے گُفت گُو کرنے میں وہ بڑا بوجھ محسوس کرتے ہیں۔

کانوے کے لیے بھی یہ ایک اچنبھے کی بات تھی لیکن جب وہ لامہ سے تیسری اور چوتھی بار ملا تو پھر اس میں کوئی اچنبھا نہیں رہا۔

دِن اس طرح ہفتوں میں بدلتے گئے اور ہفتے مہینوں میں۔ کانوے پوری طرح مطمئن اور خوش تھا۔ پیرالٹ، ہنشل اور اُن جیسے دوسرے لوگوں کی طرح نیلے چاند کا جادُو

اُس پر بھی چل گیا تھا اور اس سحر سے نکلنے کا اب کوئی سوال نہیں تھا۔

اُس نے محسوس کیا کہ وہ لوتے سن سے محبّت کرنے لگا ہے۔ لیکن اس کی یہ محبّت خاموش محبّت تھی۔ بس لوتے سن کی موجودگی اُس کے لیے کافی تھی۔ اس کے نزدیک شانگری لا اور لوتے سن دونوں حُسن اور خوبی کے اعلیٰ مقام پر تھے۔ وہ لوتے سن کو اپنا بنا لینے کے خواب دیکھا کرتا تھا لیکن اسے کوئی جلدی نہیں تھی۔ اس کے پاس وقت تھا لامحدود وقت۔ ایک سال بعد، دس سال بعد بھی اس کے پاس وقت ہو گا۔

کانوے اپنے ساتھیوں کے ساتھ بھی کچھ وقت گزارتا تھا۔ میلن سن کی بے صبری، برنارڈ کی لطیفہ گوئی اور مس برنک لُو کی زندہ دِلی میں اُسے لطف آتا تھا۔ اُسے خوشی ہوتی اگر اس کے ساتھیوں کو بھی شانگری لا کے بارے میں اُن باتوں کا عِلم ہو جاتا جو وہ جانتا تھا۔ اُسے یقین تھا کہ برنارڈ اور مس برنک لُو آسانی سے نئے حالات کو قبول کر لیں گے۔ اُسے ایک دِن ہنسی بھی آئی جب برنارڈ نے اس سے کہا: "کانوے! میں سمجھتا ہوں یہ چھوٹی سی خوب صورت جگہ مُستقل رہنے کے لیے بہت اچھّی ہے۔ پہلے میرا خیال تھا کہ اخبار اور سینما کے بغیر دِل نہیں لگے گا۔ لیکن اب میں سمجھتا ہوں کہ آہستہ آہستہ انسان ہر چیز کا عادی ہو جاتا ہے۔"

"میرا بھی یہی خیال ہے۔" کانوے نے مُسکرا کر جواب دیا۔

برنارڈ کہنے لگا: "اِسی سِلسِلے میں مَیں تُم سے ایک بات کہنا چاہ رہا تھا۔ میں نے فیصلہ کیا ہے کہ اِس بار میں قُلیوں کے ساتھ نہیں جاؤں گا۔ میں نے محسوس کیا ہے کہ وہ یہاں باقاعدگی سے آتے رہتے ہیں۔ میں اگلی بار اُن کے آنے کا انتظار کروں گا۔"

"کیا مطلب؟ کیا تُم ہمارے ساتھ نہیں چلو گے؟" کانوے نے سوال کیا۔

برنارڈ بولا: "ہاں میں نے فیصلہ کیا ہے کہ کُچھ عرصے یہاں رہوں گا۔ تُم لوگ جب

واپس جاؤ گے تو تمہارے دوست احباب، رشتہ دار تمہارا استقبال کریں گے، لیکن جب میں واپس جاؤں گا تو میرا استقبال پولیس والے کریں گے اور میں اِس کے لیے تیّار نہیں ہوں۔" میلن سن جو اس گُفت گو میں شریک تھا ناگواری سے بولا: "بھئ یہ تمہارا ذاتی معاملہ ہے۔ تُم اگر ساری زندگی یہیں رہنے کا فیصلہ کرو تو تمہیں کون روک سکتا ہے۔"

مس برنک لُو نے اچانک ہاتھ میں لی ہوئی کتاب ایک طرف رکھ دی اور کہنے لگی: "میں بھی یہیں رہوں گی۔"

"کیا؟" وہ سب ایک ساتھ بول اُٹھے۔

مس برنک لُو مسکرائی اور بولی: "مُجھے یقین ہے کہ اللہ نے مُجھے یہاں ایک مقصد کے لیے بھیجا ہے اس لیے میں یہاں رہوں گی۔"

تینوں حیرت سے مس برنک لُو کو تکنے لگے۔ وہ کہنے لگی: "میں ان لوگوں کو اپنے مذہب کی تعلیم دوں گی۔ اِس لیے میں تبّتی زبان سیکھ رہی ہوں۔ میں اِن لوگوں کو جانتی ہوں۔ آپ لوگ فکر نہ کریں میں اپنا مقصد حاصل کرلوں گی۔"

"دیکھا!" برنارڈ نے ہنس کر کہا۔ "میں نہ کہتا تھا کہ اس جگہ میں کوئی بات ایسی ہے جو لوگوں کو اپنی طرف کھینچ لیتی ہے۔"

میلن سن نے بگڑ کر کہا۔ "اگر آپ کو قید خانہ پسند ہو تو کوئی کیا کرسکتا ہے۔ بعد میں وہ کانوے سے اکیلے میں کہنے لگا: "اس برنارڈ نے مُجھے بے زار کردیا ہے۔ اگر یہ ہمارے ساتھ واپس نہ گیا تو مُجھے کوئی افسوس نہیں ہوگا۔" وہ کُچھ دیر غصّے میں خاموش کھڑا رہا پھر کہنے لگا: "کیا اچھا ہو کہ چینی لڑکی اس کے بجائے ہمارے ساتھ چلے۔"

کانوے نے آہستہ سے اس کا بازو تھام لیا۔ اسے میلن سن پر ترس آرہا تھا۔ وہ سوچنے لگا کہ جب اس نوجوان کو جو نہ جانے کیا کیا خواہشیں رکھتا ہے، اصل حقیقت کا پتا چلے گا تو

وہ کس قدر رنجیدہ ہو گا۔ وہ نرمی سے بولا: "میلن سن تم چینی لڑکی کی فکر نہ کرو، وہ یہاں بہت خوش ہے۔"

اس کے بعد جب کانوے کی چانگ سے ملاقات ہوئی تو اُس نے چانگ سے کہا: "میں میلن سن کی طرف سے فکر مند ہوں۔ مُجھے اندیشہ ہے کہ جب اُس کو اصل حقیقت کا عِلم ہو گا تو وہ بہت بگڑے گا۔"

چانگ نے ہمدردی سے سر ہلایا اور کہنے لگا: "ہاں میں جانتا ہوں۔ یہ آسان نہیں ہو گا، لیکن اب سے بیس سال بعد وہ مطمئن اور خوش ہو گا۔"

کانوے نے سوچا کہ یہ اتنی سادہ بات نہیں ہے۔ اس نے کہا: "میں یہ غور کر رہا ہوں کہ اُس کو کس طرح بتایا جائے گا۔ وہ تو قُلیوں کے آنے کے دِن گِن رہا ہے اور وہ نہیں آئے تو۔۔۔"

"قُلی تو آئیں گے۔ ہمیں آئندہ چند ہفتوں میں اُن کے آنے کی توقّع ہے۔" چانگ نے جواب دیا۔

"تو پھر میلن سن کو روکنا آپ کے لیے مُشکل ہو گا۔" کانوے بولا۔

چانگ نے کہا: "ہم اُسے روکیں گے نہیں۔ قُلی ہی کسی کو اپنے ساتھ واپس لے جانے کو آمادہ نہیں ہوں گے۔ وہ مایوس ضرور ہو گا، لیکن پھر اس اُمّید پر کہ شاید اگلی بار جو قُلی نو دس مہینوں میں آنے والے ہیں وہ اس کو لے جانے پر آمادہ ہو جائیں، مطمئن ہو جائے گا۔"

"آپ کا خیال غَلط ہے۔ امکان یہ ہے کہ وہ خود اپنے طور پر یہاں سے فرار ہونے کی کوشش کرے گا۔" کانوے نے کہا۔

"فرار ہونے کی کیا بات ہے؟" چانگ نے کہا۔ "راستہ تو کھُلا ہے۔"

کانوے بولا: "اچھا تو آپ لوگوں کو فرار ہونے کا موقع دیتے ہیں۔ کیوں کہ آپ جانتے ہیں کہ کوئی بے وقوف انسان ہی یہ حرکت کرے گا۔ پھر بھی میں سمجھتا ہوں کہ کوئی ایسا کر سکتا ہے۔"

چانگ نے کہا: "ہاں، کبھی کبھی ایسا ہوتا ہے، لیکن ایک رات ہی باہر گزارنے کے کا تجربہ کافی ہوتا ہے۔ یہاں جانے والے عموماً واپس آجاتے ہیں۔"

کانوے چاہتا تھا کہ میلن سن کو واپس جانے کی باقاعدہ اجازت مل جائے۔ اس نے چانگ سے پوچھا کہ کیا یہ مُمکن ہے؟

چانگ نے جواب دیا: "بالکل مُمکن ہے، لیکن کیا یہ دانش مندی ہو گی کہ ہم آپ کے دوست پر بھروسہ کر لیں کہ وہ ہمارا شکر گزار ہو گا اور یہاں سے باہر جا کر ہمیں اور ہمارے مُستقبل کو خطرے میں نہیں ڈالے گا۔"

کانوے نے اعتراف کیا کہ چانگ صحیح کہہ رہا ہے۔ اِس بارے میں اُسے کوئی شبہ نہیں تھا کہ میلن سن ہندوستان پہنچتے ہی کیا کرے گا۔ وہ شانگری لا کے سخت خلاف تھا اور فوراً حکومت کو رپورٹ کرے گا۔

کانوے میلن سن کی طرف سے مُسلسل فکر مند تھا اور اس نے دیکھا کہ بڑے لامہ کو بھی اُس کی فکر ہے۔ وہ اکثر راتوں کو بڑے لامہ کے پاس چلا جاتا تھا۔ اور گھنٹوں اُس کے پاس رہتا تھا یہاں تک خادم چائے کے پیالے اُٹھا لے جاتے اور ان کو جا کر آرام کرنے کے لیے چھُٹّی دے دی جاتی۔ ہر ملاقات میں بڑا لامہ اُس سے اُس کے ساتھیوں کی خیریت ضرور دریافت کرتا۔ ایک شب بڑے لامہ نے اس سے کہا: "تمہارا نوجوان دوست ابھی تک ہمارے ماحول کا عادی نہیں ہوا ہے۔"

کانوے نے جواب دیا: "جی ہاں۔ وہ ایک مسئلہ بنے گا۔"

بوڑھا بولا: "مُجھے فکر ہے کہ یہ تمہارے لیے ایک مسئلہ ہو گا۔"

"میرے لیے کیوں؟" کانوے نے حیرت سے پوچھا۔

بڑے لامہ نے بڑے سکون سے جواب دیا: "اس لیے میرے بیٹے کہ میں مرنے والا ہوں۔"

بڑے لامہ نے یہ بڑی عجیب بات کہی تھی اور تھوڑی دیر کے لیے کانوے کی سمجھ میں نہ آیا کہ وہ کیا کہے۔

بڑے لامہ نے اپنی بات جاری رکھتے ہوئے کہا: "تمہیں تعجّب ہوا ہے؟ لیکن اِس میں تعجّب کی کیا بات ہے۔ ہم سب فانی ہیں۔ یہاں شانگری لا میں بھی۔ ہو سکتا ہے ابھی میری زندگی کے چند لمحے یا چند سال باقی ہوں۔ لیکن مُجھے اپنی زندگی کا انجام اب قریب نظر آ رہا ہے۔ میں بالکل مطمئن ہوں اور اب صرف ایک کام باقی ہے جو مُجھے کرنا ہے۔ کیا تُم سمجھ سکتے ہو کہ وہ کام کیا ہے؟"

کانوے بوڑھے لامہ کے سامنے ادب سے ذرا سا جھکا لیکن کُچھ بولا نہیں۔

بڑے لامہ نے کہنا شروع کیا: "تُم جانتے ہو ہماری بار بار ملاقاتیں ایک غیر معمولی بات پر ہے۔ یہ یہاں کا دستور نہیں کہ میں کسی سے اتنی جلدی جلدی ملوں۔ لیکن ہمارے قاعدے قوانین اتنے سخت نہیں کہ اُنہیں توڑا نہ جا سکے۔ ہم وہی کرتے ہیں جو بہتر سمجھتے ہیں اور اِس سِلسلے میں اپنے ماضی کے تجربوں، حال کی دانش اور مُستقبل کی اُمّیدوں سے رہنمائی حاصل کرتے ہیں۔

میرے بیٹے میں ایک لمبے عرصے سے تمہارا انتظار کر رہا تھا۔ میں یہاں اپنے کمرے میں بیٹھا نئے آنے والوں کے چہرے دیکھتا رہا ہوں اور یہ اُمّید کرتا رہا ہوں کہ کسی نہ کسی دِن تمہیں پا لوں گا۔ میں چاہتا ہوں کہ شانگری لا میں تُم میری جگہ سنبھالو۔ میرے

دوست یہ ایسی ذمّہ داری نہیں جو تم نِبھانہ سکو۔ تمہیں نرمی و تحمّل سے کام لینا ہو گا۔ عقل و دانش کی حفاظت کرنا ہو گی، اور جب باہر کی دُنیا طوفان کی لپیٹ میں آئے گی تو یہاں اپنے لوگوں کی نگہبانی کا فرض ادا کرنا ہے۔ یہ کام تُم بڑی خوبی سے کر سکتے ہو اور مُجھے یقین ہے کہ تُم اس میں خوشی محسوس کرو گے۔"

کانوے نے کُچھ کہنا چاہا لیکن نہ کہہ سکا۔ اُس وقت زور سے بجلی چمکی اور دُور سے بادل کے گرجنے کی آواز آئی۔

"وہ طوفان جس کا آپ ذکر کرتے ہیں۔ کیا وہ یہی ہے؟"

بوڑھے لامہ نے کہا: "نہیں میرے بیٹے، وہ طوفان ایسا ہو گا کہ اُس جیسا دُنیا میں کسی نے کبھی نہیں دیکھا ہو گا۔ ایک جنگ ہو گی جو ساری دُنیا کو اپنی لپیٹ میں لے لے گی اور اس وقت تک جاری رہے گی جب تک اس دُنیا کی ساری حسین چیزوں کو تباہ نہ کر دے اور انسان کی بنائی ہوئی ہر شے برباد ہو کر خاک میں نہ ملا دے۔ اس تباہی سے کوئی نہ بچ سکے گا۔ کوئی جائے پناہ نہ ہو گی۔ سوائے اُس شانگری لا جیسی جگہ کے جس کا نہ کسی کو عِلم ہے اور نہ کوئی اِدھر توجّہ دے گا۔ دُنیا کے عظیم شہروں کو تباہ کرنے والے ہوا باز موت کا سامان اپنے ہوائی جہاز میں بھر کر ہمارے راستے سے کبھی نہیں گزریں گے۔"

"آپ سمجھتے ہیں کہ یہ سب کُچھ میری زندگی میں ہو گا؟" کانوے نے سوال کیا۔

"میں سمجھتا ہوں یہ طوفان تمہاری زندگی میں آئے گا اور تُم اِس طوفان سے گزر جاؤ گے۔ عُمر کے ساتھ ساتھ تمہاری عقل و دانش اور صبر و تحمّل بڑھتا جائے گا۔ لوگ تمہارے پاس آئیں گے، تُم اُن کو عقل و دانش کی باتیں سکھاؤ گے اور پھر جب تم خود بہت بُوڑھے ہو جاؤ گے تو شاید اُن ہی لوگوں میں سے کوئی تمہاری جگہ لے لے گا۔ میں بہت دور مُستقبل میں ایک نئی دُنیا دیکھ رہا ہوں جو پرانی دُنیا کے کھنڈرات پر تعمیر ہو گی اور اپنے

گُم شدہ خزانے تلاش کرے گی اور یہ تمام خزانے میرے بیٹے نیلے چاند کی وادی میں پہاڑوں کے پیچھے یہاں چھُپے ہوں گے۔ ہم نئی دُنیا کی خوشیوں کے لیے اُنہیں محفوظ رکھیں گے۔"

بُوڑھا لامہ بولتے بولتے چُپ ہو گیا۔ کانوے نے دیکھا وہ بے حس و حرکت تھا اور اُس کی آنکھیں بند تھیں۔ اُس کے چہرے پر ایک عجیب سا حُسن تھا۔

کانوے اسے کُچھ دیر تک یونہی تکتا رہا اور پھر یکایک اسے احساس ہوا کہ بڑا لامہ مر چُکا ہے۔

کانوے اپنی کرسی سے اُٹھ کر کھڑکی کے پاس جا کھڑا ہوا۔ اُس کی سمجھ میں نہیں آرہا تھا کہ وہ کیا کرے۔ اُسے یہ سب کُچھ ایک خواب لگ رہا تھا۔ اس نے آسمان کی طرف دیکھا۔ بادل چھٹ چکے تھے، آسمان صاف تھا اگرچہ دُور پہاڑوں پر بجلی بھی چمک رہی تھی۔ اس نیم خوابیدہ حالت میں اُس کو یاد آیا کہ اب وہ شانگری لا کا حاکمِ اعلیٰ ہے۔ یہ تمام چیزیں جو اُسے محبوب تھیں۔ یہ پُر سکون ماحول۔ یہ خُوب صُورت وادی جہاں وہ دُنیا کی پُر شور ہنگامہ خیز زندگی سے دُور امن اور چین کے ساتھ ہمیشہ ہمیشہ رہ سکتا ہے۔ یہ سب اُس کا ہے۔ وہ کمرے سے نِکل کر باہر صحن میں کنول کے پھولوں سے بھرے حوض کے پاس آ کر کھڑا ہو گیا۔ کراکل پہاڑ کے پیچھے پورا چاند آسمان میں تیر رہا تھا۔ کُچھ دیر بعد اُسے محسوس ہوا کہ میلن سن اُس کے پاس کھڑا ہے۔ اس نے کانوے کا بازو پکڑا اور گھسیٹ کر اُسے ایک طرف لے گیا۔ اس کی کُچھ سمجھ میں نہ آیا کہ یہ سب کیا ہے، مگر اُس نے دیکھا کہ میلن سن بڑے جوش میں ہے۔

گیارہواں باب

میلن سن کانوے کو پکڑ کر اُس کمرے میں لے گیا جہاں وہ کھانا کھایا کرتے تھے۔

یہاں آکر وہ کہنے لگا: "کانوے، جلدی کرو۔ اپنا سامان پیک کرو۔ ہمیں سورج نکلنے سے پہلے پہلے یہاں سے نکل جانا ہے۔ قُلیوں کی جماعت اِس جگہ سے جہاں سے پہاڑی راستہ شروع ہوتا ہے۔ پانچ میل کے فاصلے پر مقیم ہے۔ وہ کتابیں اور دوسرا بہت سا سامان لے کر گزشتہ روز پہنچے تھے اور اب کل اُن کی واپسی شروع ہونے والی ہے۔" پھر وہ گھبرا کر بولا: "ارے کانوے یہ تمہیں کیا ہو رہا ہے؟ کیا تُم بیمار ہو؟"

کانوے کُرسی پر گر گیا اور دونوں ہاتھوں سے سر تھام لیا۔ اُس نے اپنی آنکھوں پر ہاتھ پھیرا اور پھر اِس طرح بولا جیسے نیند میں ہو: "بیمار؟ نہیں، میں ٹھیک ہوں۔ بس ذرا تھک گیا ہوں۔"

"یہ شاید طوفان کا اثر ہے۔ مگر تُم اتنی دیر سے تھے کہاں؟ میں گھنٹوں سے تمہارا انتظار کر رہا تھا۔" میلن سن نے کہا۔

"میں، میں بڑے لامہ کے پاس تھا۔" کانوے نے جواب دیا۔

"اچھا۔ اُس کے پاس تھے۔ چلو یہ تمہاری آخری ملاقات بھی تھی۔" میلن سن بولا۔

"ہاں یہ ہماری آخری ملاقات تھی۔" کانوے نے اپنے جذبات پر قابو پانے کی کوشش کرتے ہوئے کہا۔ اس نے سگریٹ جلانے کی کوشش کی تو اُس کے ہاتھ کانپنے لگے۔ "ہاں میلن سن، تُم کُچھ کہہ رہے تھے۔ میں ٹھیک طرح سمجھا نہیں۔ شاید تُم قُلیوں کی بات کر رہے تھے۔"

"ہاں بھئی۔ میں نے بتایا نا کہ قُلیوں کی جماعت آگئی ہے۔ ہمیں فوراً چل دینا ہے۔" میلن سن نے کہا۔

"فوراً چل دینا ہے؟" کانوے نے کہا۔ اُسے اب کُچھ ہوش آچلا تھا۔ وہ بولا: "کیا

تمھیں اندازہ ہے کہ یہ سب اِتنا آسان ہے جتنا تُم سمجھ رہے ہو؟ اِس کا باقاعدہ انتظام کرنا ہو گا احتیاط سے پلاننگ کرنا ہو گی۔"

"سب انتظام ہو گیا ہے۔" میلن سن نے بے چینی سے کہا۔ "قُلیوں کو پیشگی رقم دے دی گئی ہے اور وہ ہمیں ساتھ لے جانے کے لیے تیّار ہیں۔ یہ راستے کے لیے کپڑے ہیں اور یہ کھانے پینے کا سامان ہے۔ آؤ بس چلیں۔" یہ کہہ کر اُس نے تبّتی پہاڑی بوٹ پہننے شروع کر دیے۔

"لیکن یہ سب انتظامات کِس نے کیسے ہیں؟" کانوے نے پوچھا۔

"لوتے سن نے۔ وہ اِس وقت قُلیوں کے پاس ہے اور ہمارا انتظار کر رہی ہے۔" میلن سن نے پلٹ کر جواب دیا۔

"انتظار کر رہی ہے؟" کانوے نے حیران ہو کر پوچھا۔

"ہاں وہ بھی ہمارے ساتھ چل رہی ہے۔ مجھے اُمّید ہے کہ تمھیں اِس پر کوئی اعتراض نہیں ہو گا۔" میلن سن نے جواب دیا۔

لوتے سن کا نام سُن کر کانوے چلّا اُٹھا: "کیا احمقانہ بات ہے۔ یہ ناممکن ہے۔"

"کیوں ناممکن ہے۔" میلن سن نے بگڑ کر پوچھا۔

کانوے نے کہا: "کیوں کہ ۔۔۔ خیر چھوڑو۔ بہت سی وجوہ ہو سکتی ہیں۔ لیکن میں دعوے سے کہہ سکتا ہوں کہ یہ مُمکن نہیں ہے۔"

میلن سن بولا: "یہ بالکل مُمکن ہے۔ وہ یہاں سے جانا چاہتی ہے۔"

کانوے بولا: "نہیں، وہ نہیں جانا چاہتی۔ اگر تُم ایسا سمجھ رہے ہو تو یہ تمھاری بھول ہے۔ وہ یہاں بہت خوش ہے۔"

میلن سن مُسکرایا اور بولا: "اچھّا۔ اگر وہ یہاں خوش ہے تو اُس نے یہ کیوں کہا کہ وہ

ہمارے ساتھ جانا چاہتی ہے ؟"

"وہ یہ کیسے کہہ سکتی ہے ؟ اُسے انگریزی بولنی کب آتی ہے۔"کانوے نے کہا۔

میلن سن بولا:"میں نے اُس سے تبّتی زبان میں پوچھا تھا۔ مجُھے مِس برنک لُو نے بتایا تھا کہ کیا کہوں۔"

کانوے اپنے آپ کو بڑا تھکا تھکا اور پریشان محسوس کر رہا تھا۔ اُس نے نرمی سے پوچھا:"تمہارا کیا خیال ہے یہاں سے نکل کر وہ کہاں جائے گی؟"

میلن سن نے جواب دیا:"چین میں یا کہیں اور اُس کے دوست ہوں گے۔ اگر کسی نے اُس کو نہ پوچھا تو میں اُس کی خبر گیری کروں گا۔ جب آپ ایک شیطانی جگہ سے نکل جانے میں کسی کی مدد کرتے ہیں تو اُس سے یہ تھوڑی پوچھتے ہیں کہ وہ کہاں جائے گا۔"

"تم شانگری لا کو ایک شیطانی جگہ سمجھتے ہو؟"کانوے نے کہا۔

میلن سن بولا:"ہاں یہ جگہ مجُھے بڑی پُراسرار اور شیطانی نظر آتی ہے۔"

کانوے بولا:"اچھّا میں تمہیں بتاتا ہوں کہ لوتے سن یہاں سے تمہارے ساتھ کیوں نہیں جاسکتی ؟"

پھر اُس نے بہت مختصر طور پر شانگری لا کی پوری داستان جو اُس نے بڑے لامہ اور چانگ سے سُنی تھی، میلن سن کو سُنائی۔ وہ تیزی سے اور روانی سے بولتا رہا۔ جب وہ پوری داستان سُنا چکا تو اُس نے بڑا اطمینان محسوس کیا۔ اُس نے بہت اچھی طرح سب کُچھ بتا دیا تھا۔

میلن سن خاموشی سے بیٹھا سُنتا رہا۔ پھر بولا:"میری سمجھ میں نہیں آتا کہ کیا کہوں سوائے اِس کے تُم بالکل پاگل ہو گئے ہو۔"

وہ دونوں ایک دوسرے کو تکنے لگے۔ کانوے اُسے حیرانی سے دیکھ رہا تھا اور میلن

سن جوش میں تھا۔ کچھ دیر کی خاموشی کے بعد کانوے بولا: "اچھا، تو تم سمجھتے ہو کہ میں پاگل ہو گیا ہوں؟"

میلن سن ہنس دیا: "میرا مطلب یہ تھا کہ یہ سب احمقانہ باتیں ہیں کہ لاماؤں کی عمریں سیکڑوں برس کی ہیں اور یہ کہ اُنھوں نے ہمیشہ جوان رہنے کا طریقہ معلوم کر لیا ہے۔ یہ سب ناممکن ہے۔"

کانوے نے کہا: "مجھے تسلیم ہے کہ یہ ایک عجیب سی بات ہے، لیکن کیا یہ جگہ خود عجیب و غریب نہیں ہے؟ ذرا سوچو پہاڑوں کے درمیان ایک گم شدہ وادی جس کا کسی کو علم نہیں۔ ایک ایسی خانقاہ جس کی لائبریری یورپ کی کتابوں سے بھری ہے۔"

میلن سن بولا: "اور ہاں کمروں کو گرم رکھنے کا مرکزی نظام اور یورپین حمّام۔ یہ سب واقعی خوب ہے۔"

"کیا تم بتا سکتے ہو یہ سب کیا ہے؟" کانوے نے پوچھا۔

"نہیں۔ میں نہیں کہہ سکتا کہ اِس میں کیا بھید ہے۔ لیکن یورپین حمّام ایک حقیقت کے طور پر اور چیز ہے اور کسی کے محض کہنے پر کہ وہ سینکڑوں سال کا ہے، اِس پر اعتبار کر لینا اور بات ہے۔" میلن سن نے جواب دیا۔ پھر اُس نے کچھ فکرمند ہو کر کانوے کی طرف دیکھا اور بولا: "خیر، اب جلدی کرو۔ اپنا سامان پیک کرو اور یہاں سے نکل چلو۔ باقی بحث اب ہندوستان پہنچ کر کریں گے۔"

"مجھے ہندوستان واپس جانے کی کوئی خواہش نہیں۔" کانوے نے آہستہ سے کہا۔

میلن سن بولا: "کیا مطلب؟ کیا تم بھی برنارڈ اور مس برنک لو کی طرح میرے ساتھ نہیں چل رہے؟ خیر تمہاری مرضی لیکن تم مجھے جانے سے نہیں روک سکتے۔" وہ لپک کر دروازے کی طرف بڑھا اور دیوانوں کی طرح چیخ کر بولا: "تم پاگل ہو۔ بالکل

پاگل! بہر حال میں جارہاہوں۔ میں نے وعدہ کرلیاہے۔"

"کس سے وعدہ کرلیاہے؟"کانوے نے سوال کیا۔

"لوتے سن سے!"اُس نے جواب دیا۔

کانوے کُرسی سے کھڑاہو گیااور اُس کی طرف ہاتھ بڑھاتے ہوئے بولا:"اچھا میلن سن، اللہ حافظ!"

میلن سن بولا:"دیکھو کانوے میں آخری بار پُوچھ رہاہوں۔ تُم ہمارے ساتھ چل رہے ہو کہ نہیں؟

"نہیں"کانوے نے کہا:"میں نہیں جاسکتا۔"

میلن سن نے اُس سے ہاتھ ملایااور کمرے سے باہر نکل گیا۔ کانوے کمرے میں اکیلا بیٹھااُن باتوں کو سوچنے لگاجو بڑے لامہ نے اُس سے کہی تھیں۔ کُچھ دیر بعد اُس نے گھڑی دیکھی۔ تین بجنے میں دس منٹ تھے۔ وہ اِسی طرح خاموش بیٹھاتھاکہ میلن سن واپس آیا اور دروازے میں آکر خاموش کھڑاہو گیا۔ کانوے نے نگاہ اُٹھاکر اسے دیکھااور بولا:

"کیوں، کیاہوا؟ تُم واپس کیوں آگئے؟"

میلن سن آہستہ آہستہ کمرے کے اندر آیا۔ اُس نے اپنا بھاری کوٹ اُتارااور کرسی پر بیٹھ گیا۔ اس کا چہرہ سفید ہو رہاتھااور اس کا سارا جسم کانپ رہاتھا۔ وہ مایوسی کے عالم میں کہنے لگا:"میں خوف زدہ ہوں۔ میں اُس جگہ تک پہنچ گیاتھاجہاں ہم نے اپنے آپ کو رسّی سے باندھ تھالیکن اُس سے آگے جانے کی میری ہمّت نہیں ہوئی۔"

اس کی عجیب کیفیّت تھی۔ وہ ہنس بھی رہاتھااور رو بھی رہاتھا۔ دیوانگی کے عالم میں وہ کہنے لگا:

"اُن لوگوں کو فکر مند ہونے کی ضرورت نہیں۔ شانگری لا پر کوئی فوج کشی نہیں

کرے گا، لیکن اللہ کی قسم میں ہوائی جہاز سے بمباری کر کے اِسے تباہ کرنے کی خواہش ضرور رکھتا ہوں!"

"میلن سن، تُم ایسا کیوں کرنا چاہتے ہو؟" کانوے نے سوال کیا۔

میلن سن بولا: "اس لیے کہ یہ جگہ تباہ کر دیے جانے کے لائق ہے۔ یہ بڑی خراب جگہ ہے۔ بہت سے ہیبت ناک بُوڑھے مکوڑوں کی طرح یہاں اِس انتظار میں بیٹھے ہیں کہ کوئی قریب آئے اور یہ اُس کو اپنے جال میں پھانس لیں۔ یہ بات کِس قدر قابلِ نفریں ہے! کانوے، تُم ہمارے ساتھ کیوں نہیں چلتے؟ مُجھے تُم سے اِلتجا کرتے ہوئے اچھّا نہیں لگتا لیکن ذرا سوچو تو۔ میں جوان ہوں، یہاں میرا دم گھُٹتا ہے۔ میں اِس گھُٹن کے ماحول میں کیسے رہ سکتا ہوں۔ پھر وہ چینی لڑکی بھی جوان ہے۔ کیا تمہیں اُس کا کوئی خیال نہیں؟"

"وہ جوان نہیں ہے۔" کانوے نے کہا۔

میلن سن نے حیرت سے اُس کی طرف دیکھا اور بولا: "وہ جوان نہیں ہے؟ اُس کی عمر سترہ سال سے زیادہ نہیں ہو گی، لیکن شاید تُم یہ کہنا چاہتے ہو کہ وہ نوّے سال کی ہے۔"

کانوے بولا: "میلن سن، تمہیں نہیں معلوم۔ وہ ۱۸۸۴ء میں یہاں آئی تھی۔ اُس وقت وہ جوان تھی۔"

"تُم تو پاگل ہو گئے۔" میلن سن جھنجھلا کر بولا۔

کانوے کہنے لگا: "اُس کی خُوب صُورتی اور جوانی یہیں تک ہے جہاں خوب صورت چیزوں سے پیار کیا جاتا ہے۔ اِس وادی سے نِکل جانے کے بعد یہ باقی نہیں رہے گی۔ وہ ایک بُوڑھی عورت بن جائے گی۔"

میلن سن زور سے ہنسا اور بولا: "میں یہ سب نہیں مانتا۔ تمہارے پاس کیا ثبوت ہے۔ کیا لوتے سن نے تمہیں اپنی کہانی سنائی ہے؟"

"نہیں۔ لیکن۔۔۔" کانوے بولا۔

"تو پھر سُنی سُنائی بات کا کیوں اعتبار کرتے ہو؟ تُم کہتے ہو کہ یہ لوگ ہمیشہ جوان رہنے کے لیے کوئی جڑی بُوٹی استعمال کرتے ہیں۔ اچھّا بتاؤ وہ کونسی جڑی بُوٹی ہے۔ کیا تُم نے یہ جڑی بُوٹی دیکھی ہے؟ اُسے چکھّا ہے؟"

"نہیں۔" کانوے نے آہستہ سے کہا۔ اب وہ سوچنے لگا تھا کہ شاید میلن سن ٹھیک ہی کہہ رہا ہے۔ اُس نے اِن تمام باتوں پر اِس لیے یقین کر لیا تھا کہ وہ یقین کرنا چاہتا تھا۔

میلن سن بولا: "تُم نے کوئی تحقیق کرنے کی کوشش نہیں کی۔ کوئی تفصیل نہیں پوچھی۔ بس ہر داستان کو سچ سمجھ لیا۔ اور یہ مُستقبل میں ہونے والی تباہ کن جنگ کا قصّہ۔ بھلا یہ کون جانتا ہے کہ آئندہ جنگ کب ہوگی اور کِس قسم کی ہوگی؟"

کانوے چُپ رہا۔ میلن سن بولتا رہا: "میری سمجھ میں نہیں آتا تمہیں کیا ہو گیا ہے۔ کاش میں سمجھ سکتا۔ کانوے، کیا میں تمہاری کوئی مدد کر سکتا ہوں؟ بتاؤ مُجھے کیا کرنا چاہیے۔ تُم کیا چاہتے ہو؟"

کانوے بڑی دیر تک خاموش رہا پھر بولا: "مُجھے تُم سے بس ایک سوال کرنا ہے۔ بُرا مت ماننا۔"

"کیا؟" میلن سن نے پوچھا۔

کانوے نے کہا: "کیا تُم لوتے سن سے محبّت کرتے ہو؟"

"ہاں۔ میں اُس سے محبّت کرتا ہوں۔"

کانوے نے کہا: "میں تمہیں بتا دینا چاہتا ہوں کہ دُنیا میں مُجھے دو ہی ہستیاں عزیز ہیں۔ ایک تُم اور دوسری وہ لڑکی۔ شاید تمہیں یہ بات عجیب سی معلوم ہو لیکن یہ حقیقت ہے۔"

کانوے کرسی سے اُٹھ کر کھڑکی کی طرف چلا گیا اور برف سے ڈھکے ہوئے چاندی

جیسے پہاڑ کر اکل کو دیکھنے لگا۔ اُس نے محسوس کیا کہ جو خواب وہ دیکھ رہا تھا وہ ٹوٹ گیا ہے اور حقیقت دِن کی روشنی کی طرح سامنے آگئی ہے۔ وہ اپنے آپ کو بہت اداس محسوس کرنے لگا۔ اس کی سمجھ میں نہیں آرہا تھا کہ اُسے کیا ہوا ہے۔ کیا وہ پہلے دیوانہ تھا اور اب ہوش مند ہو گیا ہے یا پہلے ہوش مند تھا اور اب دیوانہ ہو گیا ہے۔

اچانک وہ مُڑا اور میلن سن سے بولا: "اگر میں تمہارے ساتھ آؤں تو کیا تم رسّی کے سہارے پہاڑی راستے پر چل سکو گے ؟"

میلن سن یہ سُن کر اُچھل پڑا اور بولا: "کانوے کیا تُم ہمارے ساتھ چلو گے ؟ کیا تُم نے فیصلہ کر لیا ہے ؟"

"ہاں۔" کانوے نے کہا اور سفر کے لیے اپنا سامان تیّار کرنے لگا۔ پھر وہ فوراً ہی چل پڑے۔ خانقاہ کے نیم تاریک خاموش صحنوں سے گُزرتے ہوئے اُنہیں کوئی نہیں ملا۔ میلن سن مُسلسل کُچھ بولے جا رہا تھا لیکن کانوے کا ذہن کہیں اور تھا وہ کُچھ نہیں سُن رہا تھا۔ وہ سوچ رہا تھا کہ یہ کیسی عجیب بات ہے کہ وہ اِس خُوب صُورت اور پُر اسرار جگہ کو جہاں اُس کو اتنا سکون اور مسرّت حاصل ہوئی تھی، یوں اچانک چھوڑ کر چلا جا رہا ہے۔

چڑھائی پر چڑھتے ہوئے راستے میں جب وہ ایک موڑ پر پہنچے تو اُنہوں نے رُک کر شانگری لا کا آخری بار نظّارہ کیا۔ نیچے نیلے چاند کی وادی بادلوں کے ایک سمندر کی طرح نظر آرہی تھی جس میں مکانوں کی رنگین چھتیں کشتیوں کی طرح تیرتی محسوس ہو رہی تھیں۔ یہاں پہنچ کر کانوے نے رسّیاں نکالیں کیوں کہ اب راستہ بہت ڈھلوان تھا۔ اب اُس کی دو دُنیائیں تھیں۔ ایک دُنیا خواب تھی اور دوسری حقیقت۔ اُسے اب اپنی زندگی اِن ہی دو دُنیاؤں کے درمیان گزارنی تھی، لیکن فی الحال اُسے اپنے نوجوان ساتھی میلن سن کی مدد کرنا تھی کیوں کہ وہ میلن سن سے محبّت کرتا تھا۔ پہاڑی راستے کا یہی وہ ٹکڑا تھا

جسے میلن سن اکیلا پار کرنے سے ڈر رہا تھا۔ کانوے نے جو ایک ماہر کوہ پیما تھا، اُسے پار کرا دیا۔ جب وہ پہاڑ کی چوٹی پر پہنچ گئے تو ستانے کے لیے چند منٹ وہاں رُکے۔ میلن سن کہنے لگا: "کانوے، تُم نے میرے ساتھ آ کر مُجھ پر بڑا احسان کیا ہے۔ میں تمہیں بتا نہیں سکتا کہ میں تمہارا کس قدر شکر گزار ہوں۔"

"تو پھر مجُھے بتانے کی کوشش مت کرو۔" کانوے نرمی سے کہا۔

صُبح ہوتے ہوتے وہ قلیوں کے کیمپ پہنچ گئے۔ قُلی اُن کے مُنتظر تھے۔ وہ اُن کو لے کر تت سین فو جانے کے لیے تیّار تھے جو مشرق کی طرف گیارہ سو میل دُور چین کی سرحد پر واقع تھا۔ قلیوں کے کیمپ میں جب لوتے سن سے اُن کی ملاقات ہوئی تو میلن سن خوشی سے چلّا کر بولا: "یہ بھی ہمارے ساتھ چل رہے ہیں۔"

وہ خوشی میں بھول گیا تھا کہ لوتے سن انگریزی نہیں جانتی۔

چینی لڑکی نے مُسکرا کر کانوے کو دیکھا اور کانوے نے محسوس کیا کہ وہ شاید زندگی میں کبھی اتنی خوش نہیں ہو گی جتنی اب ہے۔

آخری باب

کانوے کی کہانی یہاں پہنچ کر ختم ہو گئی۔ اُس نے یہ نہیں بتایا کہ قُلیوں کے کیمپ میں پہنچنے کے بعد کیا ہوا۔ میلن سن اور چینی لڑکی لوتے سن کا کیا حشر ہوا اور وہ خود چین کیسے پہنچا اور چنگ کیانگ کے کانونٹ ہسپتال میں اُسے کون لایا۔

بینکاک سے اُس نے مجُھے جو خط لکھا تھا اُس میں اُس نے یہ بتایا تھا کہ وہ شمالی مغرب کی طرف روانہ ہو رہا ہے۔ میں نے اُس کی تلاش شروع کی تو پہلے بینکاک سے شمالی مغرب ہی کی طرف گیا۔ لیکن مجُھے توقّع ہی نہیں تھی کہ وہاں اُس کا کوئی سُراغ مل سکے گا۔

میرا خیال تھا کہ نیلے چاند کی وادی کو تلاش کرنا بہتر ہو گا۔ کیوں کہ لازمی طور پر وہ

اُس طرف گیا ہو گا اور وہیں اُس کا پتا چل سکے گا۔ لیکن نیلے چاند کی وادی کو تلاش کرنا خود ایک بڑا مرحلہ تھا۔ اُس کے لیے ایک لمبا سفر درکار تھا۔ میں نے کانوے کو ڈھونڈنے کا تہیّہ کر لیا تھا۔ اس لیے اس سفر پر چل پڑا۔ میں نے ہزاروں میل سفر کیا۔ میں باسکل، بینکاک، چنگ کیانگ اور کاشغر گیا کیوں کہ اِن ہی مقامات کے درمیان کسی جگہ شانگری لا کی خانقاہ ہو سکتی تھی۔ یہ بہت وسیع علاقہ ہے اور انتہائی کوشش کے باوجود مجھے وہاں کانوے کے بارے میں کوئی خاص معلومات حاصل نہ ہو سکی۔ میں تبّت جانا چاہتا تھا لیکن حکومت کے آدمیوں نے مجھے بتایا اور یہ بات صحیح بھی تھی کہ اگر میرے پاس دُنیا کے تمام پاسپورٹ ہوں تو بھی میں تبّت کی سرحد پار نہیں کر سکتا۔ یہاں بڑے بڑے پہاڑ ہیں اور اِن پہاڑوں اور اِن کی وادیوں کے بارے میں معلومات بہت کم ہے۔

اپنے سفر کے دوران مجھے ایک امریکی سیّاح ملا جس نے اِن پہاڑوں کو عبور کرنے کی ایک بار کوشش کی تھی لیکن اسے راستہ نہیں ملا۔ اس علاقے کے کوئی نقشے نہیں ہیں۔ میں نے امریکی سیاح سے نیلے چاند کی وادی کا ذکر کیا اور پوچھا کہ کیا اُس نے کہیں یہ نام سُنا ہے تو اُس نے کہا کہ یہ نام اُس نے کہیں نہیں سُنا۔ میں نے کراکل اور شانگری لا کا نام بھی لیا مگر اُس نے یہ نام بھی نہیں سُنے تھے۔ میں نے تبّت کی خانقاہوں کے بارے میں اُس سے معلومات حاصل کرنے کی کوشش کی۔ اُس نے کہا کہ اُسے بودھ خانقاہوں سے کوئی دِلچسپی نہیں۔ ہاں اُس نے بتایا کہ ایک مرتبہ تبّت میں اُسے ایک شخص ملا تھا جس نے اُسے ایک خانقاہ میں لے جانے پر بہت اصرار کیا تھا لیکن وہ نہیں گیا۔ اُس سے میں چونکا اور میں نے اُس سے پوچھا کہ یہ کب کی بات ہے۔ اس نے کہا کہ اسے کافی عرصہ ہو گیا۔ غالباً ۱۹۱۱ء میں اُسے وہ شخص ملا تھا جو اُس کو کسی خانقاہ میں لے جانا چاہتا تھا۔ امریکی سیاح نے بتایا کہ وہ امریکی کھوجیوں کی ایک جماعت کے ساتھ سفر کر رہا تھا اور یہ شخص اُنہیں تبّت

کی سرحد پر کوئن لنز میں ملا تھا۔ وہ چینی تھا اور بہت اچھّی انگریزی بول رہا تھا۔ وہ ایک کرسی پر سوار تھا جسے چند تبّتی خادم اُٹھائے ہوئے تھے۔ اُس نے امریکیوں سے بہت اصرار کیا کہ وہ اس کے ساتھ ایک خانقاہ چلیں جو وہاں قریب ہی واقع ہے، لیکن اُنہوں نے یہ کہہ کر انکار کر دیا کہ نہ اُن کے پاس وقت ہے اور نہ اُنہیں کسی خانقاہ سے کوئی دِلچسپی ہے۔

کانوے کی تلاش کے دوران جگہ جگہ میں نے برنارڈ کے بارے میں بھی معلومات حاصل کرنے کی کوشش کی لیکن اُس کا بھی کچھ پتا نہ چلا۔ غالباً وہ کالمر برائنٹ ہی تھا جیسا کہ کانوے نے بتایا تھا۔ برائنٹ کا غائب ہو جانا بھی ایک معمّہ تھا۔

میں نے اُس ہوا باز کے بارے میں بھی سُراغ لگانے کی کوشش کی جس کا نام تالو تھا اور جو کانوے کو اور اس کے ساتھیوں کو لے گیا تھا۔ اِس میں بھی مجھے ناکامی ہوئی لیکن ایک عجیب بات معلوم ہوئی وہ یہ کہ پچھلی صدی کے وسط میں جنیا میں ایک جرمن پروفیسر ۱۸۸۷ء میں تبّت گیا تھا لیکن واپس نہیں آیا۔ کہا جاتا تھا کہ وہ ایک دریا پار کرتے ہوئے ڈوب گیا تھا۔ اس کا نام فریڈرک میسٹر تھا۔ کانوے نے اپنی کہانی میں اُس شخص کا ذکر کیا تھا۔ اِس کے علاوہ مجھے اُن میں سے کسی اور کے بارے میں کچھ پتا نہ چل سکا جن کا ذکر کانوے نے کیا تھا۔ نہ ہی پیرالٹ اور ہنشل کا میں نے کہیں ذکر سُنا۔

کانوے نے مجھے اپنی داستان صرف وہاں تک سُنائی تھی جب وہ قُلیوں کے کیمپ میں پہنچ کر میلن سن اور چینی لڑکی کے ساتھ دوسری صُبح چین کی سرحد کی طرف روانہ ہونے والا تھا۔ اُس کے بعد کیا ہوا یہ وہ نہیں بتا سکا یا اُس نے بتانا نہیں چاہا۔ میں صرف قیاس کر سکتا ہوں کہ کوئی بڑا سانحہ پیش آیا ہو گا۔ اِس کا تو مجھے یقین ہے کہ میلن سن چین تک نہیں پہنچ سکا۔ میں نے شنگھائی اور پیکن میں اچھّی طرح معلوم کر لیا۔ میں نے تت سین فو میں بھی جہاں چین اور تبّت کی سرحدیں ملتی ہیں، یہ معلوم کرنے کی کوشش کی کہ قُلیوں

کی کوئی جماعت تو دو برطانوی باشندوں اور ایک چینی لڑکی کے ساتھ وہاں نہیں پہنچی تھی۔ وہاں کے لوگ بہت ملنسار ہیں۔ اُنہوں نے بتایا کہ ایسی کوئی جماعت وہاں نہیں آئی۔ مُجھے یہ بھی پتا نہیں چل سکا کہ کانوے چنگ کیانگ کیسے پہنچا۔ شاید بھٹکتا بھٹکتا وہاں تک پہنچ گیا ہو۔ ہاں ایک عجیب بات مُجھے معلوم ہوئی اور اُس سے کوئی نتیجہ نکالا جا سکتا ہے۔

میں چنگ کیانگ کے مشن ہسپتال میں یہ معلوم کرنے کی کوشش کر رہا تھا کہ کانوے وہاں کس طرح آیا تھا۔ کیا وہ اکیلا تھا اور خود چل کر آیا تھا یا اسے کوئی لے کر آیا تھا۔ ہسپتال کے عملے کو کُچھ یاد نہیں، لیکن ایک نَن نے کہا کہ ہسپتال کے ایک ڈاکٹر نے غالباً یہ بتایا تھا کہ اُسے ایک عورت لے کر آئی تھی۔ یہ ڈاکٹر اب چنگ کیانگ کے ہسپتال میں نہیں تھا اور شنگھائی میں کسی بڑے ہسپتال میں چلا گیا تھا۔ میں نے نَن سے اس کا پتا لیا اور اس سے ملنے شنگھائی پہنچا۔

میں نے جب اُس سے کانوے کے بارے میں پوچھا تو اُس نے کہا ہاں اسے وہ انگریز مریض اچھّی طرح یاد ہے جو سب کُچھ بھول گیا تھا۔ جب میں نے اُس سے پوچھا کہ کیا یہ صحیح ہے کہ کوئی عورت اس کو لے کر ہسپتال آئی تھی تو اس نے کہا: "ہاں بالکل۔ اُسے ایک عورت لائی تھی۔ وہ چینی تھی وہ خود بھی بہت بیمار تھی اور ہسپتال آتے ہی مر گئی۔"

میں نے اب ڈاکٹر سے ایک آخری سوال کیا:

"کیا وہ عورت جوان تھی؟" ڈاکٹر نے ایک لمحے مُجھے گھور کر دیکھا اور پھر بولا: "ارے نہیں۔ وہ ایک بُوڑھی عورت تھی۔ اتنی بوڑھی کہ میں نے اِس سے پہلے کبھی دیکھی بھی نہیں تھی۔"

***

۲

خونی جنگل

Amazon Adventure / مصنف: ولارڈ پرائس

مترجم: اشتیاق احمد

دھمکی

صولت مرزا کی ساری زندگی شکار کھیلتے گزری تھی۔ لیکن آج تک کبھی شکار پر جانے سے پہلے اس قسم کا کوئی تار انھیں نہیں ملا تھا۔ تار کا مضمون مختصر تھا اور نیچے بھیجنے والے نے اپنا نام نہیں لکھا تھا۔ انہوں نے تار کے مضمون کو تیسری مرتبہ پڑھا۔

"اگر خیریت چاہتے تو ایمیزن کے علاقے سے دور رہو۔"

یہ تار انہیں جنوبی امریکا کے ایک ملک ایکواڈور کے دارالحکومت کویتو کے ایک ہوٹل میں ملا تھا اور نیویارک سے بھیجا گیا تھا۔ صولت مرزا اس وقت ایک میز پر اپنے دونوں بیٹوں، کامران اور عدنان کے ساتھ بیٹھے تھے۔ ہوٹل کا مالک ڈان پیڈرو صولت مرزا کا گہرا دوست تھا۔ اس لیے وہ بھی انہی کی میز پر چلا آیا تھا۔ ان کی گفتگو کا موضوع ایمیزون کا علاقہ تھا۔ صولت مرزا جب سے اپنے بیوی بچوں کے ساتھ پاکستان سے امریکا آئے تھے۔ پانچویں مرتبہ جنوبی امریکا کے شکار پر نکلے تھے۔ اس سے پہلے چاروں مرتبہ

وہ تنہا ہی گئے تھے لیکن اس مرتبہ ان کے دونوں بیٹوں کی ضد کے آگے ان کی ایک نہ چلی اور آخر کار وہ انہیں ساتھ لے جانے پر آمادہ ہو گئے۔ کامران اور عدنان بھی شکار کے معاملے میں اناڑی نہیں تھے۔ وہ اس سے پہلے کئی مرتبہ شکار پر جا چکے تھے۔ ان لوگوں کا پیشہ ہی یہی تھا شکار کرنا، جانوروں کو لانگ آئی لینڈ میں جمع کرنا اور پھر مختلف ملکوں کے چڑیا گھروں کو فروخت کر دینا۔

صولت مرزا اس وقت تک سینکڑوں جنگلی اور دریائی جانور اور پرندے پکڑ کر مختلف ممالک کے چڑیا گھروں کو سپلائی کر چکے تھے۔ ہوٹل کا مالک ڈان پیڈرو کامران اور عدنان کو بتا رہا تھا:

"تم لوگ دنیا کا سب سے بڑا دریا دیکھنے جا رہے ہو، اور ایک ایسا جنگل جہاں سے آج تک کوئی زندہ بچ کر نہیں آیا۔ ہاں تمہارے والد اس معاملے میں بہت خوش نصیب ہیں۔"

"کیا وہاں بڑے بڑے مگرمچھ بھی ہیں؟" کامران نے پوچھا۔

"لاتعداد۔ اتنے کہ تم تصور بھی نہیں کر سکتے۔ اور صرف مگرمچھ ہی نہیں، ہزاروں قسم کے جنگلی جانور بھی۔ تمہارے والد اس کے بارے میں مجھ سے زیادہ جانتے ہیں۔"

جنگلی جانوروں کے شکار پر یوں تو کامران اور عدنان اپنے ملک میں کئی مرتبہ جا چکے تھے لیکن غیر ملک میں اتنے خطرناک شکار کا یہ پہلا موقع تھا۔ یہی وجہ تھی کہ ان کا شوق لحہ بہ لحہ بڑھ رہا تھا۔ ان کے والد نے سر اوپر اٹھایا اور کہنے لگے:

"ہاں! میں چار مرتبہ پہلے بھی جنوبی امریکا کے علاقے میں شکار کے لیے جا چکا ہوں اور اب پانچویں مرتبہ جا رہا ہوں لیکن اس مرتبہ ایک ایسے مقام پر شکار کا ارادہ ہے جہاں اس سے پہلے کوئی نہیں گیا۔ کوئی شخص یہ بات نہیں جانتا کہ ایمیزن کے علاقے میں کتنے

جانور ہیں، کیونکہ ابھی بہت سا علاقہ ایسا ہے جو دریافت ہی نہیں ہو سکا۔ اس بار ہم جس علاقے میں جارہے ہیں اس کا نام "دریائے پاسٹیزا" ہے اور یہ دریائے ایمیزن ہی کی ایک شاخ ہے۔"

"پاسٹیزا!" ڈان پیڈرو چلا اٹھا۔ "اس علاقے میں تو آج تک مہذب دنیا کا کوئی آدمی جاکر زندہ واپس نہیں آیا۔ پچھلے سال دو آدمیوں نے کوشش کی تھی۔ آج تک ان کے بارے میں کچھ سننے میں نہیں آیا۔ جانتے ہو کیوں؟ اس لیے کہ وہاں ایسے ریڈ انڈین آباد ہیں جنھیں "سروں کے شکاری" کہا جاتا ہے۔ سنا ہے کہ یہ لوگ انسانی سروں کو کسی عجیب وغریب طریقے سے بہت ہی چھوٹا سا بنالیتے ہیں۔"

"کیا؟ انسانی سروں کو؟" عدنان کی آنکھیں خوف سے پھیل گئیں۔

"ہاں! وہ اپنے مردہ عزیزوں یا دشمنوں کے سروں کو چھوٹا کر کے اپنے پاس محفوظ کرلیتے ہیں۔"

"حیرت ہے۔ مجھے اس بات پر یقین نہیں آتا۔" کامران نے کہا۔

"تمھیں یقین نہیں آتا؟ اچھا ادھر دیکھو۔ وہ کیا چیز ہے؟"

دونوں نے اس طرف دیکھا، جدھر ڈان پیڈرو نے اشارہ کیا تھا۔ آتش دان پر ایک ننھا سا سکڑا ہوا سر رکھا تھا۔ عدنان نے قریب جاکر اسے دیکھا، ڈرتے ڈرتے اسے چھوا اور بولا "یہ تو کسی بچے کا سر معلوم ہوتا ہے۔"

"بچے کا نہیں، یہ ایک جوان آدمی کا سر ہے۔ سکڑ کر اس قدر چھوٹا ہو گیا ہے۔"

"کہیں ہمارے ساتھ بھی ایسا ہی نہ ہو؟"

"اسی لیے تو کہتا ہوں کہ اپنی ضد سے باز آجاؤ۔ علاقہ بہت خطرناک ہے۔ تمھارا میرے ساتھ جانا ٹھیک نہیں۔" صولت مرزا فوراً بولے۔

"جی نہیں۔ خواہ کچھ ہو، ہم شکار پر ضرور جائیں گے۔ اور وہ انسانی سر ضرور دیکھیں گے۔" کامران نے اٹل لہجے میں کہا۔

کامران ایف اے کا امتحان دے چکا تھا اور عدنان ابھی میٹرک میں تھا۔ کامران لمبے اور مضبوط قد کا نوجوان تھا۔ عدنان کا قد اتنا لمبا تو نہیں تھا لیکن خوب گٹھا ہوا تھا۔ دونوں بجلی کی طرح تیز اور طرار تھے۔

وہ یہ باتیں کر ہی رہے تھے کہ ہوٹل کے ملازم نے وہ تار صولت مرزا کو لا کر دیا۔ انہوں نے لفافہ کھولا اور تار پڑھنے لگے۔

"کیا بات ہے ابا جان۔" کامران نے پوچھا۔

"کچھ نہیں۔ شاید کوئی شخص ہمیں بے وقوف بنانا چاہتا ہے۔" صولت مرزا نے تار ان دونوں کی طرف بڑھا دیا۔

انھوں نے تار پڑھا اور سوچ میں ڈوب گئے۔ آخر کامران بولا۔ "شاید کوئی دشمن ہمیں شکار پر جانے سے روکنا چاہتا ہے۔"

"پریشان ہونے کی ضرورت نہیں۔ یہ کسی بزدل آدمی کی شرارت ہے۔" صولت مرزا بولے۔

"بزدل آدمی کی؟ آپ نے یہ کیسے جانا" کامران نے پوچھا۔

"اس نے تار کے نیچے اپنا نام نہیں لکھا۔ یہی اس کی بزدلی کا ثبوت ہے۔"

"میں ہوائی جہاز کے بارے میں معلوم کر کے آتا ہوں۔" کامران نے کہا اور اٹھ کھڑا ہوا۔

وہ ہوٹل سے نکل کر پیدل ہی چل پڑا۔ اس کا رخ اپنے دوست ٹیری کے گھر کی طرف تھا۔ ٹیری ایک ماہر پائلٹ تھا اور اس کا اپنا ہوائی جہاز تھا۔ اس سے پہلے بھی صولت

مرزا چار مرتبہ اس کے ہوائی جہاز کے ذریعے ایمیزن کا سفر کر چکے تھے۔ کل شام ٹیری نے بتایا تھا کہ اس کے جہاز کے بریک ٹھیک نہیں ہیں، لیکن کل صبح تک وہ ان کی مرمت کرا لے گا۔

اچانک کامران کو محسوس ہوا کہ کوئی اس کا تعاقب کر رہا ہے۔ اس کے جوتوں کی چاپ بالکل صاف اس تک پہنچ رہی تھی۔ لیکن وہ جان بوجھ کر ایک دم ایک گلی میں مڑ گیا۔ اس کا خیال ٹھیک نکلا۔ تعاقب کرنے والا بھی گلی میں داخل ہو گیا۔ آخر کامران نے فیصلہ کیا کہ اس کے ساتھ دو دو ہاتھ کر ہی لوں۔ چلتے چلتے اس نے جیب سے ٹارچ نکالی۔ پھر ایک دم مڑا اور ٹارچ کی روشنی اس آدمی کے منہ پر ڈالی۔ وہ ایک بہت بد صورت آدمی تھا۔ اس کے سر پر ہیٹ تھا۔ آنکھوں سے نفرت اور کینہ جھانک رہا تھا۔ چند لمحوں کے لیے تو کامران اس کی خوفناک شکل دیکھ کر گھبرا گیا۔ پھر وہ سنبھل گیا اور کڑک کر پوچھا۔

"کیا بات ہے؟ تم میرا پیچھا کیوں کر رہے ہو؟"

"تمہارا پیچھا؟ بھلا میں کیوں کرنے لگا تمہارا پیچھا۔ میں تو سیر کر رہا ہوں۔"

"بکتے ہو۔ میں جس طرف بھی گیا، تم بھی اسی طرف گئے۔"

"تمھیں وہم ہوا ہے۔" اجنبی نے کہا۔

"تم مجھے بے وقوف نہیں بنا سکتے۔"

اچانک اس خوفناک آدمی نے کامران پر چھلانگ لگائی۔ لیکن وہ پہلے ہی تیار تھا۔ فوراً ایک طرف ہٹ گیا۔ وہ شخص اپنے ہی زور میں دیوار سے جا ٹکرایا۔ کامران کی پھرتی دیکھ کر وہ سیدھا کھڑا ہو گیا اور بولا۔

"تم تو یوں ہی ناراض ہو گئے۔ میں تو گرجا گھر کا پتہ پوچھنے کے لیے تمہارے پیچھے چل

کھڑا ہوا تھا۔ کیا تم بتا سکتے ہو کہ یہاں سے نزدیک ترین گرجا گھر کس طرف ہے؟" کامران نے اسے گرجا گھر کا پتا بتا دیا۔

"شکریہ۔" اجنبی نے کہا اور تیزی سے اس طرف مڑ گیا۔ لیکن مڑتے مڑتے اس نے ایسی نگاہوں سے کامران کی طرف دیکھا جیسے کہ رہا ہو "میں تم سے سمجھ لوں گا۔"

روانگی

کامران نے ٹیری کے دروازے پر دستک دی۔ ہنس مکھ چہرے والے ٹیری نے کامران کو دیکھ کر خوشی سے بھرپور قہقہہ لگایا۔ ڈرائنگ روم میں بیٹھنے کے بعد کامران نے اپنے ساتھ پیش آنے والے واقعے کے متعلق بتایا، اور اپنے والد کو ملنے والے تار کا بھی ذکر کیا۔ ٹیری کے چہرے پر جوش کے آثار نمودار ہوئے۔" کہنے لگا یہ تو بہت ہی اچھا ہوا۔"

"کیا اچھا ہوا؟" کامران نے پوچھا۔

"تمہیں کوئی دشمن تو ملا۔ اب اس مہم میں اور لطف آئے گا۔"

"میں الجھن میں ہوں۔ آخر تار کس نے بھیجا۔ اس کا مقصد کیا ہے؟ اور۔۔۔۔۔۔ اب یہ خوفناک چہرے والا شخص مجھے سوچنے پر مجبور کر رہا ہے۔" کامران سوچ میں ڈوب گیا۔

"جہاں تک میرا خیال ہے، تار بھیجنے والے نے ہی اس غنڈے کو تمہارے پیچھے لگایا ہو گا۔ اس کا خیال ہو گا کہ تم آسانی سے اس کے ہتھے چڑھ جاؤ گے اور پھر تمہارے والد اور بھائی اس مہم کا ارادہ ترک کر دیں گے۔"

"تمہارا خیال ٹھیک ہے۔"

"لیکن ان کے خیال کے برخلاف تم کافی دلیر ثابت ہوئے۔ اور وہ غنڈہ تم پر ہاتھ صاف نہیں کر سکا۔"

"سوال یہ ہے کہ ان کا مقصد کیا ہے ؟"

"یہی بات میری سمجھ میں نہیں آئی ؟"

"اچھا دیکھا جائے گا۔ تم یہ بتاؤ کہ جہاز ٹھیک ہو گیا یا نہیں ؟" کامران نے پوچھا۔

"کیا تم واقعی صبح روانہ ہونا چاہتے ہو ؟"

"ہاں ! بالکل !"

"تو ٹھیک ہے۔ جہاز تمہیں صبح بالکل ٹھیک ملے گا۔"

تھوڑی دیر دونوں گپیں ہانکتے رہے۔ پھر کامران اٹھ کھڑا ہوا۔ جب وہ ہوٹل میں پہنچا تو اس نے دیکھا کہ عدنان اور اس کے والد گہری نیند کے مزے لے رہے ہیں۔ وہ خود بھی دن بھر کا تھکا ماندہ تھا، اس لیے جلد ہی نیند کی پر سکون وادی میں پہنچ گیا۔

صبح سویرے وہ پروگرام کے مطابق جہاز میں آبیٹھے۔ ٹیری نے ہنستے ہوئے انھیں بتایا کہ رات وہ جہاز کی مرمت نہیں کرا سکا۔ یہ سن کر ان تینوں کو بہت غصہ آیا۔ کامران تو اس پر برس ہی پڑا۔

"تم عجیب آدمی ہو۔ تمہیں معلوم تھا کہ ہم صبح سویرے روانہ ہونے کا پروگرام بنا چکے ہیں۔"

"اس میں میرا کوئی قصور نہیں۔ مستری کی ماں اچانک بیمار ہو گئی۔ وہ کام درمیان میں چھوڑ کر چلا گیا۔ خیر تم فکر نہ کرو۔ میں اس حالت میں بھی تمہیں لے جاؤں گا۔"

یہ کہہ کر ٹیری نے اپنے چھوٹے سے جہاز کو گھاس کے میدان میں دوڑانا شروع کر دیا۔ ابھی جہاز کی رفتار تیز نہیں ہوئی تھی کہ ایک دم تیز ہوا چلنے لگی۔ جس سے جہاز کا رخ بدل گیا اور وہ تیزی سے آگ بجھانے والے انجن کی طرف بڑھنے لگا۔ اس وقت جہاز کی رفتار پچھتّر میل فی گھنٹہ تھی۔ اگر جہاز کے بریک ٹھیک ہوتے تو ٹیری اسے حادثے سے بچا

سکتا تھا لیکن اب یہ چھوٹا سا جہاز لمحہ بہ لمحہ آگ بجھانے والے انجن کی طرف بڑھ رہا تھا۔

ہوائی اڈے پر لگے خطرے کے سائرن بجنے لگے۔ لوگ بوکھلا کر ادھر ادھر دوڑنے لگے۔ چند ایک کے منہ سے تو خوف کے باعث چیخیں بھی نکل گئیں۔ صولت مرزا اور کامران کی آنکھیں بھی دہشت سے پھیل گئیں۔ لیکن ٹیری کا چہرہ پر سکون تھا۔ اس نے بغیر کسی گھبراہٹ اور بدحواسی کے جہاز کو انجن سے ٹکرانے سے پہلے ہی زمین سے اوپر اٹھالیا۔

جہاز اب نو سو فٹ فی منٹ کے حساب سے اوپر اٹھنے لگا۔ کامران نے بلندی بتانے والے آلے پر نظر ڈالی۔ سوئی سترہ ہزار فٹ بتا رہی تھی۔ ٹیری نے انھیں بتایا:

"یہ جہاز اس سے زیادہ اونچا نہیں اڑ سکتا۔"

"اس کا مطلب یہ ہوا کہ یہ سامنے نظر آنے والی برف پوش پہاڑیوں کے اوپر سے نہیں گزر سکے گا۔" کامران نے پوچھا۔

"نہیں۔ یہ چوٹیاں انیس ہزار فٹ تک بلند ہیں۔"

کامران نے چوٹیوں کو حسرت بھری نگاہوں سے دیکھا۔ اسی وقت جہاز کو ایک دھچکا سا لگا اور وہ ایک دم نیچے گرنے لگا۔ ٹیری نے فوراً ہوشیاری سے اسے کنٹرول کیا۔ جلد ہی جہاز معمول کے مطابق پرواز کرنے لگا۔ وہ رنگ برنگ بادلوں میں اڑتا ہوا آگے بڑھ رہا تھا۔ عدنان نیچے دیکھتے ہوئے بولا، "یہ نیچے کوئی ندی بہہ رہی ہے کیا؟"

"ندی!" صولت مرزا کی ہنسی نکل گئی۔ "ارے بھئی، یہ ہی تو دریائے ایمیزن ہے۔"

آخر کار وہ جگہ بھی آپہنچی جہاں انھیں اترنا تھا۔ ٹیری نے زمین کا ایک اچھا سا ٹکڑا دیکھ کر جہاز کو نیچے اتارنا شروع کر دیا۔ زمین پر لگتے ہی جہاز پینسٹھ میل فی گھنٹہ کی رفتار

سے دوڑنے لگا۔ اچانک گھاس پھوس کی بنی ہوئی ایک جھونپڑی اس کی زد میں آگئی۔ ٹیری نے بہت کوشش کی کہ اس سے بچ کر نکل جائے لیکن ممکن نہ ہو سکا۔ جہاز جھونپڑی کو روندتا ہوا گزر گیا۔ جھونپڑی میں رہنے والے ریڈ انڈین خوف زدہ ہو کر ادھر ادھر بھاگ کھڑے ہوئے۔ ان کا جھونپڑا تنکا تنکا ہو گیا تھا۔ لیکن جانی نقصان نہیں ہوا۔ ورنہ ان چاروں کے ٹکڑے اڑا دیے جاتے۔

جہاز کے ٹھہرتے ہی سارے ریڈ انڈین برچھیاں لے کر اس کے ارد گرد جمع ہو گئے۔ عورتوں اور بچوں نے چیخ چیخ کر آسمان سر پر اٹھالیا۔ مردوں کے چہرے غصے سے تمتمارہے تھے۔ قریب تھا کہ وہ ان کی تکا بوٹی کر ڈالتے کہ ٹیری نے جہاز کی کھڑکی میں سے سر باہر نکال کر ایک ریڈ انڈین کو آواز دی، جو وضع قطع سے ان کا سردار دکھائی دے رہا تھا۔ سردار کی نظر ٹیری پر پڑی تو اپنی زبان میں چلا اٹھا۔

"آہا! یہ تو ہمارا دوست ٹیری ہے۔"

یہ دیکھ کر ریڈ انڈیوں کا غصہ سرد پڑ گیا۔ ان کی برچھیاں نیچے جھک گئیں اور چہروں پر مسکراہٹ دوڑ گئی۔ ربڑ کی تجارت کے سلسلے میں ٹیری اکثر یہاں آتا رہتا تھا اور ان لوگوں کا دوست تھا۔ تھوڑی دیر بعد چاروں شان وشوکت کے ساتھ گاؤں میں داخل ہو رہے تھے۔ ریڈ انڈینوں کا جلوس ان کے ہمراہ تھا۔ وہ ڈھول بجا بجا کر مہمانوں کی آمد کا اعلان کر رہے تھے۔ گاؤں میں چھوٹے چھوٹے کچے مکان تھے اور اکثر بانس کے بنے ہوئے تھے۔ بعض جگہوں پر انہیں کپڑا بننے کی دستی کھڈیاں بھی نظر آئیں۔ ٹیری نے ان لوگوں کا تعارف کراتے ہوئے بتایا:

"یہ لوگ بہت محنتی اور بہادر ہیں۔ آج تک باہر کا کوئی شخص ان پر قابو نہیں پا

سکا۔"

قبیلے کے سردار نے ان کی شان دار دعوت کی اور ان لوگوں نے وہاں اپنی زندگی کا عجیب ترین کھانا کھایا۔ سردار کے گھر کی دیواریں مختلف جانوروں کی کھالوں سے سجی ہوئی تھیں اور ان پر قسم قسم کے ہتھیار سجے ہوئے تھے۔ اس کے علاوہ شیر اور چیتے کے سر بھی لٹک رہے تھے۔ عدنان ان عجیب و غریب چیزوں کو دیکھ دیکھ کر حیران ہو رہا تھا۔ اسی طرح کھانے کی چیزیں بھی حیران کرنے والی تھیں۔

کھانے کے دوران کامران اور عدنان نے خوفزدہ نگاہوں سے ان چھوٹے چھوٹے انسانی سروں کو دیکھا جو سردار کے کمرے کی کارنس پر رکھے تھے۔ ایک سر دروازے کے قریب لٹک رہا تھا۔ صولت مرزا نے پوچھا۔ "یہ سر دروازے پر کس لیے لٹکایا گیا ہے؟" سردار نے، جو انگریزی زبان نہیں سمجھتا تھا، ٹیری کی طرف سوالیہ نظروں سے دیکھا۔

"یہ اس سر کے متعلق پوچھ رہے ہیں۔" ٹیری نے ریڈ انڈین زبان میں کہا۔ سردار نے جواب میں کچھ کہا تو ٹیری نے ترجمہ کر کے انہیں بتایا:

سروں کو اس طرح محفوظ کرنے کا طریقہ ہماری درندگی کا ثبوت نہیں ہے۔ مصر میں بھی تو فرعونوں کی لاشوں کو مسالا گا کر محفوظ کیا جاتا تھا۔ یہ سر جو آپ دیکھ رہے ہیں ہمارے بزرگوں کے ہیں، اور جو سر دروازے پر لٹک رہا ہے، وہ میرے دادا کا ہے۔ مجھے اپنے دادا سے بہت پیار تھا۔"

یہ سن کر عدنان بول اٹھا۔ "یہ تو سب ٹھیک ہے، لیکن یہ لوگ اپنے بزرگوں اور رشتے داروں کے علاوہ دشمنوں کے سر کیوں محفوظ کر لیتے ہیں؟"

"یہ صرف ان دشمنوں کے سر محفوظ کرتے ہیں جو بہادر اور جانباز تھے، اور بہادری سے لڑتے ہوئے ان کے ہاتھوں ہلاک ہوئے۔ یہ ان سروں کو عزت کی نگاہ سے دیکھتے

ہیں ؟"

"تو اس کا مطلب یہ ہوا کہ سر کٹانا عزت کا باعث ہے ؟" عدنان مسکرا کر بولا۔

"بالکل۔ بالکل۔ اور یہ لوگ سفید چمڑی کے لوگوں کے سروں کو تو بہت پسند کرتے ہیں کیونکہ ان کا خیال ہے کہ سفید فام لوگ بہت عقل مند ہوتے ہیں۔"

عدنان یہ سن کر سہم گیا۔ کامران نے اسے خوف زدہ دیکھا تو کہنے لگا۔ "فکر نہ کرو۔ سب سے پہلے یہ تمہارا ہی سر اتاریں گے۔"

"پہلے تمہاری باری آئے گی۔ تم مجھ سے بھی بڑے ہو۔" عدنان نے بھی ترکی بہ ترکی جواب دیا۔

"کیا ہم ان میں سے کوئی سر عجائب گھر کے لیے لے سکتے ہیں۔" صولت مرزا نے ٹیری کے ذریعے یہ بات سردار سے کہی۔

"ہم ان سروں کا یہاں سے باہر جانا پسند نہیں کرتے۔" سردار نے کہا۔

لیکن یہ تو سوچو کہ عجائب گھر میں لاکھوں آدمی اس نمونے کو دیکھیں گے اور وہ سب تم لوگوں کے فن کی تعریف کریں گے۔"

سردار ٹیری کی بات سن کر سوچ میں ڈوب گیا۔ پھر اس نے اپنے دادا کے سر کی طرف دیکھا اور کہنے لگا۔ "میں تمہیں اپنے دادا کا سر تو نہیں دے سکتا، البتہ ان سروں میں سے ایک دیے دیتا ہوں۔"

اس نے ایک سر اٹھا کر انہیں دے دیا۔ صولت مرزا نے اس کے بدلے سردار کو پچاس ڈالر ادا کیے۔

"اب سردار کو ہماری مہم سے آگاہ کر دو۔" صولت مرزا نے ٹیری سے کہا۔

ٹیری نے صولت مرزا کے ارادے سے سردار کو آگاہ کیا۔ اس پر سردار نے کہا:

"یہ کسی طرح بھی مناسب نہ ہوگا۔ میری حد میں تو کوئی آپ لوگوں کا بال بھی بیکا نہیں کر سکے گا، لیکن اس سے آگے جو ریڈ انڈین رہتے ہیں، وہ باہر کے لوگوں کے بدترین دشمن ہیں۔ جوں ہی آپ ان کے علاقے میں قدم رکھیں گے۔ وہ آپ کو ذبح کر ڈالیں گے۔"

"لیکن ہمارے پاس ہتھیار ہیں۔" صولت مرزا بولے۔

"ان کے پاس بھی ہتھیار ہوتے ہیں اور ان ہتھیاروں میں زہر میں بجھے ہوئے تیر، نیزے اور بھالے سب سے زیادہ خطرناک ہیں۔" سردار اپنی بات پر اڑا ہوا تھا۔

"ہم ان سے دوستی کرلیں گے۔" صولت مرزا بھی ہار ماننے والے نہیں تھے۔

"دوستی کرنے کی نوبت ہی نہیں آئے گی۔ بات کرنے سے پہلے ہی وہ تیروں کی بوچھاڑ کر دیں گے۔"

"ہم ہر قیمت پر جائیں گے۔ آپ بس ہمیں ایک کشتی مہیا کر دیں گے۔" صولت مرزا بولے۔

ٹیری نے بھی سردار کی منت کی اور آخر کار وہ رضامند ہو گیا لیکن ساتھ ہی اس نے یہ شرط لگائی۔ "آپ لوگ آج کی رات میرے مہمان رہیں گے۔" صولت مرزا نے اس کی یہ بات مان لی۔

رات کا کھانا ان کی توقع کے خلاف بہت مزے دار تھا۔ کھانے میں سب سے عجیب چیز سفید سفید گوشت کے وہ ٹکڑے تھے جن کا ذائقہ کچھ مرغ اور کچھ مچھلی سے ملتا جلتا تھا۔

"یہ کس چیز کا گوشت ہے؟" عدنان نے پوچھا۔

"یہ ایک بہت ہی زہریلے سانپ کا گوشت ہے۔" سردار نے بتایا۔

یہ سن کر عدنان کا رنگ اڑ گیا۔ کامران بھی خوف زدہ ہو گیا۔ ان کی طبیعت متلانے لگی۔

کھانے سے فارغ ہو کر ٹیری نے ان سے اجازت مانگی اور اپنا جہاز اڑا کر وہاں سے رخصت ہو گیا۔

پہلا شکار

صبح سویرے ان کی آنکھ کھلی تو انہوں نے جنگلی درندوں کے دھاڑنے اور چنگھاڑنے کی آوازیں سنیں۔

"شکر ہے کہ ہم چار دیواری کے اندر سوئے ورنہ یہ درندے تو ہمیں پھاڑ کھاتے۔" کامران نے جمائی لیتے ہوئے کہا۔

"اور شکار کے دوران تم کیا کرو گے؟ وہاں چار دیواری کہاں سے لاؤ گے؟" عدنان نے پوچھا۔

"ہاں یہ تو ہے، لیکن مجھے اس بات سے زیادہ فکر اس تعاقب کرنے والے کی ہے۔" کامران نے کہا۔

"چھوڑو اسے۔ بھلا وہ اس دور دراز علاقے میں کیسے آسکتا ہے۔"

تھوڑی دیر بعد کامران دریا کے کنارے پر پہنچ گیا۔ یہاں ایک چھوٹی سی کشتی تیار کھڑی تھی۔ جو تقریباً بیس فٹ لمبی تھی۔ کامران نے کشتی میں سامان رکھنا شروع کر دیا۔ اس نے تمام چیزیں اس طرح رکھیں کہ بوقت ضرورت انہیں آسانی سے نکالا جا سکے۔ اپنے والد اور عدنان کے آنے سے پہلے ہی وہ تمام چیزیں رکھ چکا تھا۔

"بہت خوب! تم نے چیزوں کو بہت قرینے سے رکھا ہے۔" صولت مرزا نے اس کی تعریف کی۔

تقریباً دو گھنٹے بعد کشتی اپنے تمام ساز و سامان سمیت روانہ ہونے کے لیے تیار تھی۔ ریڈ انڈین سردار اور اس کے ساتھی انہیں رخصت کرنے کے لئے آئے۔

"میرا ایک آدمی کچھ دور آپ لوگوں کے ساتھ جائے گا تاکہ مشکل وقت میں مدد کر سکے۔" سردار نے اشاروں میں کہا۔ اس کا نام 'ہپو' ہے۔

"بہت بہت شکریہ!" صولت مرزا نے کہا۔

عدنان کے لیے یہ سفر باعث مسرت بھی تھا اور حیران کن بھی۔ وہ کبھی دریا میں تیرنے والے آبی جانوروں کو دیکھتا تو کبھی آسمان کی گہرائیوں میں اڑنے والے عجیب عجیب پرندوں کو۔ اچانک ایک بہت بڑا گدھ ان کے اوپر سے گزرا۔ یہ تقریباً دس فٹ لمبا تھا۔

عدنان نے اسے دیکھ کر بندوق پر ہاتھ ڈالا اور جب وہ ان کے سروں پر منڈلاتے ہوئے گزرا تو اس نے بندوق سیدھی کر کے نشانہ لینا چاہا لیکن صولت مرزا نے اسے روک دیا۔ وہ بولے:

"اول تو اس چھوٹے سے کارتوس سے اس کا کچھ بگڑے گا نہیں، اور اگر یہ گر بھی گیا تو ہمارے کس کام کا۔ اسے کونڈر کہتے ہیں۔ یہ چالیس چالیس دن بھوکا رہ سکتا ہے اور جب کھانے پر آتا ہے تو ایک وقت میں آٹھ نو سیر گوشت ہڑپ کر جاتا ہے۔ تمام پرندوں سے زیادہ اونچا اڑ سکتا ہے۔ جہاں کہیں کوئی مردار نظر آتا ہے، یہ بجلی کی سی تیزی سے اس پر جھپٹتا ہے اور بھوک کی حالت میں چھوٹے موٹے جانوروں کو بھی اٹھا کر لے جاتا ہے۔"

اتنے میں ان کی کشتی بھنور میں پھنس گئی اور چکر کھانے لگی۔ دریا کا شور اس قدر بڑھ گیا تھا کہ کانوں کے پردے پھٹتے محسوس ہونے لگے۔ جلد ہی وہ ایک دوسری مصیبت سے دوچار ہوئے۔ اس مرتبہ عمودی چٹانیں ان کی راہ میں حائل تھیں۔ انھوں نے پورا زور لگا

کر کشتی کا رخ موڑا۔ اگر ان سے ذرا بھی غفلت ہو جاتی تو کشتی چٹان سے ٹکرا کر پاش پاش ہو گئی ہوتی۔ تند موجیں کشتی سے بار بار ٹکرا رہی تھی اور ان کے کپڑے پانی میں شرابور ہو گئے تھے لیکن یہ وقت کپڑوں کی فکر کرنے کا نہیں تھا۔

چند لمحے بعد کشتی موجوں کے سہارے تیر رہی تھی۔ اب ہوا کا رخ بھی موافق تھا، اس لئے چپو چلانے کی بھی ضرورت نہ تھی۔

"تمہیں معلوم ہے دریائے ایمیزن کو ایمیزن کیوں کہتے ہیں۔" سکون کا سانس لینے کے بعد صولت مرزا نے پوچھا۔

"جہاں تک میرا خیال ہے، یہ نام جنگ جو عورتوں کے ایک قبیلے کے نام پر رکھا گیا ہے۔ جنگجو عورتوں کا یہ قبیلہ سب سے پہلے دریائے ایمیزن کو دریافت کرنے نکلا تھا۔"

"ہوں! یہ بھی ٹھیک ہے۔" صولت مرزا بولے۔ "لیکن عام خیال یہ ہے کہ اس دریا کا نام ایک ریڈ انڈین لفظ "ایموزونا" پر رکھا گیا ہے۔ اس کا مطلب ہے کشتی کو تباہ کرنے والا۔ یہ دنیا کا سب سے چھوٹا اور خطرناک دریا ہے۔" ابھی یہ الفاظ ان کے منہ میں ہی تھے کہ ایک زبردست شور کی آواز آئی اور پھر دوسرے ہی لمحے دریا ان کی نظروں سے اوجھل ہونے لگا۔

"خبردار! آگے آبشار ہے۔ ہمیں کشتی کو کنارے کی طرف لے جانا ہے۔"

سب مل کر کشتی کو دریا کے کنارے لے آئے۔ کنارے پر پہنچ کر انہوں نے ایک آبشار دیکھی۔ تھوڑی دیر بعد دریا تنگ ہونے لگا، یہاں تک کہ اس کی شکل بالکل نالے کی مانند ہو گئی۔ اس جگہ دریا درختوں سے ڈھکا ہوا تھا۔ ایک چھوٹی سی دلدل بھی نظر آئی۔ نیپو نے پھرتی سے کشتی کو دلدل سے بچا لیا اور اسے ایک جزیرے کی طرف کھینا شروع کر دیا۔ سب نے مل کر اس جزیرے میں کھانا کھایا۔ اس جزیرے کے ساتھ ہی بہت بڑا

جنگل نظر آیا۔ جنگل کو دیکھ کر عدنان کی باچھیں کھل گئیں۔

"کیا ہماری منزل قریب آگئی ہے؟ اس نے پوچھا۔

"ہاں، خیال تو کچھ ایسا ہی ہے۔" کامران بول اٹھا۔

دریا کے کنارے انہیں ریچھوں کے پاؤں کے نشان نظر آئے تھے۔ صولت مرزا انہیں بتانے لگے:

"یہ ریچھ غول در غول یہاں پانی پینے آتے ہیں اور انسانوں پر حملہ کرنے سے بھی نہیں چوکتے۔ ان سے بچنے کا طریقہ یہ ہے کہ آدمی فوراً درخت پر چڑھ جائے۔"

ان نشانات کے علاوہ وہاں اور بھی بہت سے جانوروں کے نشانات تھے۔ کشتی کو کنارے لگا دیا گیا تھا اور اب وہ چاروں مل کر ان نشانات کو شناخت کر رہے تھے۔ صولت مرزا بڑبڑا رہے تھے:

"ہرن کے پاؤں، جنگلی سوّروں کے پاؤں، اور یہ رہے شیر کے پاؤں۔"

یہاں انہوں نے اپنی مہم کا پہلا کیمپ لگایا۔ ایک اونچے اور مضبوط درخت پر تین مچانیں اوپر نیچے بنائی گئیں۔ صولت مرزا، کامران اور عدنان نے مچانوں پر ڈیرہ جمایا لیکن نیپو نے مچان پر چڑھنے سے انکار کر دیا۔ اس نے اپنے لیے زمین میں گڑھا کھودا۔ اس کام سے فارغ ہو کر اس نے تیر کمان لی اور مچھلی کے شکار کے لیے نکل گیا۔ عدنان نے تیر کمان سے مچھلی کا شکار کبھی نہیں دیکھا تھا، اس لئے وہ بھی اس کے ساتھ چل پڑا۔ وہ تھوڑی دیر بعد چند مچھلیاں لے کر کیمپ میں واپس آگئے، جہاں کامران نے آگ روشن کر رکھی تھی۔

مچھلی کھا کر وہ اپنے اپنے بستروں میں گھس گئے۔ یہ بستر درخت میں لٹکائے گئے تھے۔ عدنان پہلے اس قسم کے کسی بستر میں نہیں لیٹا تھا۔ صولت مرزا نے اس سے

کہا: "زیادہ ہلنا جلنا نہیں ورنہ نیچے گر پڑو گے۔"

ان ہدایات کے باوجود عدنان باز نہ آیا۔ وہ تجربے کا قائل تھا۔ وہ سیدھا ہو کر لیٹ گیا اور لگا ادھر سے ادھر کروٹیں لینے۔ نتیجہ یہ ہوا کہ دھڑام سے نیچے آگرا۔ سب کھل کھلا کر ہنس دیے۔ تھوڑی دیر بعد چاروں نیند کی آغوش میں جا چکے تھے۔ ابھی انہیں سوئے دو تین گھنٹے گزرے ہوں گے کہ جنگل خوفناک قسم کی آوازوں سے گونج اٹھا۔ ان آوازوں میں سب سے زبردست آواز شیر کے دھاڑنے کی تھی۔

صولت مرزا اور عدنان تو لیٹتے ہی سو گئے تھے لیکن کامران کو نیند نہیں آ رہی تھی۔ وہ کسی درندے کے انتظار میں جاگ رہا تھا۔ کچھ دیر بعد جھاڑیوں میں سرسراہٹ ہوئی اور عجیب قسم کی آوازیں بھی آئیں۔ کامران نے فوراً ٹارچ روشن کی اور اس کا رخ آواز کی سمت کیا۔ جھاڑیوں میں سے نکل کر کھلے میدان میں آنے والے درندے نے غصیلی نظروں سے ٹارچ کی روشنی کو دیکھا۔ کامران نے جھٹ کیمرہ سنبھالا اور ایک دم کیمرے اور فلیش لائٹ کا بٹن دبا دیا۔ ایک لمحے کے لیے بجلی چمکی اور پھر اندھیرا چھا گیا۔ کامران نے اس عجیب و غریب جانور کی تصویر لے لی تھی۔

کامران کو یاد آیا کہ وہ اس کے بارے میں کتابوں میں پڑھ چکا ہے اور اسے ٹیپر (TAPIR) کہتے ہیں۔ یہ مادہ ٹیپر تھی۔ تقریباً پانچ فٹ اونچی اور چھ فٹ لمبی۔ اس کا جسم بڑے سور کا سا تھا، منہ اور ٹانگیں گھوڑے کی، اور کمر کا حصہ ہاتھی سے ملتا جلتا تھا۔ کامران نے سوچا کہ کسی طرح اسے زندہ پکڑنا چاہیے، لیکن اتنے بڑے جانور کا کشتی میں سمانا بہت مشکل تھا۔ اچانک اس کے دل میں ایک خواہش نے جنم لیا:

"کاش! اس کا کوئی چھوٹا سا بچہ ادھر نکل آئے۔"

اس کی یہ خواہش پوری ہو گئی۔ اس مادہ ٹیپر کا بچہ بھی یہیں کہیں تھا۔ اچانک وہ

دوڑتا ہوا اپنی ماں کے پاس آیا۔ اسے دیکھ کر کامران کا دل باغ باغ ہو گیا۔ پہلے تو اس کے جی میں آئی کہ اپنے والد اور عدنان کو بھی جگا لے۔ لیکن پھر اس نے تنہا ہی اسے پکڑنے کا ارادہ کر لیا۔

اسے معلوم تھا کہ ٹیپر جان بچانے کے لیے پانی کا رخ کرتا ہے۔ وہ بستر سے نیچے اتر آیا اور اس کی طرف بڑھنا شروع کیا۔ اچانک اس کے پاؤں کے نیچے کوئی لکڑی ٹوٹی۔ اس کی آواز نے خاموش فضا میں ہل چل سی مچا دی۔ مادہ ٹیپر چونک کر وحشت ناک نگاہوں سے ادھر ادھر دیکھنے لگی۔ ساتھ ہی اس کے حلق سے سیٹی کی سی آواز بھی نکلی۔ جسم کے لحاظ سے یہ آواز ایسی تھی جسے سن کر ہنسی آئے۔ اتنا بڑا جانور اور اتنی چھوٹی آواز۔ اس شور سے باقی لوگ بھی جاگ اٹھے۔ انہوں نے یہ خوفناک منظر دیکھا تو دم بخود رہ گئے۔ کامران ٹیپر کی زد میں تھا اور اس کے والد اور بھائی اس کی مدد کرنے سے لاچار تھے۔

کامران نے اپنے حواس پر قابو رکھا اور جوں ہی مادہ ٹیپر ٹکر مارنے کے لیے بڑھی، اس نے اچھل کر درخت کی شاخ پکڑ لی۔ لیکن قسمت کی خرابی کہ شاخ تڑاخ کی آواز سے ٹوٹ گئی۔ عین اسی لمحے ٹیپر اس درخت کے نیچے سے گزری اور کامران اس کی کمر پر آ رہا۔ ٹیپر کی کمر سے زیادہ دیر چمٹے رہنا بہت مشکل تھا کیونکہ اس کے والد اسے بتا چکے تھے کہ ٹیپر اپنے سوار کو اپنی کمر سے علیحدہ کرنے کے لئے خاردار جھاڑیوں یا گھنے درختوں میں سے گزرتا ہے، جس سے وہ بری طرح لہولہان ہو جاتا ہے۔ اس خیال کا آنا تھا کامران نے فوراً اس کی کمر سے چھلانگ لگا دی۔ زمین پر گرنے سے اسے معمولی چوٹیں آئیں۔ اس نے خدا کا شکر ادا کیا۔

اسی وقت ٹیپر واپس پلٹی اور طوفانی رفتار سے دوڑتی ہوئی کامران کی طرف آئی۔ کامران فوراً ہی چھلانگ لگا کر اس کے راستے سے ہٹ گیا۔ ٹیپر اپنے زور میں آگے

بڑھتی چلی گئی۔

اسی اثنا میں صولت مرزا کو موقع مل گیا۔ وہ بہت اچھے نشانہ باز تھے۔ ان کی ایک ہی گولی سے ٹیپر زمین پر گر کر تڑپنے لگی۔ سب لوگ بھاگ کر اس کے قریب آ گئے۔ ٹیپر کا بچہ خوف زدہ ہو کر بھاگنے لگا تھا کہ کامران نے لپک کر اسے پکڑ لیا اور پیار سے اس کی پیٹھ پر ہاتھ پھیرنے لگا۔

خون چوسنے والی چمگادڑ

اگلے دن وہ وہاں سے روانہ ہوئے۔ کشتی پر ٹیپر کا بچہ بھی سوار کر لیا گیا۔ اس جگہ سے آگے نیپو نے ان کا ساتھ دینے سے انکار کر دیا۔ اس نے اشاروں میں بتایا کہ ان کا علاقہ یہاں ختم ہوتا ہے اور وہ آگے نہیں جا سکتا۔ صولت مرزا نے بہت کوشش کی کہ کسی طرح وہ ان کے ساتھ چلا چلے لیکن وہ نہ مانا اور اپنی زبان میں الوداع کہتے ہوئے دریا کے کنارے کنارے واپس روانہ ہو گیا۔

ان کی کشتی تھوڑی دیر بعد ایک اور آبشار کے قریب پہنچی۔ یہاں انہوں نے کشتی کا سارا سامان اتار لیا اور خالی کشتی کو بڑی احتیاط سے ساحل کے ساتھ ساتھ آگے لے گئے۔ اس آبشار کے بعد کشتی اس علاقے میں داخل ہوئی جہاں سے آج تک کوئی آدمی واپس نہیں پلٹا تھا۔

ننھا ٹیپر بھوک محسوس کر رہا تھا اور بے چینی سے ادھر ادھر منہ مار رہا تھا۔ عدنان نے اس کا نام "نوزی" رکھ دیا تھا۔ اس نے اپنے والد سے کہا کہ "نوزی بھوکا ہے۔ یہ کیا کھاتا ہے، آپ جانتے ہیں؟"

یہ پتے اور سبزیاں کھاتا ہے، لیکن یہ تو ابھی بچہ ہے۔ اس کے لئے تو دودھ کی ضرورت ہے۔" صولت مرزا نے بتایا۔

انہوں نے کشتی کو کنارے کے قریب کر لیا تا کہ عدنان نوزی کے لئے گھاس وغیرہ لے آئے۔ عدنان بھاگ کر نرم نرم پتے اور گھاس لے آیا لیکن اس نے انہیں سونگھ کر چھوڑ دیا اور زور زور سے چیخنے لگا۔ آخر تنگ آکر صولت مرزا نے اسے ایک کونے میں باندھ دیا۔

اسی اثنا میں کامران کاغذ پنسل اور کمپاس لے کر اس راستے کی نقشہ کشی کرنے میں مصروف ہو گیا تھا، جس پر وہ چل رہے تھے۔ یہ نقشہ اگرچہ بالکل درست نہیں تھا، پھر بھی بعد میں آنے والوں کے لئے بہترین مددگار ثابت ہو سکتا تھا۔

کشتی چلتی رہی، نقشہ تیار ہوتا رہا اور نوزی بھوک سے بے چین کشتی میں اچھلتا کودتا رہا۔ حتیٰ کی رات آ پہنچی۔ یہ رات انہوں نے ایک چھوٹے سے جزیرے میں کیمپ لگا کر کاٹی۔ ساری رات انہیں ریڈ انڈینوں کے حملے کا خطرہ رہا لیکن کوئی اہم واقعہ نہیں ہوا۔ البتہ جنگلی جانوروں کا شور ضرور سنائی دیتا رہا۔ اگلا دن بھی خیریت سے گزرا، سوائے اس کے کہ ننھے ٹیپر کی بھوک ہڑتال جاری رہی۔ اس نے گھاس کو منہ نہیں لگایا۔ تینوں اس کے لیے پریشان تھے۔ عدنان ڈر رہا تھا کہ کہیں چڑیا گھر میں جانے سے پہلے ہی نوزی مر نہ جائے۔

تیسرے دن انھوں نے کنارے کے ساتھ چلتے ہوئے دو بکریاں کھڑی دیکھیں۔ ان میں سے ایک کے تھنوں میں دودھ بھرا ہوا تھا۔ عدنان بھاگ کر کنارے پر گیا اور اس کا دودھ دوہ لایا۔

پندرہ منٹ بھی نہ گزرے ہوں گے کہ ایک تیر سنسناتا ہوا ان کی کشتی میں آکر لگا۔ انہوں نے اس سمت میں دیکھا جدھر سے تیر آیا تھا۔ تین انڈین ان کی کشتی کی طرف شور مچاتے بھاگے آ رہے تھے۔ ان میں سے ایک تیر چلا رہا تھا۔ دوسرے دو کشتی چلا رہے

تھے۔ انہوں نے ان کے حملے سے بچنے کے لیے کشتی کو تیز چلانا شروع کر دیا لیکن دشمن کی کشتی لمحہ بہ لمحہ ان کے قریب آتی گئی۔

اسی اثناء میں انڈینوں کی ایک اور کشتی نمودار ہوئی۔ اور انہوں نے بھی ان پر تیروں کی بوچھاڑ شروع کر دی۔ وہ اس بوچھاڑ سے بچنے کے لیے کشتی کے فرش پر لیٹ گئے۔ صولت مرزا نے اس موقع پر عقل مندی سے کام لیا۔ انہوں نے اپنے دونوں ہاتھ اوپر اٹھا دیے تاکہ ریڈ انڈین سمجھ جائیں کہ وہ ان سے لڑنا نہیں چاہتے۔ لیکن وحشی انڈینوں نے اپنا حملہ جاری رکھا جس کے نتیجے میں ایک تیر صولت مرزا کے بازو میں اتر گیا۔ کامران یہ دیکھ کر طیش میں آگیا۔ اس نے اپنی بندوق اٹھالی۔

"گولی مت چلانا۔" صولت مرزا چلائے۔

"میں صرف انہیں ڈراؤں گا۔" کامران نے جواب دیا۔

عدنان نے جلدی سے اپنے والد کے بازو سے تیر نکالا۔ کامران نے نشانہ لیا اور فائر کر دیا۔ گولی کی آواز سے پورا علاقہ گونج اٹھا اور ریڈ انڈین شور مچاتے ہوئے بھاگ کھڑے ہوئے۔ صولت مرزا نے چاقو نکالا، اپنا زخم چوڑا کیا اور اس میں نمک بھر دیا۔ کیونکہ ہو سکتا تھا کہ تیر زہر میں بجھا ہوا ہو۔ اس کے زہر سے بچنے کا بس یہی ایک طریقہ تھا۔

"کشتی کو کنارے سے لگا دیں تاکہ آپ کچھ دیر آرام کر لیں؟" کامران نے پوچھا۔

"نہیں، ٹھہرنا خطرناک ہو گا۔ چلتے رہو۔" انہوں نے کہا اور لیٹ گئے۔

دریا اب سنگلاخ چٹانوں میں سے گزر رہا تھا۔ اس کا بہاؤ بہت تیز تھا اور کشتی کو قابو کرنا مشکل ہو رہا تھا۔ دونوں بھائی بڑی پامردی سے اس مشکل کا سامنا کر رہے تھے کہ اچانک چیخنے چنگھاڑنے کی آوازیں ان کے کانوں سے ٹکرائیں۔ انہوں نے پلٹ کر دیکھا۔ انڈین کشتی میں سوار ان کے تعاقب میں چلے آرہے تھے۔ ساتھ ہی شور مچا رہے

تھے۔ ان کی آواز چٹانوں سے ٹکرا کر آتی تو اور بھی خوف ناک ہو جاتی۔ رفتہ رفتہ درمیانی فاصلہ کم ہوتا جا رہا تھا اس کے ساتھ ہی تیروں کی بوچھاڑ ایک بار پھر شروع ہو گئی۔ عین اسی وقت دو اور کشتیاں نمودار ہوئیں۔ عدنان اور کامران پورا زور لگا کر کشتی چلانے لگے۔

"کیا خیال ہے، فائر کروں؟" عدنان نے پوچھا۔

"نہیں۔ اگر ہم نے مقابلہ کیا تو زندہ نہیں بچیں گے۔ بہتر یہی ہے کہ کشتی کو جس قدر تیز ممکن ہو چلایا جائے تا کہ درمیانی فاصلہ زیادہ ہو جائے اور ہم ان کے تیروں سے محفوظ ہو جائیں۔" صولت مرزا نے کہا۔

اچانک ایک ہولناک سرنگ سامنے آ گئی۔ اگرچہ دریا کا ایک بڑا حصہ چٹانوں کے ارد گرد سے ہو کر بھی گزر رہا تھا تاہم کامران نے اس موقع پر سرنگ میں داخل ہونا بہتر خیال کیا اور بے دھڑک کشتی سرنگ میں ڈال دی۔ پانی کا شور کانوں کے پردے پھاڑے ڈال رہا تھا۔ اندھیرا ابھی اس قدر تھا کہ ہاتھ کو ہاتھ سجھائی نہ دیتا تھا۔ اس پر مصیبت یہ کہ دریا کا بہاؤ بہت تیز تھا۔ کامران نے کشتی کو چلانا بند کر دیا اور کوشش کرنے لگا کہ کشتی کم سے کم رفتار سے آگے بڑھے۔ اچانک کچھ پرندوں کے پھڑپھڑانے کی آواز آئی۔ وہ چونک اٹھے۔

"میرا خیال ہے یہ چمگادڑیں ہیں۔" کامران نے چیخ کر کہا۔

کافی دیر بعد سرنگ کا یہ سفر ختم ہوا۔ سرنگ نے انہیں ریڈ انڈینوں سے بچا لیا تھا لیکن سرنگ سے باہر نکلتے ہی انہیں ایک اور آبشار کا سامنا کرنا پڑا۔ ابھی یہ لوگ آبشار سے بچنے کی تدبیر سوچ ہی رہے تھے کہ کشتی پانی کے تیز ریلے سے ایک دم فضا میں بلند ہوئی، پھر دھم سے دوبارہ پانی میں گری اور گرتے ہی الٹ گئی۔

عدنان کشتی سے چمٹ گیا اور اسے کنارے کی طرف کھینچنے لگا۔ صولت مرزا بازو میں

تکلیف کی وجہ سے تیر نہیں سکتے تھے۔ وہ پانی میں بہتے چلے جارہے تھے کہ کامران ان کی مدد کو پہنچ گیا اور انہیں کھینچتا ہوا کنارے پر لے آیا۔ ادھر عدنان نے بھی کسی نہ کسی طرح کشتی کو کنارے سے لگا دیا اور باپ اور بھائی کے برابر بے دم ہو کر زمین پر گر پڑا۔ لیکن پھر اچانک اسے نوزی کا خیال آ گیا۔ وہ ہڑ بڑا کر اٹھ بیٹھا۔ نوزی کا دور دور تک پتا نہ تھا۔ اسے فکر ہوئی کہ کہیں ان کی محنت بیکار نہ جائے۔ یہ بچہ بہت قیمتی تھا۔ چڑیا گھر والے اس کی بہت بڑی قیمت دے سکتے تھے۔ اور پھر اسے تو اس بچے سے ویسے بھی انس ہو گیا تھا۔

اسے خیال آیا کہ نوزی کو اس کے والد نے کشتی کے ایک کونے میں باندھ دیا تھا۔ اس نے اس جگہ کا معائنہ کیا۔ رسی ابھی تک بندھی ہوئی تھی لیکن اس کا دوسرا سرا پانی کے اندر تھا۔ اس نے رسی کے سہارے آگے بڑھنا شروع کر دیا اور آخر ایک چٹان کے پیچھے پانی کے ایک چھوٹے سے گڑھے میں اسے نوزی نظر آ ہی گیا۔ وہ پانی میں اٹکھیلیاں کر رہا تھا۔ عدنان نے اسے گود میں اٹھا لیا اور اپنے والد اور بھائی کے پاس آ گیا۔

اس رات وہ زیادہ دیر تک نہ سو سکے۔ انھیں سوئے ہوئے بمشکل ڈیڑھ گھنٹہ گزرا ہو گا کہ عدنان کی آنکھ کھل گئی۔ پہلے تو وہ سمجھ نہ سکا کہ وہ سوتے سوتے یک دم کیوں بیدار ہو گیا ہے، لیکن پھر اسے اپنے دائیں پاؤں کے انگوٹھے میں شدید تکلیف کا احساس ہوا۔ اس نے اندھیرے میں ہاتھ انگوٹھے پر رکھا تو معلوم ہوا کہ انگوٹھا گیلا ہے۔

اس نے ٹارچ روشن کی تو ہاتھ پر خون لگا ہوا نظر آیا۔ اس کا انگوٹھا خون میں لتھڑا ہوا تھا۔ وہ گھبرا گیا اور چلا اٹھا:

"اف۔۔۔۔۔۔۔مجھے کسی چیز نے کاٹ کھایا ہے۔۔۔۔۔۔!"

کامران نے اس کی آواز سن لی۔ وہ آنکھیں ملتا ہوا اٹھ بیٹھا اور بولا: "کیا بات ہے؟ کیوں ہماری نیند حرام کر رہے ہو؟"

"ارے میں مرا! ذرا میرے انگوٹھے کو تو دیکھو۔"

کامران نے اس کے انگوٹھے کو ٹارچ کی روشنی میں دیکھا اور پھر بولا: "معلوم ہوتا ہے کوئی کانٹا چبھ گیا ہے۔ سوتے وقت تمہیں تکلیف کا احساس نہیں ہوا ہو گا۔"

"غلط۔ یہاں کہیں بھی کانٹے نہیں ہیں۔"

صولت مرزا بھی ان کی آواز سن کر جاگ گئے۔ وہ اٹھتے ہوئے بولے۔ "کیا بات ہے؟"

"عدنان کے پاؤں کا انگوٹھا زخمی ہو گیا ہے۔ اس سے خون بہہ رہا ہے۔"

صولت مرزا کچھ کہتے کہتے رک گئے۔ وہ کچھ عجیب قسم کی آوازیں سن رہے تھے۔ انہوں نے کہا:

"دیکھو! سنو! تمہیں کسی قسم کی آوازیں سنائی دے رہی ہیں؟"

"نہیں تو۔" کامران بولا۔

"یہاں کہیں ضرور بھڑیں موجود ہیں۔" صولت مرزا نے کہا۔

"بھڑیں؟" کامران سوچ میں ڈوب گیا۔ اچانک اسے سرنگ والی چمگادڑیں یاد آئیں۔

"اوہ! مجھے یاد آ گیا۔ یہ ضرور چمگادڑیں ہوں گی۔ اب بات سمجھ میں آ گئی۔ عدنان کے پاؤں کا انگوٹھا ضرور کسی چمگادڑ نے چوسا ہے، اور یہ 'ویمپائر بیٹ' ہو گی۔"

"ویمپائر بیٹ یعنی خون چوسنے والی چمگادڑ!" عدنان کی آواز میں خوف تھا۔ وہ اپنے انگوٹھے پر رومال باندھ رہا تھا۔

"ہاں، لندن کا چڑیا گھر ایک ویمپائر بیٹ کے دو ہزار ڈالر دے سکتا ہے۔" کامران نے بڑے جوش سے کہا۔

"عدنان! تم جہاں ہو وہیں ٹھہرو۔ زخمی انگوٹھے کی وجہ سے تمہیں بھاگ دوڑ میں دقت ہو گی۔" صولت مرزا نے کہا۔

"یہ ویمپائر بیٹ بہت خطرناک ہوتی ہے؟" کامران نے عدنان کو چڑانے کے لیے کہا۔

"ہاں۔" صولت مرزا نے جواب دیا۔

"اور جس انسان کو کاٹ لے، وہ زندہ نہیں بچتا؟"

"خاموش رہو! تم جھوٹ کہتے ہو۔" عدنان غصے سے چلایا۔

"عدنان! تم نے انگوٹھے پر آئیوڈین لگائی ہے؟"

"جی ہاں۔"

"بس ٹھیک ہے۔ فکر نہ کرو۔ تم زندہ رہو گے۔ ان شاءاللہ۔"

"لیکن ڈیڈی، کیوں نہ ہم اس وقت تک انتظار کریں جب تک کہ ایک اور ویمپائر بیٹ عدنان کا خون چوسنے کے لیے نہیں آجاتی۔ اس وقت ہم اس کو پکڑ لیں گے۔" کامران عدنان کو جلانے پر تلا ہوا تھا۔

عدنان جھلا گیا۔ اس نے سر سے لے کر پیروں تک کمبل اپنے اوپر لپیٹ لیا لیکن جلد ہی اس کی ایک بار پھر چیخ نکل گئی۔ ایک ویمپائر بیٹ بستر کے نیچے سے اس تک پہنچنے میں کامیاب ہو گئی تھیں۔ جوں ہی اس نے عدنان کو کاٹنے کی کوشش کی، اس کے منہ سے چیخ نکل گئی۔ اس چیخ سے ڈر کر ویمپائر بیٹ بستر سے باہر نکلی اور پھر سے اڑ گئی۔

کامران اپنے سامان میں سے ایک چھوٹا سا جال اٹھا لایا۔ اس نے کہا:

"ڈیڈی! میں اسے جال سے پکڑوں گا۔"

"لیکن چارے کے طور پر کیا چیز استعمال کرو گے؟" صولت مرزا نے پوچھا۔

"اپنے آپ کو استعمال کروں گا۔"

کامران جال ہاتھ میں لئے خاموشی سے لیٹ گیا اور ویمپائر بیٹ کے آنے کا انتظار کرنے لگا۔ کافی دیر تک ویمپائر بیٹ نے اس طرف کا رخ نہ کیا۔ پھر اچانک کامران نے محسوس کیا کہ اس کے سینے پر کوئی چیز آبیٹھی ہے۔ یہ چیز بہت ہلکی تھی۔ اس نے خیال کیا کہ یہ ضرور کوئی ویمپائر بیٹ ہے۔ اس کا دل دھڑکنے لگا۔

اسی وقت ایک دوسری چمگادر نے اس کے ارد گرد چکر لگانا شروع کر دیا۔ ساتھ ہی اس نے اپنی بائیں کلائی پر چمگادڑ کی موجودگی کا احساس کیا۔ اب اس پر خوف طاری ہونے لگا۔ حملہ آور تین تھے اور وہ تنہا۔ اس کے والد اپنی جگہ کوئی چمگادڑ پکڑنے کی دھن میں تھے اور عدنان بے چارہ ان خونی چمگادڑوں کے ڈر سے کمبل میں لپٹا پڑا تھا۔

کلائی پر بیٹھنے والی ویمپائر بیٹ کامران کی جلد میں سوراخ کر چکی تھی اور آہستہ آہستہ خون چوس رہی تھی، اس طرح کہ کامران کو تکلیف کا ذرا بھی احساس نہ ہوا۔ وہ خاموش لیٹا رہا۔ اس نے سن رکھا تھا کہ یہ چمگادڑ جب خون چوسنے میں پوری طرح محو ہو جائے تو اسے پکڑنا آسان ہوتا ہے۔

اس نے دائیں ہاتھ میں پکڑا ہوا جال آہستہ آہستہ اوپر اٹھایا اور اپنی بائیں کہنی پر دے مارا۔ ویمپائر بیٹ پھڑ پھڑائی۔ کامران نے احتیاط سے بائیں ہاتھ سے ٹارچ روشن کی۔ جال میں ایک ویمپائر بیٹ اسے خونخوار نگاہوں سے گھور رہی تھی۔ باقی دو اڑ گئی تھیں۔

"ڈیڈی! میں نے اسے پکڑ لیا۔" وہ بڑے جوش سے چلایا۔

"بہت خوب! شاندار! ٹھہرو! میں آتا ہوں۔"

"بے فکر رہیے۔ یہ پوری طرح میرے قابو میں ہے۔"

ویمپائر بیٹ کی چھوٹی چھوٹی آنکھوں میں نفرت بھری ہوئی تھی۔ اس کی شکل بہت خوفناک تھی۔ اس کی طرف دیکھتے ہی کامران کے بدن میں خوف کی لہر دوڑ گئی۔

صولت مرزا اسے دیکھ کر کہنے لگے۔ "یہ تو بالکل ایسی ہے جیسے کسی بھوت کی شکل پر ضرب کا نشان لگا دیا جائے۔" پھر وہ چونک کر بولے۔ "ارے تمہاری کہنی سے خون بہ رہا ہے۔"

"جی ہاں۔ میں نے کہا تھا کہ میں اپنے آپ کو بطور چارہ استعمال کروں گا۔"

"اوہ! تو کیا یہ تمہارا خون چوستی رہی ہے؟"

"جی ہاں۔ میں نے کافی دیر تک اسے کافی اپنا خون پلایا ہے۔"

"ہوں! اسی لیے یہ پکڑی گئی۔"

اچانک ویمپائر بیٹ نے غصے سے اپنا منہ کھولا۔ اس کا منہ خون سے سرخ ہو رہا تھا۔ اس کے دانت چھوٹے چھوٹے لیکن تیز تھے۔ منہ کھولنے پر وہ اور بھی خوفناک دکھائی دی۔ سامنے کے دو دانت بالکل سوئی کی مانند نوکیلے تھے۔ صولت مرزا نے کامران کی کہنی پر آئیوڈین لگا کر پٹی باندھ دی۔

ویمپائر بیٹ اب جال کو کاٹنے کی کوشش کر رہی تھی لیکن جال بہت مضبوط تھا۔

کامران سوچنے لگا کہ اگر وہ اس کو اپنے گھر لے جانے میں کامیاب ہو گئے تو ہزاروں لوگ اسے دیکھنے آئیں گے۔ اچانک اسے خیال آیا۔ وہ بولا۔ "ڈیڈی، ہم اسے کھلائیں گے کیا؟"

"اس بارے میں میں خود بھی حیران ہوں۔" صولت مرزا سوچ میں ڈوبے ہوئے تھے۔ "اسے ہر روز تقریباً آدھی پیالی خون کی ضرورت ہوا کرے گی۔"

یہ سن کر کامران نے عدنان کی طرف دیکھا۔ عدنان چلایا:

"میں اس کو اپنا خون ہر گز ہر گز نہیں پلاؤں گا۔"

کامران نے ہنس کر کہا۔ "اگر تم نہیں چاہتے کہ اسے تمہارا خون پلایا جائے تو تمہیں ہر روز اپنی بندوق سے اس کے لئے کوئی جانور شکار کرنا ہو گا۔"

اس تجویز سے عدنان خوش ہو گیا۔ بولا۔ "مجھے منظور ہے۔ میں اس کے لیے روز کوئی جانور ماروں گا۔"

رات بھر ویمپائر بیٹ جال میں ہی قید رہی۔ عدنان جو صبح سویرے ہی ناشتا کرنے کا عادی تھا، اس صبح ناشتا کیے بغیر ہی بندوق لے کر جنگل میں نکل گیا۔ اس کی چھوٹی سی بندوق آٹو میٹک تھی اور ایک وقت میں پندرہ فائر کر سکتی تھی۔

اسے امید تھی کہ آج ضرور جنگل میں کسی شیر سے مڈبیڑھ ہو جائے گی، لیکن کافی دیر مارا مارا پھرنے کے بعد وہ صرف ایک خرگوش مار سکا۔

"لو میرا بہادر بھائی کتنا بڑا شکار لایا ہے۔" کامران نے خرگوش دیکھ کر عدنان کا مذاق اڑایا۔

صولت مرزا صرف مسکرا کر رہ گئے۔ بہر حال، خرگوش کا خون ویمپائر بیٹ کے لئے کافی تھا۔ اس کا ناشتا جال میں ہی دیا گیا۔ اسی اثنا میں صولت مرزا ایک پنجرا بنا چکے تھے۔ چمگادڑ کو اس پنجرے میں بند کر دیا گیا۔

اس روز انہوں نے ایک چھوٹا سا بندر "پگمی مارموسیٹ" بھی پکڑا۔ یہ جانور تھا تو چھوٹا لیکن اہمیت کے لحاظ سے بہت بڑا تھا۔ ویمپائر بیٹ جتنی بدصورت تھی، یہ اتنا ہی خوبصورت اور پیارا تھا۔ یہ صرف تین انچ لمبا تھا اور اس کا وزن دو چھٹانک سے کسی طرح بھی زیادہ نہ تھا۔ بال سنہرے تھے اور وہ دھوپ میں سونے کی مانند چمکتے تھے۔ عدنان اور کامران اسے پکڑ کر بہت خوش ہوئے۔ عدنان نے اس کا نام "سپیک" رکھا۔ صولت مرزا

نے انہیں بتایا کہ یہ دنیا کا سب سے چھوٹا بندر ہے۔

موسیقی کے ذریعے شکار

وہ پانچ روز تک مسلسل سفر کرتے رہے۔ اس دوران میں کوئی غیر معمولی واقعہ پیش نہیں آیا۔ پانچویں روز ان کی کشتی ایسے مقام پر پہنچی جہاں دریا بہت چوڑا ہو گیا تھا۔

"ڈیڈی! کیا یہی ایمیزن ہے؟" کامران نے پوچھا۔

"ہاں، یہیں سے دریائے ایمیزن شروع ہوتا ہے۔" صولت مرزا نے کہا۔

اس مقام پر دریا کا بہاؤ بہت تیز تھا۔ صولت مرزا نے یہاں ٹھہرنے کا پروگرام بنایا۔ دریا کے ساحل سے ایک میل کے فاصلے پر ہوا بہت خوش گوار تھی۔ اس جگہ پھولوں سے لدے ہوئے درختوں کا جھنڈ بھی تھا۔

انہوں نے کشتی سے سامان نکال کر کیمپ لگایا۔ عدنان اپنی بندوق لینے گیا تو اسے ایک جگہ پرندوں کا جھنڈ نظر آیا۔ اس جھنڈ میں ہر قسم، ہر رنگ کے پرندے تھے۔ اس جگہ کو اگر پرندوں کی جنت کہا جاتا تو بے جا نہ ہوتا، لیکن ان پرندوں میں بگلے کی قسم کا ایک پرندہ بہت ہی حیرت انگیز تھا۔ یہ آدمی کے قد کے برابر تھا اور دریا کے کنارے بالکل اسی طرح قدمی کر رہا تھا جیسے کوئی آدمی مٹر گشت کر رہا ہو۔ اس کا نام "جبیر وسٹارک" تھا۔

اس جگہ انہوں نے ایک بڑا بیڑا بنانے کا کام بھی شروع کر دیا۔ لکڑی کے بڑے بڑے تختے لچکیلی بیلوں کی مدد سے جوڑے گئے اور دو دن کی متواتر محنت کے بعد آخر کار ان کا بیڑا تیار ہو گیا۔ ان دو دنوں میں انہیں کئی بیڑے تیرتے ہوئے نظر آئے۔

عدنان ایک درخت کے پاس سے گزرتے ہوئے ٹھٹک گیا۔ درخت کی ایک شاخ بہت نیچے جھک آئی تھی اور اس پر ایک بہت بڑی چھپکلی بیٹھی تھی۔ عدنان اسے حیرت سے دیکھنے لگا۔

چھپکلی کی دم کچھ سیاہ اور کچھ سبز تھی اور اس کے اوپر کانٹے سے جڑے ہوئے تھے۔ کامران نے اور غور سے دیکھا تو کانٹوں کی ایک قطار اس کی ٹھوڑی کے نیچے بھی نظر آئی۔ وہ چند لمحے گم صم اسے تکتا رہا۔ پھر واپس کیمپ میں لوٹ آیا۔

"میں نے ایک عجیب وغریب چیز دیکھی ہے۔" اس نے آکر بتایا۔

"کیا؟" صولت مرزا نے پوچھا۔

"کچھ کہہ نہیں سکتا۔ ہو سکتا ہے میری نظروں نے دھوکا کھایا ہو اور دراصل میں نے کچھ بھی نہ دیکھا ہو۔ بہرحال، میں نے اسے درخت کی شاخ پر دیکھا ہے اور وہ چھپکلی جیسی ہے۔ میرے ساتھ آئیں اور خود دیکھ لیں۔"

وہ تینوں احتیاط سے قدم اٹھاتے ہوئے اس درخت کے پاس پہنچے۔ وہ ابھی تک اس شاخ پر موجود تھی اور اونگھ رہی تھی۔

"اوہ! یہ ۔۔۔۔۔" صولت مرزا اسے دیکھتے ہی چونکے۔

"تمھیں یاد ہوگا سردار کے دستر خوان پر بھنا ہوا گوشت بھی رکھا گیا تھا، جسے میں نے تمھیں کھانے نہیں دیا تھا۔"

"ہاں۔ یاد ہے۔" کامران نے کہا۔

"وہ گوشت اسی کا تھا۔ اسے "اگوانا" کہتے ہیں۔ یہ ریڈ انڈینوں کی بہت مرغوب غذا ہے اور بہت قیمتی ہوتی ہے کیونکہ بہت کم ملتی ہے۔ اسے پکڑنے کے لیے وہ ایک عجیب طریقہ اختیار کرتے ہیں۔ ہم بھی انہی کے طریقے سے اسے پکڑنے کی کوشش کریں گے۔ ڈوری کا پھندا لے آؤ۔" انہوں نے کامران سے کہا۔

"وہ تو میری جیب میں موجود ہے۔"

"بہت خوب! جیب سے نکال لو اور تیار رہو۔" انہوں نے کہا۔

"کیا ہم اس کے قریب جا سکتے ہیں؟" کامران نے پوچھا۔

"نہیں۔ پہلے ہمیں اسے گانا سنانا پڑے گا تاکہ وہ ہم سے مانوس ہو جائے۔"

"آپ مذاق کر رہے ہیں؟" عدنان نے آنکھیں جھپکا کر کہا۔

"نہیں، ریڈ انڈین اسی طریقے سے اسے پکڑتے ہیں۔ یہ موسیقی سن کر جھومنے لگتی ہے۔" یہ کہتے ہوئے انہوں نے ایک چھڑی اٹھائی۔

"عدنان تم گانا گاؤ۔ کامران چھڑی کی نوک دھیرے دھیرے اگوانا کی دم پر مارے گا۔"

عدنان کو گانا نہیں آتا تھا۔ اس نے بھدی سی آواز میں گانا شروع کر دیا اور کامران اگوانا کی دم پر آہستہ آہستہ چھڑی مارنے لگا۔

اگوانا نے آہستہ آہستہ ہلنا شروع کیا اور اس کی آنکھیں کھلتی چلی گئیں۔ پھر اس نے اپنا سر گھمایا تاکہ ان لوگوں کو دیکھ سکے۔ اس کے ساتھ ہی اس کا منہ کھل گیا۔ عدنان اس کے تیز دانت دیکھ کر خوفزدہ ہو گیا اور اس نے گانا بند کر دیا۔

"یہ تمہیں کاٹ بھی سکتی ہے لیکن اگر ہم نے اسے احتیاط سے پکڑا تو پھر نہیں کاٹے گی۔ عدنان! تم نے گانا کیوں بند کر دیا؟ گاؤ۔" عدنان دوبارہ گانے لگا۔

کچھ دیر تک یہ عمل جاری رہا، پھر صولت مرزا بولے۔ "میرا خیال ہے اب یہ مست ہو گئی ہے۔ لاؤ کامران۔ چھڑی مجھے دو۔ میں پھندہ باندھ دوں۔"

انہوں نے پھندے کو چھڑی کے سرے سے کس کر باندھ دیا۔ پھر چھڑی کے سرے کو اگوانا کے سر کے پاس پہنچا دیا۔ اب پھندہ اس کی عین ناک کے اوپر تھا۔ وہ آہستہ آہستہ پھندے کو نیچے لانے لگے اور پھر اچانک اس کے سر کو جکڑ لیا۔

"اب اسے اٹھا لیں۔" عدنان خوشی سے چلایا۔

"خاموش رہو! جلد بازی سے کام لیا تو یہ اپنی دم جھاڑ دے گی اور دم کے بغیر دو کوڑی کی بھی نہیں بکے گی۔"

انہوں نے احتیاط سے اسے کھینچنا شروع کیا۔ شروع شروع میں اس نے کوئی حرکت نہ کی اور اپنی جگہ چپکی رہی۔ لیکن پھر اس نے شاخ پر گھسٹنا شروع کیا اور زمین پر آ رہی۔ یہ لوگ اسی طرح اسے اپنے کیمپ تک لے آئے۔

"اب ہمیں اس کی خوراک کی فکر کرنی ہوگی۔" عدنان نے مسکرا کر کہا۔ "ڈیڈی! یہ کیا کھاتی ہے؟"

"تمہیں اس سلسلے میں فکر مند ہونے کی ضرورت نہیں۔ یہ ہر چیز کھا لیتی ہے۔ پتے، پھل، سبزیاں، چھوٹے پرندے اور جانور بھی اس کی خوراک بنتے ہیں۔"

اس کے بعد انہوں نے جس پرندے کا شکار کیا وہ بھی کچھ کم قیمتی نہیں تھا۔ ہوا یہ کہ اس دن کامران نے دریا کے کنارے ٹوکری میں شکار کی ہوئی چند مچھلیاں رکھ دیں۔ پھر کسی کام سے اسے کیمپ تک جانا پڑا۔ اس دوران میں مچھلیاں ٹوکری میں دریا کے کنارے پڑی رہیں۔ جب وہ واپس آیا تو بگلے کی قسم کے اس پرندے کو دیکھا۔ یہ "جبیرو سٹارک" تھا۔ عدنان اسے پہلے بھی پرندوں کے جھنڈ میں دیکھ چکا تھا۔

اتنے لمبے چوڑے پرندے کا پتلی پتلی ٹانگوں پر چلنا کامران کو خاصا دلچسپ لگا۔ مچھلیوں پر ہاتھ صاف کرنے سے پہلے وہ چند لمحوں تک انہیں دیکھتا رہا جیسے سوچ رہا ہو کہ ٹوکری میں پڑی ہوئی مچھلی کھانا بہتر ہے یا دریا میں سے شکار کر کے کھانا؟

بلاشبہ وہ بہت شاندار پرندہ تھا۔ اس کا قد گردن سمیت پانچ چھ فٹ تھا۔ پر سفید تھے لیکن سر سیاہ تھا اور گلے پر ایک سرخ رنگ کا دائرہ تھا۔ اس نے آہستہ آہستہ اپنے پر پھیلانے شروع کر دیے۔ کامران نے سوچا کہ جب یہ کسی چڑیا گھر میں پہنچے گا تو لاکھوں کی

تعداد میں لوگ اسے دیکھنے آئیں گے۔

جبیرو سٹارک نے ادھر ادھر دیکھتے ہوئے اپنی لمبی سی چونچ مچھلیوں کی ٹوکری میں ڈال دی اور ایک ایک کر کے ساری مچھلیاں ہڑپ کر گیا۔ پھر دیکھتے ہی دیکھتے وہ اس کی نظروں سے اوجھل ہو گیا۔

کامران کو اس کے غائب ہو جانے پر بے حد ملال ہوا۔ پھر نہ جانے اسے کیوں یہ یقین سا ہو گیا کہ وہ ضرور واپس آئے گا۔ یہ سوچ کر اس نے مچھلیوں کی ٹوکری دوبارہ مچھلیوں سے بھر دی۔

اس کے بعد اس نے چار کیلیں لکڑی کی اس ٹوکری کے چاروں کونوں میں ٹھونکیں اور ان کیلوں کے ساتھ جال اس طرح باندھا کہ کھینچنے پر چھت کی شکل میں تن جائے۔ پھر جال سے ایک رسی باندھی جو اس جگہ تک جاتی تھی جہاں وہ چھپا ہوا تھا۔

اس کام سے فارغ ہونے کے بعد اس نے بگلے کا انتظار شروع کر دیا، یہاں تک کہ شام ہو گئی۔ وہ مایوس ہونے لگا تھا کہ بگلا آہستہ آہستہ چلتا ہوا ساحل پر آیا اور ٹوکری سے بیس فٹ کے فاصلے پر ٹھہر گیا تا کہ حالات کا جائزہ لے سکے۔ اس وقت وہ ایک ٹانگ پر کھڑا تھا۔

چند لمحے اسی طرح گزر گئے۔ کامران کا دل دھک دھک کر رہا تھا اور وہ چپ چاپ بیٹھا تھا۔ اچانک بگلا آگے بڑھا۔ اس نے اندازہ لگا لیا تھا کہ آس پاس خطرے والی کوئی بات نہیں۔ پھر بھی اس نے احتیاط سے ادھر ادھر دیکھا اور پھر اپنی چونچ گردن تک ٹوکری میں داخل کر دی۔ یہی وہ لمحہ تھا جس کا کامران کو انتظار تھا۔ اس نے پھرتی سے رسی کھینچ لی۔ جال فوراً ہی تن کر چھت کی شکل اختیار کر گیا اور بگلے کی گردن جال میں پھنس گئی۔

اس سے پہلے کہ بگلا کمزور جال کو ٹکڑے ٹکڑے کر دیتا۔ عین اسی وقت عدنان اور

صولت مرزا بھی وہاں پہنچ گئے۔ کامران ٹوکری کی طرف سرپٹ دوڑ رہا تھا۔

"فوراً اس کی ٹانگیں رسی سے جکڑ دو۔" صولت مرزا چیخ کر کہا۔

کامران نے بگلے کے پیروں کو رسی سے جکڑنا شروع کر دیا۔ اس نے اڑنے کے لیے زور لگایا اور کچھ اونچا اڑنے بھی لگا۔ کامران گھبرا گیا۔

صولت مرزا اور عدنان کو اور تو کچھ نہ سوجھا۔ انہوں نے گھبراہٹ کے عالم میں بگلے کی ٹانگ پکڑنے کی کوشش کی۔ دوسری طرف بگلا ہوا میں اڑنے کے لئے پھڑ پھڑانے لگا۔ ایک لمحے کے لئے بالکل ایسا لگا جیسے وہ ان دونوں کو اڑا لے جائے گا۔ وہ تقریباً چار پانچ فٹ اونچا اڑا۔ پھر اس نے طیش میں آ کر اپنے بازوؤں کو جھٹکا دیا لیکن پھندے سے نجات حاصل نہ کر سکا اور دائرے کی شکل میں کچھ دیر تک چکر لگانے کے بعد کشتی میں آ گرا۔ انہوں نے جھٹ سے اسے دبوچ لیا۔

اس وقت تک وہ ایک ٹیپر، ایک ویمپائر بیٹ، ایک پگمی مارموسیٹ، ایک اگوانا اور ایک جبیرو سٹارک پکڑ چکے تھے۔ ان کے علاوہ ان کے پاس ریڈ انڈین کا ایک سر بھی تھا۔

صولت مرزا بیڑے کے کپتان تھے، کامران اُن کا نائب اور عدنان جانوروں اور پرندوں کا نگران۔ جانوروں کو کھلانا پلانا بھی اس کے فرائض میں شامل تھا۔ تمام جانور اور پرندے رات کے وقت بیڑے کے تختے پر سوتے۔ بیڑے پر ایک کیبن بھی بنائی گئی تھی جو ان تینوں کے لئے سونے کے کمرے کا کام دیتی تھی۔ اس میں بستر اوپر نیچے لگائے گئے تھے۔ عدنان اوپر سوتا تھا اور اس سے نچلے بستر پر کامران۔ صولت مرزا فرش والے بستر پر سوتے تھے۔

جب عدنان نیچے اترنا چاہتا تو پہلے وہ کامران کے بستر پر پاؤں رکھتا اور پھر صولت

مرزا کے بستر پر۔ اسے اترنے چڑھنے میں بڑا لطف آتا تھا اس لیے وہ بغیر ضرورت بھی اتر پڑتا اور چند لمحے ادھر ادھر ٹہلنے کے بعد پھر اوپر چڑھ جاتا۔

نیچے اترنے کے لیے لکڑی کے تختوں میں نوکیلے پتھر لگائے گئے تھے۔ ایک رات کامران نے اس کی حرکتوں سے تنگ آکر ایک پتھر اکھاڑ دیا۔ عدنان اس وقت گہری نیند سو رہا تھا اور بیڑا دریا کے کنارے لگا کھڑا تھا۔

آدھی رات کے وقت عدنان کی آنکھ کھل گئی۔ اس نے سوچا نیچے اترنا چاہیے۔ نیچے جھانک کر دیکھا تو معلوم ہوا کہ کامران اور صولت مرزا گہری نیند سو رہے ہیں۔ اس لیے کوئی بہانا بنانے کی بھی ضرورت نہیں تھی۔

اچانک رات کی گہری تاریکی میں ایک تیز چیخ کی آواز گونجی۔ کامران اور صولت مرزا ہڑبڑا کر اٹھ بیٹھے۔

"کامران! میرا خیال ہے میں نے عدنان کی چیخ کی آواز سنی ہے۔"

"میں نے بھی سنی ہے۔ ضرور باہر کہیں گیا ہوگا۔" کامران نے ہنستے ہوئے کہا۔

اس وقت عدنان کے منہ سے ایک اور چیخ نکلی۔ اس چیخ سے صولت مرزا نے آسانی سے معلوم کر لیا کہ وہ کس سمت میں ہے۔ انہوں نے ٹارچ نکالی اور عدنان کی مدد کو لپکے، کامران بھی ان کے ساتھ تھا۔

"مجھے مگرمچھ نے پکڑ لیا ہے۔" عدنان چیخ چیخ کر کہہ رہا تھا۔

کامران ایک دم سنجیدہ ہو گیا، کیونکہ یہ سب اسی کی وجہ سے تو ہوا تھا۔ نہ وہ پتھر نکالتا اور نہ عدنان پانی میں گرتا۔ دریا مگرمچھوں اور خطرناک قسم کی مچھلیوں سے بھرا پڑا تھا اور عدنان کی جان سخت خطرے میں تھی۔

کامران نے جلدی سے اپنا شکاری چاقو نکالا۔ اس نے اپنے والد سے سن رکھا تھا کہ

جب کسی مگرمچھ سے مڈبیڑھ ہو جائے تو چاقو سے اس کی آنکھ پر حملہ کرنا چاہیے۔ اس نے عدنان کو غوطے کھاتے دیکھا تو صولت مرزا سے پہلے پانی میں چھلانگ لگادی۔ دوسرے ہی لمحے وہ تیزی سے تیرتا ہوا عدنان کی طرف بڑھا، لیکن اسے کوئی مگرمچھ نظر نہ آیا۔ البتہ پانی میں آدھی ڈوبی ہوئی ایک لکڑی ضرور ملی۔

عدنان بھی یقین سے نہیں کہہ سکتا تھا کہ وہ کوئی مگرمچھ ہی تھا، جس نے اس کی ٹانگیں پکڑلی تھی۔ البتہ اس نے یہ ضرور محسوس کیا تھا کہ اس کی ٹانگوں کو کسی چیز نے پکڑا تھا۔ اس دوران میں صولت مرزا بھی پانی میں چھلانگ لگا چکے تھے۔ جب تینوں پانی سے نکلے تو انہوں نے ایک دوسرے کو پکڑا ہوا تھا۔ تمام جانوروں نے اپنی اپنی زبان میں ان کا مذاق اڑایا۔

باقی کی رات انہوں نے آگ کے پاس بیٹھ کر گزاری اور اگلے دن بیڑا پھر دریا میں چھوڑ دیا۔ وہ آپس میں باتیں کرتے اور جانوروں کی چھیڑ خانیوں سے لطف اندوز ہوتے چلے جارہے تھے کہ اچانک عدنان چلایا۔ "ہماری کشتی ایک چٹان کی طرف جارہی ہے۔"

صولت مرزا نے چونک کر سامنے دیکھا۔ چٹان اچانک سامنے آئی تھی۔ وہ گھبرا گئے۔ پریشانی والی بات یہ نہیں تھی کہ ان کے سامنے اچانک ایک چٹان آگئی تھی۔ بات دراصل یہ تھی کہ ان کی دائیں اور بائیں طرف بھی دو چٹانیں تھیں۔ وہ کشتی کو کسی طرف بھی نہیں موڑ سکتے تھے۔ انہوں نے چپوؤں سے کشتی کی فتار آہستہ کرنے کی بہتیری کوشش کی لیکن پانی کا بہاؤ بہت تیز تھا اور پھر دوسری مصیبت یہ نازل ہوئی کہ کامران کا چپو دو ٹکڑے ہو گیا۔ اب بیڑے کی تباہی میں کوئی کسر باقی نہیں رہ گئی تھی۔ اس بات میں بھی کوئی شک نہ تھا کہ بیڑہ چٹان سے ٹکراتے ہی ٹکڑے ٹکڑے ہو جائے گا اور اس طرح نہ صرف جانور بلکہ کھانے پینے کا سامان اور دوسری تمام چیزیں بھی ضائع ہو جائیں گی۔

بیڑے کے تختے میں کیلیں اور میخیں وغیرہ نہیں جڑی گئی تھیں۔ بس لکڑی کے تختوں کو رسیوں سے باندھ دیا گیا تھا۔ اتنا کمزور بیڑا بھلا کسی چٹان کی ٹکر کیا برداشت کر سکتا تھا۔ اگلے چند لمحے ان کی زندگی کے اہم ترین لمحے تھے۔

لکڑی کے تختے پانی میں بھیگنے کی وجہ سے پھسلواں ہوگئے تھے۔ جب بیڑا چٹان سے ٹکرایا تو وہ پھسلتا چلا گیا اور اس طرح سوائے کیبن کی چھت کے، کسی چیز کو نقصان نہیں پہنچا۔ تمام جانور بھی بال بال بچ گئے۔

ان کا بیڑا دریا کے اوپر بہتا رہا۔ اس دوران میں انہیں سوائے جنگل کے کچھ دکھائی نہیں دیا۔ پھر اچانک ایک دن صبح کے وقت انہیں ایک شہر نظر آیا جس کا نام "ایکویٹوس" تھا۔ دریائے ایمیزن کے گھنے جنگلوں سے گزرنے کے دوران پہلی مرتبہ انہیں کوئی شہر نظر آیا تھا۔ انہوں نے بیڑے کو ایک لکڑی کے ستون کے ساتھ باندھ دیا۔ اس جگہ سینکڑوں کشتیوں سے مال اتارا اور لادا جا رہا تھا۔ صولت مرزا اپنے بیڑے پر ہی ٹھہرے رہے تاکہ چیزوں کی حفاظت کر سکیں اور کامران اور عدنان شہر میں گھومنے کے لیے نکل گئے۔

اپنے والد کی ہدایت پر وہ یونائیٹڈ سٹیٹس کونسل بھی گئے۔ یہاں انہیں ایک تار ملا۔ کامران نے تار وصول کیا اور وہ دونوں تیز تیز چلتے واپس بیڑے پر آئے۔ صولت مرزا نے لفافہ چاک کیا تو کامران کو اس تار کا خیال آگیا جو انہیں روانگی سے پہلے ملا تھا۔ اس نے سوچا "کیا یہ بھی کسی دشمن کی کارستانی ہے!" صولت مرزا نے تار پڑھنے کے بعد کامران کی طرف دیکھا تو وہ بے حد سنجیدہ تھے۔ آخر وہ بولے "میرے بچو! اب ہمیں گھر واپس چلنا ہوگا۔"

وہی شخص

کامران اور عدنان کے لیے باپ کا یہ جملہ بڑا عجیب تھا۔ چند لمحے تک دونوں صولت مرزا کا منھ تکتے رہے۔ پھر کامران نے ان کے ہاتھ سے تار لے لیا۔ یہ ان کی والدہ کی طرف آیا تھا۔ لکھا تھا:

"گھر کی عمارت کو آگ لگ گئی۔ تمام جانور جل گئے۔ کسی نامعلوم شخص نے آگ لگائی ہے۔ پولیس تحقیقات کر رہی ہے۔ آپ فوراً پہنچیں۔"

چند لمحے کے لیے تینوں خاموش کھڑے رہے۔ کامران سوچ میں ڈوبا ہو بڑبڑایا۔ "آخر وہ کون ہے جس نے ایسا کیا؟" پھر اچانک وہ چونکا اور کہنے لگا:

"میں نے آپ کو ایک بدصورت آدمی کے متعلق بتایا تھا جس نے میرا تعاقب کیا تھا، اور پھر مجھ پر حملہ کرنے کی بھی کوشش کی تھی۔ یہ اس وقت کی بات ہے جب میں ٹیری سے ملنے جا رہا تھا۔ آپ نے اس واقعے کو کوئی اہمیت نہیں دی تھی اور نہ میں نے ہی۔ لیکن اب ایسا معلوم ہوتا ہے۔۔۔۔۔۔" وہ کچھ کہتے کہتے رک گیا۔

"آگ لگنے کے واقعے کا تعلق اس شخص سے کیسے ہو سکتا ہے۔ یہ واقعہ کویتو میں پیش آیا تھا جب کہ آگ ہمارے گھر لانگ آئی لینڈ میں لگی ہے۔"

"آپ ٹھیک کہتے ہیں۔ لیکن اس شخص کو کویتو میں ہمارے پیچھے کس نے لگایا تھا؟" کامران کا دماغ تیزی سے کام کر رہا تھا۔ وہ کہنے لگا۔ "ہو سکتا ہے یہ حرکت کسی نے ذاتی دشمنی کی بنا پر نہ کی ہو بلکہ اس کا مقصد کچھ اور ہو۔"

"تم کہنا کیا چاہتے ہو؟" عدنان نے پوچھا۔

"میرا خیال ہے کہ آپ سمجھ گئے ہوں گے۔ دراصل میرا مطلب یہ ہے کہ شاید کوئی شخص ہمیں اپنے راستے سے ہٹا کر فائدہ اٹھانا چاہتا ہے۔"

"وہ کیسے؟" صولت مرزا نے پوچھا۔

"ہو سکتا ہے کوئی شکاری، جو جانور اکٹھے کر کے چڑیا گھروں اور سرکسوں کے ہاتھ فروخت کرتا ہو، ہمیں اپنے راستے کا پتھر خیال کرتا ہو۔"

"میں تمہارے خیال کو درست نہیں سمجھتا۔ کوئی شکاری میرا دشمن نہیں۔ اکثر شکاری میرے دوست ہیں۔"

"آپ کے علاوہ سب سے مشہور شکاری کون ہے؟" کامران نے پوچھا۔

"البرٹ۔ لیکن وہ اب یہ پیشہ ترک کر چکا ہے۔"

"کیا مطلب؟"

"اس نے اپنے تمام جانور ایک اور شکاری کے ہاتھ فروخت کر دیئے ہیں۔ اس کا نام 'جان' ہے۔"

"کیا آپ اس شخص 'جان' سے واقف ہیں؟

"میری اس سے جان پہچان نہیں، البتہ میں نے اسے دیکھا ہے۔ سنا ہے بہت مکار آدمی ہے۔ یہ بھی سننے میں آیا ہے کہ اس شخص پر قتل کا الزام بھی لگایا جا چکا ہے اور یہ کہ وہ بھاگا ہوا ہے۔"

"گویا وہ ناجائز ذرائع سے دولت کمانے کا عادی ہے۔" کامران نے کہا۔

"ہاں۔ اور ہمیں اب گھر جانا ہی پڑے گا۔ اس مقام سے ایک جہاز منگل، جمعرات اور ہفتے کے روز جاتا ہے۔ ہم کل ہی یہاں سے روانہ ہو جائیں گے۔" صولت مرزا نے کہا اور جہاز پر سیٹیں محفوظ کرانے شہر چلے گئے۔

اس رات کامران کو رات گئے تک نیند نہیں آئی۔ وہ سوچ میں ڈوبا رہا۔ صبح چائے پیتے وقت اس نے کہا۔ "ڈیڈی، آپ جہاز کی ایک سیٹ کینسل کرا دیں۔"

"کیا مطلب!" صولت مرزا نے حیران ہو کر کہا۔

"میں یہیں رکنا چاہتا ہوں تا کہ شکار جاری رکھا جا سکے۔ دشمن ہمیں اس سے باز رکھنا چاہتا ہے۔ وہ اپنی کوشش میں کامیاب بھی ہو گیا ہے۔ لیکن میں اسے کامیاب نہیں دیکھ سکتا۔ اس نے ہمارے جانور اور سارا گھر تباہ کر دیا ہے۔ اب وہ چاہتا ہے کہ ہم دریائے ایمیزن سے جانوروں کا نیا ذخیرہ نہ لے جا سکیں لیکن میں اس کی امید خاک میں ملا دوں گا۔ آپ دونوں بے شک چلے جائیں۔ میں تنہا مہم جاری رکھوں گا۔"

"میں اسے مناسب نہیں سمجھتا۔ تم ابھی بچے ہو۔"

"میں بھی کامران کے ساتھ ٹھہروں گا۔" عدنان نے کہا۔

صولت مرزا مسکرائے۔ "نہیں۔ تم دونوں بچے ہو اور اس خطرناک جنگل میں تنہا نہیں رہ سکتے۔"

"یہ دیکھیں ڈیڈی، ہمارے سب جانور مر چکے ہیں۔ اگر ہم یہاں سے خالی ہاتھ گئے تو ہمارا کاروبار بالکل ختم ہو جائے گا۔"

"یہ بہت خطرناک علاقہ ہے۔" صولت مرزا نے فکر مند ہو کر کہا۔

"کم از کم میں عدنان کو یہاں نہیں چھوڑ سکتا۔ عدنان بہت چھوٹا اور چلبلا ہے۔"

"میں چلبلا نہیں ہوں، اور نہ اتنا چھوٹا ہی ہوں۔" عدنان نے کہا۔ "میں ثابت کر دوں گا کہ میں کسی طرح بھی کامران سے کم نہیں ہوں۔"

"میں جانتا ہوں، تم ہر کام اپنی مرضی سے کرو گے اور کامران کی کسی بات پر عمل نہیں کرو گے۔" صولت مرزا بولے۔

"اچھا، میں وعدہ کرتا ہوں کہ کامران کی ہدایات پر عمل کروں گا۔"

"بہت اچھا۔ تم جیتے، میں ہارا۔۔۔۔۔۔ لیکن یاد رکھو! کوئی شرارت نہ کرنا۔"

صبح کے جہاز سے صولت مرزا واپس روانہ ہو گئے۔

وہ دونوں صولت مرزا کو رخصت کرنے ہوائی اڈے تک گئے اور اس وقت تک جہاز کو دیکھتے رہے جب تک کہ وہ ان کی نظروں سے اوجھل نہ ہو گیا۔ انھوں نے سنجید گی سے ایک دوسرے کو دیکھا اور پھر اچانک انہیں ایسا محسوس ہوا جیسے وہ بالکل تنہا رہ گئے ہوں۔

پھر وہ دونوں واپس لوٹے۔ بیڑا اسی جگہ موجود تھا، جہاں وہ چھوڑ کر گئے تھے۔ پاس ہی پولیس کا وہ سپاہی بھی موجود تھا جسے وہ نگرانی کے لیے چھوڑ گئے تھے۔ انہیں دیکھ کر وہ زور زور سے چلانے اور اشارے کرنے لگا۔ وہ نہ سمجھ نہ سکے کہ وہ کیا کہہ رہا ہے۔ جب انھوں نے اسے بتایا کہ وہ اس کی زبان نہیں سمجھتے تو سپاہی نے انہیں اشاروں میں بتایا:

"چند آدمی ایک کشتی میں بیٹھ کر ادھر آئے تھے۔ میں نے انہیں بیڑے کو کھولتے ہوئے دیکھا۔ میرے اعتراض کرنے پر ان میں سے ایک شخص میرے پاس آیا اور کہنے گا کہ میں اس بیڑے کے مالکوں میں سے ایک ہوں۔ میں نے ان سے کہا کہ جب تک دوسرے مالک نہیں آجاتے، میں بیڑا انہیں لے جانے دوں گا۔ تم لوگ انتظار کرو لیکن انھوں نے انتظار نہیں کیا اور یہ کہہ کر چلے گئے کہ وہ تھوڑی دیر بعد آئیں گے۔"

"کیا آپ اس شخص کا حلیہ بتا سکتے ہیں؟" کامران نے کہا۔

"وہ ایک لمبا اور بد صورت آدمی تھا۔"

کامران نے پولیس والے کو انعام دیا اور اس کے ساتھ تھانے پہنچا۔ وہاں اس نے رپٹ لکھوائی۔ پولیس والوں نے اس واقعے کو کوئی اہمیت نہ دی۔ صرف اتنا وعدہ کیا کہ وہ اس شخص کا خیال رکھیں گے۔

لیکن اس کا تلاش کیا جانا بہت ضروری ہے۔ ٹھہریے! میں آپ کو پوری بات تفصیل سے سناتا ہوں۔" کامران نے کہا اور پولیس افسر کو شروع سے آخر تک ساری کہانی سنا

دی۔

"اس کو تلاش کرنا بہت مشکل ہے۔" پولیس افسر ساری رام کہانی سن کر بولا۔

"تب پھر یہ کام میں خود کروں گا۔"

"تم کروگے؟ مگر اس سے فائدہ کیا ہوگا؟ اس نے کوئی جرم نہیں کیا۔ ہم اسے جیل میں نہیں ڈال سکتے۔ اگر تم اسے پکڑنے میں کامیاب ہو بھی گئے تو بھی کوئی فائدہ نہ ہوگا۔"

"پھر مجھے کیا کرنا چاہیے؟" کامران بولا۔

"میرا مشورہ تو یہی ہے کہ جہاز میں بیٹھو اور گھر چلے جاؤ۔ یہاں تو ہم تمہاری مدد کر سکتے ہیں لیکن جوں جوں تم دریا میں آگے بڑھتے جاؤ گے، ہماری مدد سے محروم ہوتے جاؤ گے۔ وہاں صرف جنگل کا قانون چلتا ہے۔ ہم وہاں کچھ بھی نہیں کر سکتے۔ تم یوں بھی ابھی بچے ہو۔"

آخری الفاظ سن کر کامران کو غصہ آگیا۔ اس نے پولیس افسر کا جائزہ لیا۔ وہ افسر سے قد میں لمبا اور مضبوط تھا۔

"مشورے کا بہت بہت شکریہ۔ لیکن ہم واپس جانے کا کوئی ارادہ نہیں رکھتے۔"

پولیس افسر ان نے اسے مسکرا کر دیکھا۔ "بہت خوب! تم بہت باہمت ہو۔ اچھا، خدا حافظ!"

جب کامران واپس پہنچا تو اس نے عدنان کو اس حالت میں پایا کہ اس کے ایک ہاتھ میں بندوق تھی، دوسرے میں والد کا ریوالور اور پیٹی میں شکاری چاقو۔

"بہت خوب! تم آج کل کافی عقل مند ہو رہے ہو۔"

"اور کیا کرتا۔ خطرہ کسی وقت بھی سامنے آسکتا ہے۔"

"اب ہمیں اپنے بیڑے کو بھی کچھ اور مضبوط بنانا پڑے گا۔"

"ٹھیک ہے۔"

دونوں نے چند مزدوروں کی مدد سے بیڑے پر کام شروع کر دیا۔ انہوں نے جانوروں کے لیے بھی کچھ جگہیں بنائیں۔ پھر ایک ملاح کی مدد سے چھ آدمی اپنے ساتھ سفر کرنے پر آمادہ کیے اور ان کے لیے دو کشتیاں خریدیں۔

جب وہ ان کاموں سے فارغ ہوئے تو سورج غروب ہو چکا تھا۔ کامران کا ارادہ صبح سویرے سفر شروع کرنے کا تھا۔ اس دوران میں ان کے بیڑے اور کشتیوں کے پاس بہت سے مقامی لوگ اکٹھے ہو گئے تھے جو جانوروں اور پرندوں کو دیکھنے کے ساتھ ساتھ انھیں مشورے بھی دینے لگے۔

اچانک ایک جانی پہچانی شکل آدمیوں کے گروہ میں سے ابھری۔ اس بد صورت شکل پر نظر پڑتے ہی کامران بری طرح چونکا۔ وہ شخص اب قریب آچکا تھا۔ یہ وہی تھا جس سے اس کی مڈبھیڑ ٹیری کے گھر جاتے ہوئے ہوئی تھی۔

"آہا مجھے یقین ہے کہ ہم پہلے بھی مل چکے ہیں۔" کامران نے کہا۔

"ہاں، مجھے بھی یاد آگیا۔ ہم کویتو میں ملے تھے۔ میں اس وقت ایک گرجا گھر کی تلاش میں تھا۔"

"ہاں۔ شاید یہی بات تھی۔ اور کیا تم ہی نے کچھ دیر پہلے اس بیڑے کو لے جانے کی کوشش کی تھی؟" کامران نے پوچھا۔

"نہیں دوست۔ تم نے یہ بات کیسے کہی؟ بھلا میں کیوں تمہارا بیڑا لے جاتا۔ دراصل ہم ایک دوسرے بیڑے کے دھوکے میں اسے لے جانے لگے تھے۔"

"اچھا! یہ بات تھی۔ کیا میں تمہارا نام معلوم کر سکتا ہوں؟"

"میرا نام؟" اجنبی ہنسا۔ "میرا نام جان کر کیا کرو گے؟ میں لڑکوں کا بہترین دوست ہوں اور تم بھی مجھے دوست کہہ کر بلا سکتے ہو۔" یہ کہہ کر اس نے ایک زوردار قہقہہ لگایا جس سے اس کا منہ پوری طرح کھل گیا۔ اس کا جبڑا بالکل کسی مگرمچھ کے جبڑے کی مانند تھا، اسی وقت کامران کو اس کا ایک نام سوجھا۔ وہ بولا:

"بہت اچھا۔ تم مجھے اپنا نام نہیں بتاتے، نہ بتاؤ۔ میں تمہیں آج سے 'کروک' کے نام سے پکاروں گا۔"

اس نام کا خیال کامران کو اس کا جبڑا دیکھ کے آیا تھا۔ اس کا جبڑا چونکہ مگرمچھ کی مانند تھا اور مگرمچھ کو انگریزی میں 'کروکوڈائیل' کہتے ہیں، اس لیے کامران نے اس کا نام 'کروک' رکھ دیا۔ اس نے بات جاری رکھتے ہوئے کہا:

"ہاں تو مسٹر کروک! اب تم کیا چاہتے ہو؟ کیا میں تمہیں اٹھا کر دریا میں پھینک دوں؟"

"میں تم سے ایک سودا کرنا چاہتا ہوں۔" کروک نے کہا۔

"اور وہ سودا کیا ہے؟"

"تم اپنے یہ تمام جانور میرے ہاتھ بیچ دو۔"

"بہت خوب! یہ جانور میں تمہارے ہاتھ بیچ دوں؟ بھلا تم ان کا کیا دو گے؟"

"ایک ہزار ڈالر۔"

"یہ اس سے پانچ گنا قیمت کے ہیں۔ سمجھے؟" کامران نے غصے سے کہا۔

"تمہاری مرضی۔ اگر تم ان کو فروخت نہیں کرو گے تو میں زبردستی چھین لوں گا۔"

"یہ گیدڑ بھبکیاں کسی اور کو دینا۔ میں تمہارے جھانسے میں آنے والا نہیں۔"

"سوچ لو۔ نقصان میں رہو گے۔"

"تم جاتے ہو یا میں تمہیں سچ مچ اٹھا کر پھینک دوں؟"

کروک کی آنکھیں غصے سے سرخ ہو گئیں۔ اس نے ہونٹ کاٹ کر کہا "میں تمھیں دیکھ لوں گا۔"

یہ کہ کر وہ لوگوں کے ہجوم کو چیرتا ہوا ان کی نگاہوں سے اوجھل ہو گیا۔

"اب ہمیں کیا کرنا چاہیے؟" عدنان نے پوچھا۔

"رات کی تاریکی میں یہاں سے روانہ ہو جانا چاہیے؟" کامران بولا۔

"اس صورت میں بھی وہ ہمیں آلے گا۔"

"نہیں، دریا میں سفر کرتے ہوئے بے شمار چھوٹے چھوٹے جزیرے راستے میں آتے ہیں۔ ہم ان میں سے کسی جزیرے میں چھپ جائیں گے اور اس طرح ہو سکتا ہے کہ ہمارے اور ہمارے دشمن کے راستے الگ الگ ہو جائیں۔"

"ہوں! بات تو ٹھیک ہے۔ تو کیا ہم اپنے آدمیوں کو تیار ہونے کا حکم دے دیں؟"

"میں ان سے بات کرتا ہوں۔"

کامران نے اپنے چھ ہمراہیوں کو تیاری کا حکم دیا تو ان میں سے ایک بول اٹھا۔ "ہرگز نہیں۔ ہم رات کو سفر نہیں کریں گے، صبح روانہ ہوں گے۔"

"ہم آج رات دس بجے روانہ ہو رہے ہیں۔" کامران نے اٹل لہجے میں کہا۔

"رات کو سفر کرنا بہت خطرناک ہے، جناب۔"

کامران سمجھ گیا کہ یہ لوگ آسانی سے آمادہ نہیں ہوں گے۔ اس نے ایک آخری وار کیا۔ "اچھا! جیسی تمہاری مرضی۔ تم اپنی اس وقت تک کی مزدوری لے لو۔ ہم اکیلے ہی چلے جائیں گے۔"

ان میں سے ایک جس کا نام بینکو تھا، یہ سن کر چونک اٹھا، بولا۔"یہ تم کیا کہہ رہے ہو؟ تم دونوں ہماری مدد کے بغیر ہرگز یہ سفر جاری نہیں رکھ سکوگے۔ تم اس دریا سے واقف نہیں ہو۔"

"ہم یہاں تک بھی تو تمہاری مدد کے بغیر ہی آئے ہیں، اور تمہاری مدد کے بغیر آگے بھی جاسکتے ہیں۔"

"اچھا! تم جیتے اور ہم ہارے۔ ہم دس بجے رات کو چلنے کے لیے تیار ہیں۔"

وہ سفر کی تیاری میں جٹ گئے اور ٹھیک دس بجے روانہ ہو گئے۔ بینکو بیڑے کے عرشے پر کھڑا تھا۔ اس کے تین ساتھی ایک ایک کونے پر کھڑے ہو گئے۔ باقی دو جانوروں کی حفاظت کے لیے مقرر کیے گئے تھے۔ کامران اور عدنان باری باری چکر لگا کر حالات کا جائزہ لیتے رہے۔

وہ ساری رات تیزی سے سفر کرتے رہے۔ ایک جگہ ہوا خوشگوار ہو گئی تو کامران نے رکنے کا حکم دیا۔ اس جگہ بینکو نے ایک بار پھر کامران کو سفر جاری رکھنے سے باز رکھنا چاہا۔ اس نے کہا۔"رات کی تاریکی میں کسی چٹان سے ٹکرا گیا تو بیڑے کے پرخچے اڑ جائیں گے۔"

کامران جانتا تھا کہ بینکو جو کچھ کہہ رہا ہے، وہ سچ ہے لیکن اس کے ساتھ ہی وہ یہ بھی جانتا تھا کہ اگر انہوں نے سفر جاری نہ رکھا تو وہ اپنے اور دشمن کے درمیان فاصلے کو بڑھانے میں کبھی کامیاب نہیں ہو سکیں گے۔ اس نے بینکو کی تجویز ماننے سے انکار کر دیا۔

منہ اندھیرے انھوں نے ناشتہ کیا۔ ناشتے سے فارغ ہوئے ہی تھے کہ دن کی ہلکی ہلکی روشنی میں انہیں ایک میل دور ایک چھوٹا سا جزیرہ دکھائی دیا۔ ان کے چہروں پہ رونق آگئی۔

جزیرے کے ساحل پر بیڑے کا لنگر ڈال دیا گیا۔ وہ سب بے حد تھک گئے تھے، اس لیے ساحل پر اترتے ہی لیٹ گئے اور آناً فاناً گہری نیند سو گئے۔ بینکو اور اس کے دو ساتھی کیڑے مکوڑوں کے خوف سے بیڑے پر سو رہے۔

سب سو چکے تھے لیکن عدنان جاگ رہا تھا۔

خوں خوار مگرمچھ

عدنان خیالی پلاؤ پکا رہا تھا۔ "ابھی ایک مگرمچھ آئے گا۔ وہ اپنا جبڑا میرے پاؤں کی طرف بڑھائے گا۔ میری ٹانگ پکڑنے کی کوشش کرے گا۔ لیکن میں اس پر جھپٹ پڑوں گا اور اپنے شکاری چاقو سے اس کو مار ڈالوں گا۔"

یہ سوچتے سوچتے اس نے سچ مچ چاقو نکال لیا اور اٹھ کھڑا ہوا۔ عین اسی وقت ساحل کے قریب "شڑاپ شڑاپ" کی آوازیں سنائی دیں۔ عدنان نے چونک کر اس طرف دیکھا تو خوف سے اس کی آنکھیں پھٹی کی پھٹی رہ گئیں۔ ایک بہت بڑا مگرمچھ تیزی سے اس کی طرف بڑھ رہا تھا۔ دیکھتے ہی دیکھتے وہ پانی سے نکل آیا اور ریت پر تیزی سے بڑھنے لگا۔ عدنان کے وہم و گمان میں بھی نہ تھا کہ مگرمچھ ریت پر بھی اتنی تیزی سے چل سکتا ہے۔

عدنان کے منہ سے چیخ نکل گئی۔ وہ ایک دم بیڑے کی طرف بھاگا۔ مگرمچھ بھی اس کے پیچھے لپکا۔ عدنان بدحواسی میں بیڑے کو نہ پکڑ سکا، پانی کا ریلا اسے بیڑے سے کچھ فاصلے پر لے گیا۔ اس وقت اسے چاقو کا خیال آیا لیکن چاقو اس کے ہاتھ میں نہیں تھا۔

اب مگرمچھ اس تک پہنچ چکا تھا۔ اس کا پورا جبڑا کھل گیا تھا۔ ایک خوفناک چھپاک کی آواز آئی۔ عین اسی وقت عدنان نے بھی پانی میں ڈبکی لگائی۔ مگرمچھ کا وار خالی گیا۔

چھپاک کی آواز سے بیڑے پر سونے والے تینوں آدمی جاگ اٹھے۔ انہوں نے

عدنان اور مگرمچھ کو دیکھ لیا۔ عدنان مگرمچھ کا ہر حملہ جھکائی دے کر بچا رہا تھا۔ بینکو اور اس کے ساتھیوں نے پانی میں چھلانگیں لگا دیں۔ ان کے ہاتھوں میں شکاری چاقو لہرا رہے تھے۔ اب مگرمچھ پر چاروں طرف سے حملہ شروع ہو گیا۔

عدنان کو بیڑے تک پہنچنے کا موقع مل گیا۔ وہ ساحل پر کھڑا ہو کر اس خوفناک لڑائی کو پھٹی پھٹی آنکھوں سے دیکھنے گا۔ اس دوران میں کامران اور تین دوسرے ساتھی بھی بیڑے پر پہنچ گئے۔ دریا سے شڑاپ شڑاپ کی خوفناک آوازیں آ رہی تھیں۔

اچانک پانی کی سطح پر کچھ سرخ لہریں دکھائی دیں۔ عدنان نے سوچا، کیا ہمارا کوئی ساتھی زخمی ہو گیا ہے؟ لیکن دوسرے ہی لمحے چاروں ساتھی پانی میں تیرتے ہوئے بیڑ ے کی طرف بڑھ رہے تھے۔ ان میں سے ایک کے ہاتھ میں پکڑا ہوا چاقو خون سے سرخ ہو رہا تھا۔

"تو یہ مگرمچھ کا خون تھا۔" عدنان نے اطمینان کا سانس لیا۔ "کیا ہم اس مگرمچھ کو بیڑے پر نہیں لے جا سکتے؟" عدنان نے پوچھا۔

بینکو ہنسا۔ "کیا بات کرتے ہو۔ یہ پورے بیڑے کو الٹ کر رکھ دے گا۔"

"کیا وہ مر گیا ہے؟"

"نہیں۔ صرف زخمی ہوا ہے اور بھاگ نکلا ہے۔ لیکن دریائے ایمیزن کی گوشت خور مچھلیاں اسے نہیں چھوڑیں گی۔ وہ زخمی ہے۔ ان مچھلیوں کا مقابلہ نہیں کر سکے گا۔"

وہ تھوڑی دیر ادھر ادھر کی باتیں کرتے رہے اور پھر سو گئے۔

وہ ساحل پر بے سدھ پڑے تھے، اسی لیے آنے والے اس بن بلائے مہمان کو نہ دیکھ سکے۔ وہ بارہ فٹ لمبا ایک اژدہ تھا، جسے بوا (Boa) کہتے ہیں۔ یہ اپنے شکار کے گرد لپٹ کر اس کی ہڈیاں توڑ دیا ہے اور پھر اسے ہڑپ کر جاتا ہے۔ وہ اس طرح چکر لگا رہا تھا

جیسے ناچ رہا ہو۔ پھر اس کا جسم سیدھا ہونے لگا۔ دیکھتے ہی دیکھتے اس کا سر اوپر اٹھا اور اٹھتا چلا گیا۔ یہ ایک بہت بڑا اژدہا تھا۔ اس نے آہستہ آہستہ ایک سوئے ہوئے شکاری کی طرف بڑھنا شروع کیا، اس طرح کہ سوئے ہوئے آٹھ آدمیوں میں سے کسی کو کانوں کان خبر نہ ہوئی۔

پہلے آدمی کے پاس سے گزرتا ہوا دوسرے تیسرے اور پھر اس طرح چلتے چلتے عدنان تک پہنچ گیا۔ عدنان کے پاس پہنچ کر وہ رک گیا، جیسے سوچ رہا ہو کہ اسے کھانا مناسب رہے گا۔ یہ دوسروں سے چھوٹا ہے۔ اچانک بیڑے کی طرف سے جانوروں کی ملی جلی آوازیں ابھریں تو اژدہے کا رخ اس طرف ہو گیا۔ بیڑے میں جانور دیکھ کر اس کے منہ میں پانی بھر آیا۔ وہ عدنان کا خیال چھوڑ کر بیڑے کی طرف بڑھا۔ بیڑے کو ایک موٹے سے رسے سے ساحل پر باندھ دیا گیا تھا۔ اژدہا اس رسے کے گرد لپٹ گیا اور بل کھاتا ہوا آگے بڑھنے لگا۔ ابھی تک بیڑے پر موجود جانوروں نے اسے نہیں دیکھا تھا۔

جوں ہی وہ بیڑے پر اترا، جانوروں نے اسے دیکھ لیا۔ وہ خوف سے چیخنے لگے۔ اژدھا برابر آگے بڑھ رہا تھا۔ اس کے سامنے ننھا ٹیپر تھا۔ وہ اس سے خوفزدہ ہو کر دوسری سمت میں دوڑ پڑا۔ اس وقت تک کامران شوروغل کی آواز سن کر وہاں پہنچ چکا تھا۔ اس کے ہاتھ میں بندوق تھی۔

اژدہا ٹیپر کے پاس پہنچ چکا تھا۔ پھر دیکھتے ہی دیکھتے اس نے اپنا جسم ٹیپر کے جسم کے گرد لپیٹنا شروع کر دیا۔ کامران پریشان ہو گیا۔ وہ اژدہے کو گولی نہیں مارنا چاہتا تھا۔ وہ چاہتا تھا کہ اسے صحیح سلامت پکڑ لے، لیکن دوسری طرف ٹیپر کی زندگی خطرے میں تھی۔ آخر کامران نے ایک فائر اس طرح کیا کہ گولی اژدہے کے سر کے اوپر سے گزر گئی۔ عین اسی وقت عدنان اور بینکو بھی دوڑتے ہوئے آ گئے۔

"تمہارا نشان خطا گیا۔ ٹھہرو! میں اسے نشانہ بناتا ہوں۔" بنکو نے کہا۔

"نہیں۔ میں اسے زندہ پکڑوں گا۔ گولی نہ چلانا۔ ٹھہرو! میں رسی لے کر آتا ہوں۔"

کامران رسی لینے کے لیے دوڑا، اور جب وہ رسی لے کر آیا تو حالات کچھ اور تھے۔ اس وقت تک اگوانا اژدہے پر جھپٹ پڑی تھی اور اس نے اپنے دانت اس کے سر میں گاڑ دیے تھے۔

اب حالت یہ تھی کہ اژدہے نے اپنا جسم ٹیپر کے گرد کسا ہوا تھا اور خود اس کے سر میں اگوانا کے دانت گڑے ہوئے تھے۔ آخر اژدہے کو ٹیپر کو چھوڑنا پڑا۔

کامران، عدنان اور دوسرے لوگ حیران پریشان کھڑے یہ حیرت انگیز تماشا دیکھ رہے تھے کہ اچانک کامران کے ذہن میں ایک خیال آیا۔ اس نے اگوانا کی رسی کو پکڑ کر کھینچنا شروع کیا تاکہ اس کو وہاں سے ہٹالے۔ وہ اپنی کوشش میں کامیاب رہا۔ اس وقت ٹیپر بھی آزاد ہو چکا تھا۔ یہی وقت کام کرنے کا تھا۔

کامران جانتا تھا کہ اژدہے کے جسم کا ایک حصہ بہت کمزور ہوتا ہے۔ اس نے لپک کر دونوں ہاتھوں سے اس کی گردن کے قریب کے حصے کو جکڑ لیا اور اسے دبانے لگا۔ اژدہے نے اس مصیبت سے نجات حاصل کرنے کے لیے اپنا جسم کامران کے گرد لپیٹنا شروع کر دیا۔ کامران کو اپنی ہڈیاں کڑکڑاتی محسوس ہوئیں، لیکن اس نے اس کی گردن کو نہ چھوڑا اور برابر زور لگاتا رہا۔

اژدہے کا پورا جسم کامران کے گرد لپٹ چکا تھا اور شدید تکلیف کی وجہ سے کامران کے منہ سے سسکیاں نکل رہی تھیں۔ پھر بھی اس نے اژدہے کی گردن نہ چھوڑی۔

اس وقت عدنان ادر باقی لوگ کشش و پنج کی حالت میں یہ مقابلہ دیکھ رہے تھے۔

ان کی سمجھ میں نہیں آ رہا تھا کہ کیا کریں اور کیا نہ کریں۔ ایسے میں عدنان کو ایک عجیب بات سوجھی۔ وہ تیزی سے آگے بڑھا اور دونوں ہاتھوں سے اژدہے کی دم پکڑ کر اس کے بل کھولنے کی کوشش کرنے لگا۔ یہ دیکھ کر دوسرے لوگ بھی اس کی مدد کرنے لگے۔ انہوں نے دم پکڑ کر زور لگایا تو بل کھلتے چلے گئے۔ ادھر کامران نے بھی اژدہے کی گردن پر پورا زور لگا دیا۔ دیکھتے ہی دیکھتے اژدہے کے دم خم نکل گئے اور وہ بے دم ہو گیا۔ یہ دیکھ کر کامران نے اس کی گردن چھوڑ دی۔ بے جان گردن نیچے گر کر جھولنے لگی۔ انہوں نے اطمینان کا سانس لیا اور اژدہے کو فرش پر ڈال دیا۔

"اب اس کا کیا کریں؟" عدنان نے پوچھا۔

"میرا خیال ہے کہ اسے بیڑے کی کوٹھڑی میں بند کر دیا جائے۔" بینکو نے کہا۔

بینکو اور اس کے ساتھیوں نے مل کر اژدہے کو کندھوں پر اٹھا لیا اور کوٹھڑی میں لے گئے۔ اسے کیبن کے فرش پر ڈال کر دروازہ بند کر دیا گیا۔ شدید تھکن کے باعث انہیں بہت جلد نیند آ گئی اور وہ بیڑے کے صحن میں ہی لیٹ گئے۔

اچانک عدنان کی آنکھ کھل گئی۔ اس نے محسوس کیا کہ کوئی چیز اس کی پتلون میں رینگ رہی ہے۔ اس کے منہ سے خوف کی وجہ سے چیخ نکل گئی۔ عین اسی وقت اسی قسم کی ایک اور چیز اس کے گریبان میں بھی داخل ہو گئی۔ اب تو اس کے منہ سے چیخوں پر چیخیں نکلنے لگیں۔

سب ہڑبڑا کر بیٹھے۔ کامران نے پھرتی سے ٹارچ روشن کی اور روشنی فرش پر ڈالی تو سناٹے میں آ گیا۔ فرش پر سینکڑوں ننھے ننھے سانپ چکر پھیریاں کھا رہے تھے۔ ان میں سے دو تین عدنان پر چڑھ گئے تھے۔ عدنان تیزی سے اٹھا اور انھیں اپنے جسم سے جھٹک دیا۔ "اف میرے خدا! یہ اتنے سانپ کہاں سے آ گئے؟"

"یہ اژدہے کے بچے ہیں۔ ان سے ڈرنے کی کوئی ضرورت نہیں۔ یہ بالکل بے ضرر ہیں۔" بینکو نے کہا۔

"ان سے چھٹکارا کیسے حاصل کیا جائے؟" کامران نے کہا۔

"چھٹکارا حاصل کرنے کی کیا ضرورت ہے۔ پکڑ کر کیبن میں بند کر دیتے ہیں۔ چڑیا گھر والے ان کے اچھے پیسے دے دیں گے۔" عدنان نے تجویز پیش کی۔

انہوں نے سپولیوں کو پکڑ پکڑ کر کوٹھڑی میں پہنچانا شروع کر دیا۔ اژدہا اب ہوش میں آ چکا تھا اور کیبن کے ایک کونے میں چکر لگا رہا تھا۔ آخری سپولیے کو کوٹھڑی میں پہنچا کر انہوں نے دروازہ بند کیا ہی تھا کہ اچانک ایک فائر ہوا!

خوف ناک ریچھ

انھوں نے چونک کر دیکھا۔ ایک نئی مصیبت ان کے سر پر کھڑی تھی۔ فائر ایک کشتی پر سے کیا گیا تھا جو ابھی کافی فاصلے پر تھی۔ گولی ان کے سروں پر سے گزر گئی تھی۔

وہ سب بیڑے کے فرش پر گر گئے۔ اس وقت صبح کا اجالا پھیل رہا تھا۔ اچانک کامران نے محسوس کیا کہ عدنان نے اپنی بندوق اٹھائی ہے۔

"کیا کر رہے ہو؟ فائر نہ کرنا۔" وہ چلایا مگر عدنان اس سے پہلے ہی فائر کر چکا تھا۔ انھوں نے آنے والی کشتی میں سے دو آدمیوں کو پانی میں گرتے دیکھا۔

"بہت خوب! کتنا سچا نشانہ ہے۔ فائر ایک اور شکار دو۔ خوش رہو!" کامران خوشی سے چلا اٹھا۔

پھر اچانک اس نے کچھ سوچ کر کہا۔ "ہم اس طرح ان کا مقابلہ نہیں کر سکیں گے۔ لنگر اٹھا دو اور بیڑے کو کھینا شروع کر دو۔"

"وہ ہمارا تعاقب کریں گے۔"

پروانہیں۔ ہم کسی نہ کسی جزیرے میں پناہ لینے میں کامیاب ہو ہی جائیں گے۔"

انہوں نے بیڑے کو پوری طاقت سے چلانا شروع کر دیا۔ یہ دیکھ کر دوسری کشتی بھی حرکت میں آگئی۔ اب دونوں کشتیاں تیزی سے دوڑ رہی تھیں۔

کامران کے بیڑے نے اچانک ایک موڑ کاٹا۔ موڑ مڑتے ہی دشمنوں کی کشتی ان کی نگاہوں سے اوجھل ہو گئی۔

"یہی موقع ہے۔ ہمیں جلد کسی جزیرے تک پہنچنے کی کوشش کرنی چاہیے۔" کامران نے کہا۔

"ٹھیک ہے۔" بینکو نے کہا۔

کئی چھوٹے چھوٹے جزیرے پیچھے چھوڑتے ہوئے وہ درختوں سے ڈھکے ہوئے ایک جزیرے کے پاس پہنچ گئے۔ ساحل پر اترنے والا سب سے پہلا آدمی عدنان تھا اور ساحل پر گر کر سونے والوں میں بھی اس کا پہلا نمبر تھا۔ لیکن چند منٹ ہی سویا ہو گا کہ اس کی آنکھ کھل گئی۔ وہ سمجھا میں نے کوئی خواب دیکھا ہے۔ لیکن یہ خواب نہیں، حقیقت تھی۔ اس کے ساتھ ہی یہ بھی حقیقت تھی کہ اس قسم کا جانور اپنی زندگی میں عدنان نے کبھی نہیں دیکھا تھا۔ اس کی آنکھ کسی آہٹ سے کھلی تھی اور آنکھ کھلتے ہی اس نے اسے اپنے سامنے دیکھا تھا۔

وہ ریچھ کی طرح پچھلی ٹانگوں پر کھڑا تھا۔ گردن تک اس کا جسم بالکل ریچھ جیسا تھا لیکن گردن سے اوپر اس کا منہ نہیں تھا، نہ جبڑے ہی تھے۔ بس تھوتھنی میں سوراخ سا تھا۔ قد ایک گوریلے جتنا تھا، پنجے مڑے ہوئے اور تقریباً چار پانچ انچ لمبے تھے۔

عدنان بت بنا اسے دیکھ ہی رہا تھا کہ کامران وہاں پہنچ گیا۔ وہ چلایا۔ "یہ اینٹ بیئر ہے، عجیب و غریب ریچھ۔ اسے ضرور پکڑنا چاہیے۔"

"میں نے اتنا عجیب جانور پہلی مرتبہ دیکھا ہے۔" عدنان اس کی آواز سن کر ہوش میں آ گیا تھا۔

"اس کی اور بھی کئی قسمیں ہیں، لیکن یہ سب سے بڑی قسم ہے۔ یہ چیونٹیاں کھاتا ہے۔ اس لیے اسے Ant Bear کہتے ہیں۔"

"اسے میں پکڑوں گا۔" عدنان نے کہا اور اس کی طرف بڑھنے لگا!

"ٹھہرو! یہ بہت خطرناک ہے۔"

"خطرناک! بھلا یہ خطرناک کیسے ہو سکتا ہے۔ اس کے منہ میں تو دانت ہی نہیں ہیں۔ صرف ایک لمبی سی زبان ہے اور اس سے یہ مجھے کیا نقصان پہنچا سکتا ہے؟"

"اس کے پنجے تو ہیں۔" کامران نے کہا۔

"میں اسے پیٹھ کی طرف سے پکڑوں گا۔" عدنان نے جواب دیا۔

اینٹ بیئر کی آنکھیں اگر چہ کمزور تھیں تاہم اسے معلوم ہو گیا کہ کوئی اس کی طرف بڑھ رہا ہے۔ اس نے اپنے اگلے پنجے زمین پر ٹکا دیے اور محتاط ہو گیا۔ عدنان کو اس کے پیچھے ایک شاندار دم بھی دکھائی دی۔ یہ تقریباً ایک فٹ موٹی اور کئی فٹ لمبی تھی اور اس پر گھنے بال تھے۔

اچانک عدنان نے ایک جست لگائی اور اس کی گردن سے لپٹ گیا۔ وہ دونوں ہاتھوں سے اس کا گلا گھونٹنے کی کوشش کر رہا تھا۔ اچانک اینٹ بیئر پچھلی ٹانگوں پر کھڑا ہو گیا اور ایک زور دار جھٹکا دیا۔ عدنان کئی گز تک لڑھکتا چلا گیا، لیکن پھر فوراً ہی اٹھ کھڑا ہوا۔ اب دونوں آمنے سامنے تھے۔ اینٹ بیئر حملہ کرنے کی پوزیشن میں اس کی طرف بڑھ رہا تھا۔ پھر اچانک اس نے عدنان پر چھلانگ لگائی، لیکن عین اسی وقت عدنان ایک طرف کود گیا۔ اینٹ بیئر اپنے زور میں ایک درخت سے جا ٹکرایا لیکن گرتے ہی اٹھا اور

پھر عدنان کی طرف بڑھا۔ ایک بار پھر اس نے عدنان پر چھلانگ لگائی۔ اس بار بھی عدنان جھکائی دے گیا۔

اور عین اس وقت جب وہ دونوں تیسرے حملے کے لیے ایک دوسرے کی طرف بڑھ رہے تھے، درختوں کے جھنڈ میں سے ایک دوسرا اینٹ بیئر نکلا۔ عدنان کے ہوش اڑ گئے۔

یہ دیکھ کر بینکو کا ایک ساتھی ایکوا آگے بڑھا۔ اس نے اپنا شکاری چاقو دائیں ہاتھ میں پکڑ رکھا تھا۔ وہ چاقو لہراتا ہوا دوسرے اینٹ بیئر پر حملہ آور ہوا۔ سب لوگوں کی توجہ اب اس مقابلے کی طرف ہو گئی تھی۔ ایکوا نے چاقو کا ہاتھ ریچھ کی گردن پر مارا تو وہ پھرتی سے نیچے جھک گیا۔ چاقو اس کے سر پر سے گزر گیا اور اسی وقت اس نے ایکوا کو اپنے دونوں بازوؤں میں جکڑ لیا۔ اب ایکوا بے بس ہو گیا اور اسے اپنا دم گھٹتا ہوا محسوس ہوا۔ عین اسی وقت کامران نے ایک پتھر اٹھایا اور ریچھ کے سر پر دے مارا۔ وہ گھبرا گیا اور اس کی گرفت کمزور پڑ گئی۔ ایکوا نے موقع سے فائدہ اٹھایا اور زور لگا کر اس کے بازوؤں سے نکل آیا۔ ریچھ ابھی سر پر لگنے والی چوٹ کی وجہ سے پوری طرح ہوش میں نہیں آیا تھا کہ ایکوا کا چاقو اس کی گردن پر لگا اور گردن کٹ کے دور لڑھکتی چلی گئی۔ اس کا دھڑ زمین پر گر کر تڑپنے لگا۔

اب انہوں نے عدنان کی طرف توجہ دی تو اسے دوسرے ریچھ سے گتھم گتھا پایا۔ ایکوا اور کامران چاہتے تو اس اینٹ بیئر کا بھی آناً فاناً خاتمہ کر سکتے تھے لیکن عدنان کی ضد تھی کہ وہ اسے زندہ پکڑے گا۔ اس کا سانس بری طرح پھول گیا تھا لیکن اس وقت بھی اس نے ریچھ کی گردن پیچھے سے پکڑی ہوئی تھی اور برابر زور لگا رہا تھا۔

اچانک اس نے سوچا کہ کیوں نہ ریچھ کو پانی میں لے جایا جائے۔ یہ خیال آتے ہی

اس نے سوچے سمجھے بغیر ریچھ کو چھوڑ کر دریا کے کنارے کی طرف دوڑنا شروع کر دیا۔ وہ بھی اس کے پیچھے دوڑا۔ دریا کے کنارے پہنچ کر یک دم عدنان ایک طرف ہٹ گیا اور اینٹ بیئر اپنے ہی زور میں دریا میں جا پڑا۔ اس کے ساتھ ہی عدنان نے اس پر چھلانگ لگا دی اور ایک بار پھر پیچھے سے اس کی گردن پکڑ لی۔ لیکن اسے اس بات کا خیال نہیں آیا تھا کہ ریچھ تیر بھی سکتا ہے۔ ریچھ اسے دریا میں ادھر ادھر لیے پھر رہا تھا۔ کامران اور دوسرے ساتھی دم بخود اس جنگ کو دیکھ رہے تھے۔

اچانک عدنان کو ایک ترکیب سوجھی۔ وہ اینٹ بیئر کی گردن پکڑ کر لٹک گیا۔ وہ اس کا بوجھ نہ سہار سکا اور دونوں پانی کی تہ کی طرف جانے لگے۔ چند سیکنڈ بعد ریچھ کے ہاتھ پاؤں ڈھیلے پڑنے لگے اور وہ بے ہوش ہو گیا۔ یہ دیکھ کر عدنان نے اسے چھوڑ دیا اور پانی کی سطح سے باہر آ کے زور سے چیخا:

"وہ بے ہوش ہو گیا ہے۔"

تھوڑی دیر بعد اینٹ بیئر پانی کی سطح پر ابھرا۔ وہ ابھی تک بے ہوش تھا۔ کامران اور اس کے ساتھیوں نے خوشی کے نعرے لگائے اور ریچھ کو کنارے پر کھینچ کر لے آئے جہاں اسے رسیوں سے باندھ دیا گیا۔

شیروں کی بستی

انہوں نے اپنا سفر جاری رکھا۔ ایک جزیرے کے پاس سے گزرتے ہوئے کامران چیخ اٹھا۔ "آگ! جزیرے میں آگ لگی ہوئی ہے۔۔"

"یہاں ایک نوجوان رہتا تھا۔ شاید ریڈ انڈین اسے لوٹ کر لے گئے اور جاتے ہوئے آگ لگا گئے ہیں۔"

"جزیرے کے ساحل کی طرف چلو۔" کامران نے حکم دیا۔

"جزیرے کے پاس جانا خطرناک ہو گا۔" بینکو نے کہا۔

"کیوں؟"

"ہو سکتا ہے انڈین ابھی تک وہاں ہوں۔"

"دیکھا جائے گا۔ ہمیں اس شخص کی مدد کرنی چاہیے۔"

مجبوراً بینکو نے بیڑے کا رخ جزیرے کی طرف کر دیا۔ بیڑا ساحل سے چند گز دور رک گیا۔ وہ سب ساحل پر اتر پڑے۔ کامران اور عدنان کے ہاتھوں میں بندوقیں تھیں۔ انھیں معلوم تھا کہ انڈین تیر کمان اور بھالوں سے مسلح ہوتے ہیں۔

وہ آگ کی سمت بڑھتے رہے۔ راستے میں انہیں کوئی ریڈ انڈین نہ ملا، یہاں تک کہ وہ لکڑی کی بنی ہوئی اس جھونپڑی کے پاس پہنچ گئے جو آگ کی لپیٹ میں تھی۔ یہاں انہیں ایک نوجوان ملا جو آگ پر پانی ڈال کر اسے بجھانے کی کوشش کر رہا تھا۔

"تمہارے پاس کچھ بالٹیاں ہیں؟" کامران نے چلا کر انگریزی میں پوچھا۔

"ہاں۔ اس طرف شیڈ میں ہیں؟" اس نوجوان نے انگریزی میں جواب دیا۔

کامران اور اس کے ساتھی شیڈ کی طرف دوڑے۔ یہاں کئی بالٹیاں موجود تھیں۔ انہوں نے ایک ایک بالٹی اٹھائی اور ان میں پانی بھر بھر کر آگ پر ڈالنا شروع کر دیا۔ اب آگ پر پانی زیادہ مقدار میں پڑ رہا تھا۔ اس لئے اس پر قابو پانے میں دیر نہ لگی۔ ابھی وہ پوری طرح فارغ بھی نہیں ہوئے تھے کہ نوجوان بے ہوش کر گر گیا۔ کامران نے اس کے چہرے پر پانی کے چھینٹے مارنے شروع کیے۔ تھوڑی دیر بعد اس نے آنکھیں کھول دیں۔

"کیا آگ بجھ گئی؟" اس نے پوچھا۔

"ہاں۔ مگر اب جھونپڑی میں بچا ہی کیا ہے؟" کامران نے کہا۔

"آگ کیسے لگی؟" عدنان نے پوچھا۔

"میں اس جزیرے میں تنہا ہی رہتا ہوں۔ مجھے تنہائی بہت پسند ہے۔ خوراک اور دوسری ضرورت کی چیزیں ہفتے میں ایک بار کشتی کے ذریعے قریبی شہر سے لے آتا ہوں۔ آج صبح ایک بڑی سی کشتی ساحل پر آکر رکی۔ اس میں سے آٹھ نو آدمی اترے اور انہوں نے ایک ایسے بیڑے کے متعلق پوچھا جس میں جنگلی جانور سوار ہیں۔" اس نے بتایا۔

"کیا انھوں نے انگریزی میں گفتگو کی تھی؟" کامران نے پوچھا۔

"ہاں۔ میں نے انھیں بتایا کہ اس طرف سے ایسا کوئی بیڑا نہیں گزرا۔ اس پر انھوں نے کچھ کھانے کے لیے مانگا۔ میں نے تھوڑی سی خوراک انہیں دی۔ وہ دیکھتے ہی دیکھتے اسے چٹ کر گئے، پھر اور خوراک کا مطالبہ کیا۔ لیکن میں نے انکار کر دیا۔ اس پر انہیں غصہ آ گیا۔ انہوں نے زبردستی ساری خوراک چھین لی اور جاتے ہوئے جھونپڑی کو آگ بھی لگا گئے۔"

"ہوں! وہ ہم ہی ہیں جن کے متعلق وہ پوچھ رہے تھے۔" کامران نے کہا۔

"وہ ضرور کروک اور اس کے ساتھی ہوں گے۔" عدنان نے کہا۔

"اس میں کیا شک ہے۔" بینکو نے کہا۔

"تم کہاں کے رہنے والے ہو؟" عدنان نے پوچھا۔

"میں برازیلی ہوں۔ میرا نام 'پیرو سوسا' ہے۔ میں نے انگریزی شہر 'ریو' کے سکول میں پڑھی تھی۔" نوجوان نے کہا۔

"میں نے سنا ہے کہ 'ریو' بہت خوب صورت شہر ہے۔ تم نے ایسے خوبصورت شہر کو کیوں چھوڑا؟"

نوجوان مسکرایا، تھوڑی دیر خاموش رہا پھر کہنے لگا۔"میں نے بتایا نا کہ مجھے تنہائی پسند ہے۔"

"اب تمہارا گھر جل چکا ہے، تم یہاں کیسے رہو گے؟ واپس اپنے وطن چلے جاؤ۔"

"نہیں، میں یہیں رہوں گا۔"

"اس کی وجہ؟"

"وجہ میں تمہیں صبح بتا سکوں گا۔" پیر وسوسا نے کہا۔

وہ رات انہوں نے اس نوجوان کے ساتھ بسر کی۔ صبح ان کو معلوم ہوا کہ پیر سوسا جزیرہ چھوڑنے پر کیوں آمادہ نہیں۔ یہ ٹھیک ہے کہ کروک اور اس کے آدمی اس کا بہت سا سامان لے گئے تھے، لیکن اس کی اگائی ہوئی فصلیں جوں کی توں موجود تھیں۔ ان میں گندم، چاول، دالیں اور سنگترے وغیرہ کی فصلیں شامل تھیں۔

"لو یہ سنگترے کھا کر دیکھو۔ اتنے مزے دار اور رس بھرے سنگترے تم نے کبھی نہ کھائے ہوں گے۔" نوجوان نے سنگتروں کی ٹوکری ان کے سامنے رکھتے ہوئے کہا۔ سنگترے کھا کر انہوں نے نوجوان کا شکریہ ادا کیا اور جانے کیلئے اجازت مانگی۔

چلتے وقت انھوں نے پیر وسوسا کو ایک ریوالور اور بہت سے کارتوس دیئے تا کہ وہ اپنی حفاظت کر سکے۔ اس کے بدلے میں پیر و نے انھیں گوشت اور سبزیاں دیں۔ اس کے بعد ان کا بیڑا وہاں سے روانہ ہو گیا۔ پیر و ساحل پر کھڑا اس وقت تک ہاتھ ہلاتا رہا جب تک کہ وہ نظروں سے اوجھل نہ ہو گئے۔

ان کا سفر جاری رہا۔ اس دوران میں انھوں نے بہت سے عجیب وغریب جانور اور پرندے پکڑے۔ کامران چوکنا تھا کہ نہ جانے کب کروک سے مڈبھیڑ ہو جائے۔ ابھی تک کروک کا مقصد اس کی سمجھ میں نہیں آیا تھا۔ وہ حیران تھا کہ کروک چاہتا کیا ہے؟

"ہم کافی جانور جمع کر چکے ہیں۔ اب ہمیں واپس چلنا چاہیے؟" ایک دن بینکو نے کہا۔

"نہیں۔ ابھی ہم نے کوئی امریکی شیر نہیں پکڑا۔ اور جب تک میں شیر نہ پکڑلوں، واپس نہیں جاؤں گا۔" کامران نے کہا۔

اس سلسلے میں اس نے ایکوا سے علیحدگی میں بات کی تھی کیونکہ اسے ایکوا پر بہت اعتماد ہو گیا تھا۔ وہ اس سے انڈین بولی سیکھتے رہے تھے اور اب تو اچھی خاصی بولنے بھی لگے تھے۔ انہیں پتا چلا تھا کہ ایمیزن کے علاقے میں مختلف جگہوں پر مختلف بولیاں بولی جاتی ہیں، مگر ایک بولی ایسی ہے جو تمام لوگ سمجھتے ہیں۔ یہی بولی ایکوا نے انہیں سکھائی تھی۔

"میرا خیال ہے، ہم جلد ہی شیر پکڑنے میں کامیاب ہو جائیں گے۔" ایکوا نے کہا۔ "اب ہم شیروں کی بستی میں پہنچنے ہی والے ہیں۔"

"کچھ اس جگہ کے شیروں کے متعلق بھی بتاتے چلو۔" کامران نے کہا۔

"اس جگہ کا شیر 'ساؤتھ امریکن ٹائیگر' کہلاتا ہے۔ اس کی کھال زرد رنگ کی ہوتی ہے اور اس پر سیاہ دھاریاں ہوتی ہیں۔ بعض شکاری اسے برچھی کے ذریعے مارتے ہیں۔"

"جب تم برچھی سے شیر کو مارو گے تو مجھے بہت لطف آئے گا۔" عدنان نے ہنس کر کہا۔

"تمہاری یہ خواہش پوری نہیں ہو گی۔ ہمیں شیر کو زندہ پکڑنا ہے۔ اس لیے برچھی استعمال نہیں کی جاسکتی۔" کامران نے اسے ڈانٹا۔

اب وہ ایسے مقام پر پہنچ چکے تھے جہاں شیروں کے دھاڑنے کی آوازیں سنائی دے رہی تھیں۔ انہوں نے اسی مقام پر پڑاؤ کیا اور اپنے کیمپ کے ارد گرد آگ روشن کر دی تاکہ بے خبری میں کوئی شیر ان پر نہ آن پڑے۔

ایک رات جب کہ دوسرے تمام ساتھی سو چکے تھے، کامران کو نیند نہیں آر ہی

تھی۔ آگ جل رہی تھی اور رات کے سناٹے میں لکڑیوں کے چٹخنے کی آوازیں عجیب سماں پیدا کر رہی تھیں۔ اچانک اسے ایک شیر دکھائی دیا۔ وہ زرد رنگ کا تھا اور اس کے جسم پر سیاہ دھاریاں تھیں۔ شیر آگ کو گھور گھور کر دیکھ رہا تھا۔

شیر کی نظر کامران پر نہیں پڑی تھی، اس کیلئے وہ اطمینان سے زمین پر لیٹ گیا۔ اس حالت میں بھی اس کی نگاہیں آگ پر جمی رہیں۔ اس کی آنکھیں شعلوں کی مانند چمک رہی تھیں۔ کامران کو اس سے خوف آنے لگا۔ لیٹے لیٹے اس نے انگڑائی لی تو کامران کو اس کے پنجے کھلتے نظر آئے۔ اف! کتنے خوفناک تھے! کامران کانپ اٹھا۔

وہ اس وقت شیر کو پکڑنے کی پوزیشن میں نہیں تھا۔ اس وقت تک نہ تو انہوں نے شیر کے لیے کسی پنجرے کا انتظام کیا تھا اور نہ کوئی ایسا جال ہی بنایا تھا جس سے اسے پکڑا جا سکے اور پھر اس وقت اس کے تمام ساتھی گہری نیند کے مزے لے رہے تھے۔ ان میں سے کچھ ساحل پر تھے اور کچھ بیڑے پر۔ اگر وہ انہیں آواز دیتا تو شیر خبردار ہو جاتا۔ اگرچہ اس کی بندوق پاس ہی پڑی تھی تاہم وہ اسے استعمال نہیں کر سکتا تھا، کیونکہ اس طرح شیر کے مر جانے کا خطرہ تھا اور مردہ شیر ان کے کس کام آسکتا تھا؟

اسی وقت بینکو کا ایک ساتھی انڈین آگ میں لکڑیاں ڈالنے کے لیے اٹھا۔ اس کے پاؤں کی آہٹ سنتے ہی شیر اٹھ کھڑا ہوا اور انڈین کو دلچسپی سے دیکھنے لگا۔ انڈین اس سے بے خبر اپنے کام میں مصروف تھا۔ کامران نے آواز پیدا کیے بغیر بندوق اٹھالی اور شیر کو بندوق کی زد پر لے لیا تاکہ اگر وہ انڈین پر چھلانگ لگائے تو اس کی زندگی بچانے کے لیے کچھ کیا جاسکے۔ اس نے سن رکھا تھا کہ جب تک شیر بھوکا نہ ہو یا اسے تنگ نہ کیا جائے، وہ انسان پر حملہ نہیں کرتا۔ اس وقت بھی ایسا ہی ہوا۔ انڈین کام سے فارغ ہو کر دوبارہ اپنی جگہ جا پر لیٹ گیا، تو شیر بھی لیٹ گیا۔ عین اسی وقت ایک بڑا ٹیپر ادھر آنکلا۔ اسے دیکھتے

ہی شیر دھاڑ مار کر اٹھ کھڑا ہوا۔ ادھر ٹیپر کے منہ سے خوف کی وجہ سے چیخیں نکل گئیں۔ اس نے ایک زقند بھری اور یہ جا وہ جا۔ شیر اس کے تعاقب میں دوڑنے لگا۔ شیر کی دھاڑ سے سب کی آنکھ کھل گئی۔

"کیا بات ہے بھائی جان؟" عدنان نے پوچھا۔

"کچھ نہیں۔ کہیں کوئی شیر دھاڑا تھا۔" کامران نے کہا۔ وہ اصل بات بتا کر عدنان کو پریشان نہیں کرنا چاہتا تھا۔

صبح اس نے سارا واقعہ سنایا اور عدنان اور دو تین ساتھیوں کو ساتھ لے کر ٹیپر کی تلاش میں چل کھڑا ہوا۔ اسے بتایا گیا تھا کہ جب شیر کسی بڑے جانور کو شکار کرتا ہے تو اس کا کچھ حصہ کھا کر اگلے دن کے لیے اسے چھوڑ جاتا ہے۔

کافی تلاش کے باوجود انھیں ٹیپر کی لاش نہ ملی۔ کامران مایوس ہو چلا تھا کہ اسے ایک چوڑا سا راستہ دکھائی دیا جو جھاڑیوں کو دائیں بائیں ہٹا کر بنایا گیا تھا۔

"یہ راستہ ریڈ انڈینوں نے بنایا ہوگا۔" عدنان نے خیال ظاہر کیا۔

"نہیں، ہم جس شیر کی تلاش میں ہیں، وہ اس طرف سے گزرا ہے۔" بینکو نے کہا۔

"کیا مطلب؟ اس کے گزرنے سے اس قدر چوڑا راستہ کیسے بن سکتا ہے؟

"وہ اس ٹیپر کو گھسیٹتا ہوا لے گیا ہے اور اسی سے یہ راستہ بنا ہے۔"

"واہ! یہ ہوئی نا بات۔ تو چلو، ہم اسی راستے پر چلتے ہیں۔" کامران نے کہا۔

چلتے چلتے آخر وہ دریا کے کنارے پر پہنچ گئے۔ یہاں اس راستے کا نشان غائب ہو گیا تھا۔

"یہاں سے شیر کدھر گیا؟" عدنان نے پوچھا۔

"وہ شاید دریا پار کر گیا ہے۔" ایکو ابولا۔

"کیا کہتے ہو؟ یہ کیسے ہو سکتا ہے؟"

"کیوں نہیں ہو سکتا۔ یہ شیر بہت اچھے تیراک ہیں۔" ایکوا نے کہا۔

"تو کیا وہ ٹیپر کو بھی اپنے ساتھ لے گیا ہے؟"

"بالکل۔ وہ اسے اپنے بیوی بچوں کے لیے لے گیا ہے۔"

"لیکن جس جگہ ہمارا کیمپ تھا، وہ اس جگہ سے کیوں نہ دریا میں کودا؟" کامران نے پوچھا۔

"شیر جتنا طاقتور ہے، اتنا ہی سمجھ دار بھی ہے۔ اس نے ہمارا کیمپ دیکھ لیا تھا۔ ہمیں چکر میں ڈالنے کے لیے اس نے ایک بڑا چکر کاٹا اور کافی دور پہنچ کر دریا پار کیا۔ ہمیں تو اتفاق سے ہی وہ راستہ نظر آ گیا ورنہ ہمیں شیر کا سراغ کبھی نہ ملتا۔"

تو پھر چلو۔ دریا کے دوسرے کنارے پر چلتے ہیں۔"

انھوں نے بیڑا دریا میں چھوڑ دیا۔ دریا اس جگہ کئی میل چوڑا تھا۔ دوسرے کنارے پر پہنچتے پہنچتے انہیں شام ہو گئی۔ کنارے پر پہنچنے سے پہلے انہیں ایک کھائی دکھائی دی۔ اس کھائی پر ایک درخت آر پار پڑا تھا اور اس درخت پر ایک بہت بڑا شیر بیٹھا تھا۔

شیر کا شکار، دُم سے

انہوں نے عجیب و غریب منظر دیکھا۔ شیر اپنی دم سے مچھلیاں پکڑ رہا تھا۔ وہ سب حیرت سے بت بنے اسے دیکھنے لگے۔ شیر کا منہ دوسری طرف تھا، اس لئے وہ انہیں نہیں دیکھ سکا تھا۔

ان کے دیکھتے ہی دیکھتے شیر نے اپنی دم پانی پر ماری اور ساتھ ہی اس کا پنجہ بھی پانی پر پڑا۔ دوسرے ہی لمحے اس کا پنجہ پانی سے باہر آیا تو اس میں ایک مچھلی تھی۔ مچھلی شیر کے منہ میں غائب ہو گئی اور شیر دوسری مچھلی کی تاک میں بیٹھ گیا۔ کافی دیر تک وہ یہ

دلچسپ تماشا دیکھتے رہے۔ پھر اچانک شیر نے انہیں دیکھ لیا۔ وہ آہستہ سے اٹھا اور جنگل کی طرف چلا گیا۔

"بہت عمدہ شیر ہے۔" ایکوا نے کہا۔

"حیرت ہے، کیا وہ واقعی اپنی دم سے مچھلیوں کا شکار کر رہا تھا۔ مجھے تو اپنی آنکھوں پر یقین نہیں آیا۔" عدنان بولا۔

"میں اس قسم کا ایک شیر پکڑنا چاہتا ہوں۔" کامران نے کہا۔

"لیکن اس کے لئے تیس چالیس آدمیوں کی ضرورت ہو گی۔"

"کیوں؟ کئی شکاری تنہا شیر کو مار لیتے ہیں۔" کامران نے کہا۔

"ٹھیک ہے شکاری شیر کو مار لیتا ہے، پکڑ تو نہیں لیتا۔ پکڑنے اور مارنے میں بہت فرق ہے۔" بینکو نے کہا۔

کامران سوچ میں پڑ گیا۔ آخر وہ اٹل لہجے میں بولا۔ "کچھ بھی ہو، ہم شیر ضرور پکڑیں کریں گے۔"

اس کے بعد پنجرا بنانے کی تیاریاں شروع ہو گئیں۔ مضبوط بانس اکٹھے کئے گئے اور ان کی مدد سے چار فٹ چوڑا، چھ فٹ اونچا اور دس فٹ لمبا ایک پنجرا بنایا گیا۔ پنجرے میں ایک طرف ایک دروازہ بھی بنایا گیا۔ پنجرا بنا کر فارغ ہوئے تو انہوں نے ایک درخت کے نیچے گڑھا کھودنا شروع کیا۔ ان سارے کاموں میں کامران، عدنان، ایکوا اور دوسرے ساتھی جوش و خروش سے حصہ لیتے رہے مگر بینکو نے ان کا ہاتھ نہیں بٹایا۔ وہ شیر پکڑنے کے خلاف تھا۔

"تم ہرگز کامیاب نہیں ہو سکو گے۔" اس نے درمیان میں کئی بار یہ جملہ دہرایا۔

کامران نے پروانہ کی اور کام میں جتا رہا، یہاں تک کہ ایک دس فٹ گہرا گڑھا کھود

لیا گیا، اس گڑھے پر چار بانس رکھے گئے۔ بانسوں پر مضبوط رسیوں سے بنا ہوا ایک جال لگا دیا گیا اور اس کی رسی درخت کی ایک مضبوط شاخ سے باندھ دی گئی۔ اس کے بعد گڑھے کے اوپر گھاس پھوس ڈال کر اسے ڈھک دیا گیا۔

وہ ان کاموں سے فارغ ہوئے تو شام ہو چلی تھی۔ انہوں نے شام کا کھانا کھایا اور شیر کی آمد کی امید لے کر بیٹھ گئے لیکن کافی دیر انتظار کرنے پر بھی کسی شیر کی شکل نظر نہ آئی تو کامران اور عدنان اکتا گئے۔

"آخر ہم کب تک اس کے انتظار میں بیٹھے رہیں گے؟" عدنان نے پوچھا۔

"میں شیر کو بلانے کا انتظام کرتا ہوں۔" ایکوا نے کہا۔

اس نے کسی جانور کا سینگ نکالا جو بگل کی شکل کا تھا۔ اس نے سینگ کو منہ لگا سے کر پھونکا تو اس سے شیر کے دھاڑنے کی آواز نکلی۔ دور کسی جگہ سے ایک شیر نے اس دھاڑ کا جواب دیا۔ ایکوا نے ایک بار پھر شیر کی آواز نکالی۔ دوسری طرف سے پھر جواب ملا۔ اس مرتبہ جواب کم فاصلے سے آیا تھا۔ ایکوا نے یہ عمل جاری رکھا۔ اسے برابر جواب ملتا رہا اور ہر مرتبہ فاصلہ کام ہوتا رہا۔

"اب تو شیر سامنے والی جھاڑیوں میں معلوم ہوتا ہے۔" کامران نے کہا۔

ایکوا نے ایک مرتبہ پھر آواز نکالی۔ دوسری طرف سے جواب ملنے کے بجائے غراہٹ سنائی دی۔

"معلوم ہوتا ہے شیر گڑھے میں گر پڑا ہے۔"

انہوں نے کھڑ بڑ کھڑ بڑ کی آوازیں بھی سنیں اور اس یقین کے ساتھ گڑھے کی طرف دوڑے کہ شیر اس میں گر چکا ہے۔

یہ دیکھ کر ان کی خوشی کی کوئی انتہا نہ رہی کہ گڑھے میں واقعی ایک بہت بڑا شیر

چھلانگیں لگا کر باہر نکلنے کی کوشش کر رہا تھا۔

"وہ مارا! ہم کامیاب ہو گئے۔" کامران چلایا۔

"کامیابی ابھی بہت دور ہے۔ یہ اتنا آسان نہیں جتنا تم سمجھ رہے ہو۔" بینکو نے کہا۔

"کیوں؟"

"شیر کو پنجرے میں بند کرنا کوئی آسان کام نہیں۔" بینکو نے کہا۔

"دیکھتے جاؤ۔" کامران نے کہا اور اس درخت پر چڑھ گیا جس سے پھندے کا رسا بندھا ہوا تھا۔ اس نے رسا کھول لیا اور نیچے اتر آیا۔

"سب لوگ جھاڑیوں کے پیچھے چھپ کر رسے کو کھینچیں۔" کامران نے کہا۔

"پہلے پنجرے کو گڑھے کے منہ کے بالکل پاس رکھ دو۔" ایکوا نے مشورہ دیا۔

انہوں نے ایسا ہی کیا۔ جب پنجرے کو مناسب جگہ پر رکھا جا چکا تو سب لوگ جھاڑیوں کے پیچھے چھپ گئے، لیکن بینکو نے ان کا ساتھ نہ دیا۔ وہ ایک درخت سے ٹیک لگا کر کھڑا رہا۔ کامران نے بھی پروانہ کی اور دوسرے لوگوں کے ساتھ مل کر رسے کو کھینچنے لگا۔ یہ بالکل ایسا ہی منظر تھا جیسے رسا کشی کا مقابلہ ہو رہا ہو۔ وہ سب ایک قطار میں کھڑے ہو کر رسا کھینچ رہے تھے۔ شیر جال میں پھنسا ہوا تھا، اس لیے وہ اوپر اٹھنے لگا اور آخر کار آہستہ آہستہ گڑھے سے باہر آ گیا۔

باہر نکلتے ہی اس کی نظر بینکو پر پڑی۔ وہ زور سے دھاڑا اور ان سب کے رسا کھینچنے کے باوجود بینکو کی طرف بڑھنے لگا۔ یہ دیکھ کر بینکو کے منہ سے چیخ نکل گئی۔ اس نے آؤ دیکھا نہ تاؤ درخت پر چڑھنا شروع کر دیا اور یہی اس کی سب سے بڑی غلطی تھی۔ وہ خوف کی وجہ سے یہ بھول گیا کہ اس علاقے کا شیر درخت پر بھی چڑھ سکتا ہے۔ شیر نے اس کا پیچھا کیا اور بلی کی سی تیزی سے درخت پر چڑھنے لگا۔

"بچاؤ! خدا کے لئے مجھے بچاؤ!" بینکو چلایا۔

لیکن کامران نے فائر نہ کیا۔ رسا ان کے ہاتھوں میں سے نکلا جا رہا تھا۔ بینکو درخت کے اوپر چڑھتا چلا گیا۔ یہاں تک کہ درخت کی چوٹی پر پہنچ گیا۔ شیر اس کے پیچھے پیچھے تھا اوراب اس کے بہت نزدیک آ چکا تھا۔ یہ دیکھ کر کامران سے نہ رہا گیا۔ اس نے اپنے ساتھیوں کو اشارہ کیا۔ انہوں نے ایک لمحے کے لیے رسی پر گرفت ڈھیلی کی اور پھر ایک زبردست جھٹکا دیا۔ شیر نیچے آ گرا۔ بینکو نیچے اتر آیا، لیکن یہ اس کی دوسری غلطی تھی۔ اسے دیکھتے ہی شیر کے تن بدن میں آگ لگ گئی۔ اس نے ایک زور دار جھٹکا مارا جس سے رسا درمیان میں سے ٹوٹ گیا۔

بینکو شیر کے سامنے کھڑا تھر تھر کانپ رہا تھا۔ اسے اپنی موت نظر آ رہی تھی۔ اچانک شیر جست لگانے کے لئے جھکا۔ کامران کے لیے اب فائر کرنے کے سوا کوئی چارہ نہ تھا۔ اس نے بندوق اٹھائی اور فائر کر دیا۔ گولی شیر کے سر میں لگی۔ وہ غصے میں پلٹا۔ اسی وقت دوسری گولی اس کے پیٹ میں لگی۔ اس نے زور کی جھرجھری لی اور دیکھتے ہی دیکھتے دم توڑ دیا۔

انہیں اس فتح کی کوئی خوشی نہیں تھی بلکہ کامران اور عدنان تو یہ محسوس کر رہے تھے کہ وہ یہ بازی ہار چکے ہیں، کیونکہ اب پھر انہیں ایک زندہ شیر پکڑنا تھا۔

کامران نے ایک دن اور ایک رات شیر کا انتظار کیا اور پھر تنگ آ کر فیصلہ کیا کہ "اگر شیر یہاں نہیں آتا تو ہم شیر کے پاس جائیں گے۔"

وہ سب مل کر شیر کی تلاش میں نکل کھڑے ہوئے۔ جنگل بہت گھنا تھا اور انہیں جھاڑیوں کو ہٹا ہٹا کر راستہ بنانا پڑ رہا تھا۔

ایک جگہ انہیں ایک غار دکھائی دیا۔ غار کا منہ کافی چوڑا تھا اور اس کے اندر گہری

تاریکی تھی۔ کچھ دیر تک وہ اس کا باہر سے جائزہ لیتے رہے۔

"ہمیں اس کے اندر چل کر دیکھنا چاہیے۔" عدنان نے کہا۔

"اندر جانا خطرناک ہو گا۔" ایکوا نے کہا۔

"تو پھر کیا کریں؟"

"جہاں تک میرا خیال ہے، اس غار میں ضرور کوئی شیر رہتا ہے۔" ایکوا نے کہا۔

"بہت خوب! تب تو پھر ہم غار کے منہ پر جال لگا کر اسے آسانی سے پکڑ سکتے ہیں۔" کامران نے کہا۔

اس کی ہدایت پر دوسرے ہی لمحے عمل کیا جانے لگا۔ غار کے منہ پر ایک جال تان دیا گیا اور اس کے چاروں کونوں پر چار آدمی بٹھا دیے گئے۔ ان کے ہاتھوں میں جال کے رسے تھے۔ جوں ہی شیر جال میں پھنستا، یہ چاروں جال کی رسیاں کھینچ لیتے اور اس طرح شیر جال میں قید جاتا۔

لیکن ایک دن کے انتظار کے بعد بھی غار کے اندر سے کوئی شیر نہ نکلا تو کامران کی امیدوں پر اوس پڑ گئی۔ ایکوا نے اسے نا امید دیکھ کر کہا۔ "میں ایک اور ترکیب بتاتا ہوں۔"

"وہ کیا؟" کامران نے پوچھا۔

"رات کے وقت شیر دریا میں پانی پینے آتے ہیں۔"

"پھر ـــــــــ؟"

"میرے ساتھ چلو۔ میں وہیں بتاؤں گا۔" ایکوا نے کہا۔

کامران نے چاروں آدمیوں کو غار کے منہ پر چھوڑا اور ایکوا کو ساتھ لے کر کشتی پر چلا آیا۔ انہوں نے کشتی کھینی شروع کر دی۔

"آخر اس طرح ہم شیر کو کیسے پکڑ سکتے ہیں؟"

"جال کے ذریعے۔" ایکوا نے کہا۔

"جال کے ذریعے؟ لیکن کیسے؟"

"جس طرح مچھلیاں پکڑی جاتی ہیں۔"

"مگر یہاں تو دور دور تک کوئی شیر دکھائی نہیں دیتا۔" کامران نے کہا۔

"میں شیر کو بلاؤں گا۔" ایکوا نے کہا اور بگل نکال کر شیر کی آواز نکالی۔

جلد ہی اسے جواب مل گیا۔ شیر کی آواز قریب آتی گئی۔ یہاں تک کہ ایکوا نے شیر کی آواز نکالنا بند کر دی۔

"کیوں؟ کیا ہوا؟" کامران نے پوچھا۔

"میرا خیال ہے شیر دریا میں اتر چکا ہے۔ تم اس کی آواز نہیں سن رہے ہو؟"

اب کامران نے اس طرف توجہ دی تو واقعی دریا میں سے شڑاپ شڑاپ کی آوازیں آ رہی تھیں۔

"اب تم جال تیار رکھو۔ میں کشتی چلاتا ہوں۔ جوں ہی شیر دکھائی دے، اس کے اوپر جال پھینک دینا۔"

رات کی تاریکی میں انہوں نے کشتی کو کھینا شروع کر دیا۔ اچانک کامران چلایا۔ "ارے! میرے ہاتھ میں شیر کی دم آ گئی ہے۔"

"کیا؟؟" ایکوا نے حیرت سے کہا، "کیوں مذاق کرتے ہو!"

"میں مذاق نہیں کر رہا۔ دم میرے ہاتھ میں ہے۔ یہ کشتی سے ٹکرائی تھی۔ اس وقت میرا ہاتھ اس پر پڑ گیا۔"

"تو ہاتھ کو اس طرح اٹھائے رہو کہ شیر کا سر پانی کے اندر رہے اور اوپر ابھرنے نہ

پائے۔"

یہ کہہ کر ایکو انے کشتی کو تیزی سے چلانا شروع کر دیا۔ دوسری طرف کامران دم کو مضبوطی سے پکڑے رہا۔ اس نے ایک بار بھی شیر کے سر کو اوپر ابھرنے نہ دیا۔ آخر کار وہ بولا:

"شیر بے جان ہو چکا ہے۔ وہ نیچے جا رہا ہے۔"

"اسے اوپر اٹھالو۔" ایکو انے کہا۔

"یہ اکیلے آدمی کے بس کا روگ نہیں۔" کامران نے ہانپتے ہوئے کہا۔

ایکو ا کی مدد سے کامران نے شیر کو کشتی پر لا ڈالا۔ شیر بے ہوش دکھائی دیتا تھا۔ کامران نے اس کے دل پر ہاتھ رکھ کر دھڑکن سنی اور بولا:

"ابھی زندہ ہے۔"

"بہت خوب! ٹارچ جلاؤ۔"

ٹارچ کی روشنی میں انہیں ایک بہت ہی خوبصورت شیر دکھائی دیا۔ یہ زرد رنگ کا تھا اور اس پر سیاہ دھاریاں تھیں۔ لیکن تھا بہت چھوٹا سا۔

"افسوس! یہ تو بہت چھوٹا سا ہے۔" کامران نے کہا۔

"لیکن ہے کتنا خوبصورت۔ چڑیا گھر والے اسے ہاتھوں ہاتھ خریدیں گے۔"

"لیکن میں ایک بڑا شیر پکڑنا چاہتا ہوں۔"

"پہلے اسے تو قابو میں کر لو۔" ایکو انے کہا۔ اسی وقت شیر کے جسم میں حرکت ہوئی۔

"ارے! اسے فوراً جکڑ دو۔" ایکو ا گھبرا کر بولا۔

دونوں نے شیر کو مضبوط رسوں سے باندھ دیا۔

وہ واپس پلٹے تو انہوں نے ایک دل خوش کن منظر دیکھا۔ غار کے منہ پر پھیلے ہوئے جال میں ایک بہت بڑا شیر دھاڑ رہا تھا۔ کامران نے انڈینوں کو پنجرہ لانے کے لیے کہا۔ اور پھر جال کی رسی پنجرے میں سے گزار کر آہستہ آہستہ جال کو پنجرے کی طرف کھینچنا شروع کر دیا۔ دوسرے بھی اس کی مدد کرنے لگے۔

شیر آہستہ آہستہ پنجرے کی طرف بڑھنے لگا اور آخر کار جال اپنے شکار سمیت پنجرے میں داخل ہو گیا۔ پنجرے کا دروازہ بند کر کے اسے تالا لگا دیا گیا۔

انا کونڈا

سفر جاری رہا۔ کامران کے پاس اب کافی جانور تھے۔ ایک شام وہ ایک ایسے جزیرے میں پہنچے جہاں دور دور تک کوئی سایہ دار درخت نظر نہیں آتا تھا۔ جزیرے پر ریت کم تھی لیکن دلدل بہت زیادہ تھی۔ ایکوا کا کہنا تھا کہ بڑے بڑے خوفناک اژدہے، جنہیں انا کونڈا کہتے ہیں، اسی قسم کے جزیروں میں ملتے ہیں۔ رات انہوں نے اسی ساحل پر بسر کی۔

اگلی صبح کامران بیڑے پر گیا۔ وہ جانوروں کو ایک نظر دیکھنا چاہتا تھا۔ جب اس کی نظر جبیرو سٹارک کے پنجرے پر پڑی تو اس کا دل دھک سے رہ گیا۔ پنجرا خالی تھا اور اس میں جبیرو سٹارک کے پر بکھرے ہوئے تھے۔

کامران نے دوسرے جانوروں کی طرف غور سے دیکھا کہ شاید ان میں سے کسی نے شرارت کی ہو۔ اگوانا ابھی آنکھیں بند کیے اونگھ رہی تھی۔ وہ جبیرو سٹارک تک نہیں پہنچ سکتی تھی کیوں کہ اس کی ڈوری بہت چھوٹی تھی۔ کامران اب ویمپائر بیٹ کی طرف متوجہ ہوا۔ ویمپائر کو بھوک لگی تھی اور وہ زور زور سے چیخ رہی تھی۔ کامران اس کے لیے ناشتے کا انتظام کرنے لگا۔ وہ سٹور سے جمے ہوئے خون کی ایک بوتل اٹھا لایا اور ماچس کی

تیلی گھس کر آگ جلانے لگا۔ جوں ہی اس نے تیلی جلائی اس کے پاؤں تلے سے زمین نکل گئی۔ اس کی نظر بیڑے کے بڑے مستول پر پڑی تھی جس کے ساتھ ایک بہت بڑا اژدھا لپٹا ہوا تھا۔ اسے فوراً خیال آیا کہ یہ اناکونڈا ہے۔ وہ ایک فٹ سے بھی زیادہ موٹا تھا۔ اس کی لمبائی کا اندازہ لگانا مشکل تھا کیونکہ وہ مستول سے لپٹا ہوا تھا۔

اناکونڈا کا دھڑ گہرے سبز رنگ کا تھا اور سر سیاہ رنگ کا۔ اس کی آنکھیں کامران پر جمی ہوئی تھیں۔ کامران میں اتنی ہمت بھی نہ تھی کہ پاؤں تک ہلا سکے۔ وہ چیخ کر اپنے ساتھیوں کو بلانا چاہتا تھا لیکن آواز اس کے گلے میں اٹک کر رہ گئی تھی۔ آخر وہ بڑی مشکل سے ساحل پر پہنچا اور اپنے ساتھیوں کو بتایا کہ اس نے بیڑے پر اناکونڈا دیکھا ہے۔

اس کے ساتھی اس خبر سے بہت خوش ہوئے۔ عدنان تو فوراً ہی پکار اٹھا۔ "آؤ ہم اسے پکڑیں۔"

"لیکن پکڑیں گے کیسے؟" بینکو بولا۔

ایکوا ایسے موقعوں پر ہمیشہ ان کے کام آتا تھا۔ عدنان ایکوا کی طرف بڑھا لیکن وہ خاموش رہا۔

"ہم نے کبھی اناکونڈا نہیں پکڑا۔" ایکوا نے کہا۔ "ہم لوگ اس سے بہت ڈرتے ہیں۔"

"لیکن تم لوگ تو سانپوں کو عام جانوروں کی طرح پالا کرتے ہو۔"

ایکوا مسکرایا۔ "یہ عام سانپ نہیں ہے۔ یہ ہمارا زبردست دشمن ہے۔ یہ تو سالم ہرن چٹ کر جاتا ہے۔"

"کیوں نہ ہرن کو اناکونڈا کے چارے کے طور پر استعمال کیا جائے۔" کامران نے کہا۔

"خیال تو برا نہیں ہے۔" ایکوا نے کہا اور اس طرح یہ بات طے ہو گئی۔ لیکن انڈین اس کام کے لیے کسی قیمت پر بھی تیار نہیں تھے۔ ایکوا بھی کنی کترا رہا تھا۔

آخر کار کامران کو خود ہی ہمت کرنا پڑی۔ وہ دوبارہ بیڑے کی طرف بڑھا۔ لیکن آنا کونڈا جا چکا تھا۔

ایکوا ایک بار پھر ان کے کام آیا۔ اس نے کامران کو بتایا کہ انا کونڈا ساحل کے پاس پانی میں بل بنا کہ رہتا ہے۔ ہمیں اسے یہیں کہیں تلاش کرنا چاہیے۔ کامران ایکوا کو ساتھ لے کر انا کونڈا کا بل تلاش کرنے لگا۔ ایک جگہ اچانک پانی اس قدر زور سے ابلا کہ ان کی کشتی الٹتے الٹتے بچی۔ کامران پانی میں اتر کر خود انا کونڈا کو تلاش کرنے لگا اور ایکوا کو اس نے واپس بھیج دیا۔ تھوڑی سی تلاش کے بعد اسے انا کونڈا کا بل مل گیا۔ لیکن پھر خیال آیا کہ اگر وہ انا کونڈا کو ساحل پر لے بھی آیا اور اسے پکڑ بھی لیا تو اس کو رکھے گا کہاں؟

ایکوا نے یہ مشکل بھی آسان کر دی۔ وہ بولا۔ "ہمیں ایک بہت بڑا پنجرا تیار کرنا پڑے گا اور اس پنجرے میں پانی کا ایک ٹب بھی ہو گا۔

وہ سب پنجرے کی تیاری میں مصروف ہو گئے اور پورے ایک دن کی محنت کے بعد پنجرا تیار ہو گیا۔ اس کام سے فارغ ہو کر کامران نے ایک مضبوط رسا لیا اور اس کا ایک سرا بیڑیے کے مستول سے اور دوسرا ایک درخت سے باندھ دیا۔ دریا کے کنارے کے قریب ہی اس نے ایک ہرن اس رسے سے باندھ دیا۔ پھر اس نے تین پھندے تیار کرائے۔ ایک انا کونڈا کے سر کے لیے اور دوسرے دو اس کی دم کو جکڑنے کے لیے۔ پنجرا بھی ساحل پر رکھ دیا گیا۔ اب صرف انا کونڈا کی کمی رہ گئی تھی۔

سب آدمی جھاڑیوں میں ادھر ادھر چھپ گئے۔ وقت گزرتا رہا۔ لیکن انا کونڈا کا دور دور تک پتا نہ تھا۔ تین گھنٹے کے طویل انتظار کے بعد کامران جھاڑیوں میں سے باہر آ

گیا اور دریا میں ادھر ادھر انا کونڈا کو ڈھونڈنے لگا۔ وہ ایک بار پانی سے ابھرا، سانس لیا اور دوبارہ پانی میں غوطہ لگا گیا۔ آخر ایک جگہ اسے ایک بڑا سا بل نظر آیا۔ وہ ابھی اسی شش و پنج میں تھا کہ یہ انا کونڈا کا بل ہے یا کوئی اور چیز کہ دو چھوٹے چھوٹے سانپ جن کا قد پانچ فٹ سے زیادہ لمبا نہیں تھا، بل سے باہر نکلے اور ساحل پر اگے ہوئے سرکنڈوں میں گم ہو گئے۔ تھوڑی دیر بعد ایک دیو جیسا انا کونڈا بل سے باہر نکلا۔ اس کا رخ کامران کی طرف تھا۔

کامران فوراً سطح پر ابھرا۔ آنا کونڈا تیزی سے اس کی طرف بڑھ رہا تھا۔ کامران موت کو یوں اپنی طرف منہ کھولے بڑھتے دیکھ کر اپنے ساتھیوں کی طرف بھاگنے لگا۔

"کیا بات ہے؟ اس قدر پریشان کیوں ہو؟" عدنان نے پوچھا۔

"میں ابھی ابھی انا کونڈا کو دیکھ کر آرہا ہوں۔"

ایک دفعہ پھر انتظار شروع ہوا۔ کافی دیر کے بعد ایک بہت بڑا سر ہرن کی طرف بڑھتا دکھائی دیا۔ کامران جلدی سے جھاڑی میں سے نکل کر درخت کے پاس آکھڑا ہوا اور رسے کو مضبوطی سے پکڑ لیا۔ انا کونڈا پانی سے باہر آیا اور پھر تیزی سے ہرن کی طرف لپکا۔ کامران نے اس موقع سے فائدہ اٹھایا۔ اگلے ہی لمحے پھندا انا کونڈا کی گردن کو جکڑ چکا تھا۔ اس کی دم بھی قابو میں آچکی تھی۔

انا کونڈا اس اچانک حملے سے گھبرا گیا۔ اس نے اپنی دم کو آزاد کرانے کے لیے پورا زور لگایا، لیکن کامران کے ساتھی بھی پوری طرح تیار تھے۔ اس لیے انا کونڈا کی ایک نہ چل سکی۔ اس کھینچا تانی میں ایک پھندا کھسک گیا۔ انا کونڈا نے ایک دفعہ بھر زور آزمائی کی اور اپنی دم کو ایک زور دار جھٹکا دیا۔ بینکو اور اس کے دو ساتھی زمین پر آرہے۔ ایکوا ابھی تک پھندے کو تھامے ہوئے تھا۔ اژدہے نے ایک اور جھٹکا دیا تو

ایکو ادور تک گھسٹتا چلا گیا اور اس کا سر درخت سے زور سے ٹکرایا۔ عدنان نے دم کو قابو میں کرنے کی کوشش کی تو وہ بھی دور جا گرا۔

اب اناکونڈا کی دم آزاد ہو چکی تھی اور وہ کامران کی طرف بڑھ رہا تھا۔ کامران نے اپنے حواس قائم رکھے۔ جوں ہی اژدہا اس پر لپکا، وہ ایک طرف ہٹ گیا۔ اب اژدہا ایکو اکی طرف لپکا۔ کامران ایکو اکی امداد کے لیے آگے بڑھا تو اسے یہ جان کر بہت دکھ ہوا کہ وہ مر چکا ہے۔

ایکو اجیسے مخلص ساتھی کی موت نے کامران کے حوصلے کر اور بھی بڑھا دیا اور اس نے اناکونڈا کو ہر قیمت پر پکڑنے کا فیصلہ کیا۔

اژدہے کے سر والا پھندا پنجرے میں سے گزار کر سامنے درخت کے ساتھ باندھ دیا گیا اور اب دم کو قابو میں کرنا باقی تھا۔ دس منٹ کی طویل اور صبر آزما محنت کے بعد وہ ژدہے کی دم کو بھی قابو میں کرنے میں کامیاب ہو گئے۔ پنجرے اور اژدہے کا درمیانی فاصلہ آہستہ آہستہ کم ہونے لگا۔ آخر اناکونڈا پنجرے میں بند ہو گیا۔

کامران اژدہے کو پکڑنے کے باوجود بہت اداس تھا۔ اس کا ایک مخلص ساتھی مر گیا تھا۔ انھوں نے پنجرے کو اٹھا کر بیڑے پر رکھا اور ٹب کو پانی سے بھر دیا۔

غروب آفتاب کے وقت انھوں نے ایکو اکو ایک گڑھے میں دفن کیا اور چپکے سے جا کر سو رہے۔

نو سر کٹی لاشیں

کامران کو دریا سے اب خوف سا محسوس ہونے لگا تھا۔ وہ جلد سے جلد مینوس کی بندر گاہ پر پہنچنا چاہتا تھا اور وہاں سے کسی جہاز کا بندوبست کر کے جانوروں کو گھر لے جانے کا خواہش مند تھا۔

انہی دنوں عدنان بخار میں مبتلا ہو گیا جس نے کامران کو اور بھی دل برداشتہ کر دیا۔ لیکن ایک چیز اس کی ہمت بندھا رہی تھی۔ اسے امید تھی کہ کروک اور اس کے ساتھیوں کا خاتمہ ہو چکا ہے اور اب اس کی طرف سے اسے کسی قسم کا کوئی خطرہ نہیں۔ اس کا خیال تھا کہ ریڈ انڈینیوں کا گاؤں اسی نے جلایا ہے، کیونکہ اس نے کروک کی کشتی ساحل پر کھڑی دیکھی تھی۔

کامران اپنے آپ کو بے بس سمجھ رہا تھا۔ ایکو اجیسا مخلص ساتھی مر چکا تھا اور عدنان بھی بیمار پڑا تھا، اس لیے اس نے اپنے ساتھیوں سے کہا کہ وہ بیڑے کو تیزی سے کھیتے ہوئے آگے لے جائیں۔ کوئی پانچ میل آگے جا کر انھوں نے ایک جزیرے میں قیام کرنے کا ارادہ کیا۔

کیمپ لگاتے وقت بینکو کے ساتھیوں کے دل دھڑکتے رہے۔ کیوں کہ دور سے انہیں ڈھول بجنے کی آواز آ رہی تھی۔ وہ آپس میں سرگوشیاں کرنے لگے۔ کامران ان کی طرف بڑھا اور بولا:

"بینکو، کیا بات ہے؟"

"یہ ڈھول! میرے ساتھی ان آوازوں سے خوف زدہ ہیں۔"

"آخر کیوں؟ انڈین اپنے ہم وطنوں کو تو ہلاک نہیں کرتے۔"

"وہ ہمارے قبیلے کے نہیں ہیں اور بہت خطرناک لوگ ہیں۔ وہ اجنبی لوگوں سے بہت نفرت کرتے ہیں۔ وہ تمہیں کبھی معاف نہیں کریں گے۔"

کامران اگرچہ خود بھی خوف زدہ تھا لیکن ان لوگوں کے سامنے وہ کوئی ایسی حرکت نہیں کرنا چاہتا تھا جس سے ان کے حوصلے اور پست ہو جائیں۔ وہ قہقہہ لگاتے ہوئے بولا:

"بینکو! میرا خیال ہے اس میں خوف کی کوئی بات نہیں۔"

کامران کی اس بات کا ان پر بہت اثر ہوا۔ وہ ساحل پر ادھر ادھر ہنسی خوشی کام کاج میں جت گئے۔ اسی وقت کامران کو دور سے آتی ہوئی ایک کشتی دکھائی دی۔ وہ بڑے غور سے کشتی کو دیکھنے لگا لیکن کشتی چلانے والا اسے نظر نہ آیا۔

آہستہ آہستہ کشتی ان کے قریب آتی گئی۔ لیکن وہ ابھی تک کشتی میں سوار آدمیوں کو نہیں دیکھ سکا تھا۔۔ اور پھر اچانک پانی کی ایک لہر اٹھی اور اس نے کشتی کو اٹھا کر ساحل کی طرف پھینک دیا۔

کامران کانپ اٹھا۔ اس کی آنکھیں حیرت سے کھلی کی کھلی رہ گئیں۔ بینکو کے منہ سے چیخ نکل گئی۔ کشتی میں نو سر کٹی لاشیں پڑی تھیں۔ ان کے کپڑے صاف بتارہے تھے کہ وہ انڈین نہیں ہیں۔

"یہ ضرور کروک کے ساتھی ہیں۔" کامران نے سوچا اور پھر اسے نہ جانے کیوں ایک سکون سا محسوس ہوا جیسے اسے دشمن سے نجات مل گئی ہو۔ جلد ہی شام ہو گئی اور وہ سب گہری نیند سو گئے۔

صبح کو سورج کی ایک شوخ کرن نے کامران کو نیند سے بیدار کر دیا۔ وہ کچھ دیر آنکھیں بند کیے لیٹا رہا۔ لیکن آج اسے نہ تو ساتھیوں کی آوازیں سنائی دیں اور نہ برتنوں کی کھنکھناہٹ۔

اس نے آنکھیں کھولیں اور اپنے ارد گرد دیکھا۔ چاروں طرف کسی آدم زاد کا کوئی نشان تک نہ تھا۔ اس نے غور سے دیکھا تو کشتی بھی نظر نہ آئی۔ اس کے ساتھی اسے چھوڑ کر جا چکے تھے۔ وہ بھاگا بھاگا بیڑے پر پہنچا۔ تمام قیمتی چیزیں غائب تھیں۔ لیکن جانوروں کو کسی نے چھوا تک نہ تھا۔

اسی وقت اسے ایک کمزور سی آواز سنائی دی۔ عدنان پانی کے لیے پکار رہا تھا۔

کامران نے پانی کے برتنوں کو دیکھا تو اسے آنکھوں کے سامنے تارے ناچتے نظر آئے۔ پانی کا ایک قطرہ تک موجود نہ تھا۔

"اب کیا ہو گا؟" اس نے سوچا اور پریشانی میں ادھر ادھر پانی تلاش کرنے لگا۔ دریا کا پانی بغیر ابالے پینے کے قابل نہ تھا اور اسے ابالنے کے لیے آگ کی ضرورت تھی۔ لیکن ماچس کی ایک تیلی کا نہ تھی۔ انڈین سب کچھ لے گئے تھے۔

کامران اسی پریشانی میں ساحل کی طرف جا نکلا۔ دور تاریکی میں اسے ایک سایہ سا نظر آیا۔ غور سے دیکھا تو اسے وہ منحوس اور مکروہ آدمی نظر آیا جسے دیکھنے کی اس میں اب ہمت نہ تھی۔ یہ کروک تھا۔

کروک ایک جگہ رک کر کامران کی طرف ٹکٹکی باندھ کر دیکھنے لگا۔ پھر ایک دم اس کی طرف لپکا۔ کامران نے بندوق کی نال اس پر تان لی۔ لیکن جب اس نے دیکھا کہ کروک غیر مسلح ہے اس نے بندوق نیچی کر لی۔ کروک کامران کے پاؤں سے لپٹ گیا۔

"میرے دوست! خدا کے لیے مجھے ان وحشی انڈینوں سے بچالو۔ وہ مجھے مار ڈالیں گے۔ تم جانتے ہو وہ ہم لوگوں کے جانی دشمن ہیں۔ وہ تمہیں بھی مار ڈالیں گے۔"

"اس گاؤں کو تم ہی نے جلایا ہے؟" کامران نے سختی سے پوچھا۔

"ہاں! لیکن یہ میری غلطی تھی۔ مجھے اس کا افسوس ہے۔"

"کسی ریڈ انڈین کو بھی قتل کیا ہو گا؟"

"بہت سے نہیں، صرف چند ایک۔" وہ آہستہ سے بولا اور خوف سے پیچھے کی طرف دیکھنے لگا۔ کامران چاہتا تو اسے ایک منٹ میں ختم کر سکتا تھا لیکن ایسا کرنا اس کے نزدیک انسانیت کی توہین تھی۔

"اب ہم دونوں دوست ہیں۔ بہت اچھے اور گہرے دوست۔ اب ہمیں پچھلی باتوں

کو بھول کر ایک دوسرے کو معاف کر دینا چاہیے۔ تمہارے ساتھی کہاں ہیں؟"

"وہ ہمیں چھوڑ کر جا چکے ہیں۔"

"اور تمہارا چھوٹا بھائی کہاں ہے؟" کروک نے پوچھا۔

"وہ بیمار ہے۔"

"یہ تو بہت بری بات ہوئی۔ تم واقعی اکیلے ہو۔"

کامران نے تیز نظروں سے اس کی طرف دیکھا۔ عین اسی وقت ایک تیر اس کے سر کے اوپر سے گزر کر سامنے درخت کے تنے میں ترازو ہو گیا۔ کروک دوڑ کر ایک جھاڑی میں چھپ گیا۔ کامران آہستہ آہستہ اس طرف بڑھنے لگا جدھر سے تیر آیا تھا۔ اس نے بلند آواز سے تیر چلانے والے سے کہا کہ وہ اس کا دشمن نہیں، دوست ہے۔ لیکن جواب میں ایک اور تیر سنسناتا ہوا اس کے کندھوں کے پاس سے گزر گیا۔

کامران آہستہ آہستہ جنگل کی طرف بڑھنے لگا۔ بندوق اس کے ہاتھ میں تھی۔ اگر دشمنوں نے اس کی پیش کش کو ٹھکرا دیا تو وہ بندوق سے ان کا خاتمہ تو کر سکے گا۔

جوں ہی وہ جنگل میں داخل ہوا ایک اور تیر سنسناتا ہوا اس کے کان کے قریب سے گزر گیا۔ لیکن وہ اس بات پر حیران تھا کہ تیر ہمیشہ ایک ہی کیوں چلایا جاتا ہے۔

اور پھر اسے اس بات کا جواب بھی مل گیا۔ وہاں صرف ایک انڈین تھا۔ جب اس نے کامران کو بندوق ہاتھ میں لئے اپنی طرف بڑھتے دیکھا تو وہ سر پر پاؤں رکھ کر بھاگ نکلا۔

کامران ریڈ انڈین سے فارغ ہو کر جنگل سے باہر نکلا تو اسے اپنی آنکھوں پر یقین نہ آیا۔ ان کا بیڑا دریا کی لہروں پر رواں دواں تھا۔ کروک نے ایک ہاتھ میں چپو سنبھالا ہوا تھا اور دوسرے ہاتھ سے اسے الوداع کہہ رہا تھا۔

کروک کا انجام

کامران، عدنان کے پاس کھڑا کسی گہری سوچ میں کھویا ہوا تھا۔ اب کروک سے بدلہ لینے کی تمام امیدیں خاک میں مل گئی تھیں۔ عدنان بخار میں پھنک رہا تھا۔ ریڈ انڈینیوں کے حملے کا بھی خطرہ تھا۔

بیڑا اگرچہ کامران کی پہنچ سے باہر تھا لیکن پھر بھی وہ ہمت ہارنے کے لیے تیار نہ تھا۔ اس کا ذہن تیزی سے کام کر رہا تھا۔ وہ سوچ رہا تھا کہ فوراً ایک مضبوط کشتی تیار کی جائے۔ لیکن اس کے پاس تو چاقو تک نہ تھا۔ کشتی کیسے تیار ہو گی؟ اچانک اس کی نظر دریا میں تیرتے ہوئے ایک جزیرے پر پڑی اور اگلے لمحے وہ خوشی سے چلا اٹھا۔

"آہا! ہم ایک ایسے ہی جزیرے پر سفر کریں گے۔"

کامران کسی مضبوط سے جزیرے کا انتظار کرنے لگا۔ جلد ہی اس کی تمنا پوری ہو گئی۔ ایک سرسبز و شاداب جزیرہ تیرتا ہوا ان کی طرف آ رہا تھا۔ کامران نے عدنان کو اٹھایا، خیمے کو ساتھ لیا اور جوں ہی جزیرہ اس کے قریب آیا، اس نے عدنان کو آہستہ سے اس پر بٹھا دیا اور پھر خود بھی سوار ہو گیا۔

کامران نے ایک اچھی سی جگہ دیکھ کر اس میں خیمہ لگا دیا اور عدنان کو اس پر لٹا کر باہر نکل آیا۔ اب خوراک حاصل کرنا اس کے لیے سب سے بڑا مسئلہ تھا۔ اس کے پاس ڈوری بھی نہیں تھی جس کی مدد سے وہ مچھلیاں پکڑ لیتا۔ پیاس بھی تنگ کر رہی تھی۔ کامران نے بانس کی ایک نرم لیکن مضبوط شاخ توڑ لی، اس کے سرے پر اپنا شکاری چاقو باندھا اور پھر جزیرے کے ایک کونے میں بیٹھ گیا۔ جوں ہی کوئی مچھلی سطح پر ابھرتی وہ چاقو سے اس پر حملہ کر دیتا۔ کوئی دو گھنٹے کی زبردست کوشش کے بعد وہ کئی مچھلیاں پکڑ چکا تھا۔

اس نے محدب عدسے کی مدد سے سوکھے پتوں کو آگ لگا کر پانی بھی گرم کر لیا اور اسی آگ میں مچھلیوں کو بھی بھون کر کھانے کے قابل بنا لیا۔

تیسرے روز ایک بات جو کامران کے لیے حیرانی کا باعث بنی، وہ ان کا بیڑا تھا، جو ان سے کوئی ایک میل کے فاصلے پر جا رہا تھا۔ کامران چاہتا تھا کسی نہ کسی طرح اس تک پہنچ جائے لیکن جزیرہ کشتی نہ تھا جسے کھے کر وہ بیڑے تک لے جاتا۔ وہ تو پانی کے بہاؤ کے ساتھ ساتھ بہہ رہا تھا۔

اگلی صبح اس نے ایک اور حیران کن بات دیکھی۔ ان کا جزیرہ آگے سفر کرنے کے بجائے ایک بھنور میں پھنس گیا تھا اور دائرے کی شکل میں چکر لگا رہا تھا۔ کامران مایوس ہونے لگا تھا کہ اس نے دیکھا کہ ان کا بیڑا بھی اسی بھنور میں چکر کھا رہا ہے۔

کامران نے بیڑے کو غور سے دیکھا۔ اس میں کوئی بھی نہ تھا۔ بھنور میں پانی کا بہاؤ اس قدر تیز تھا کہ اتنے بڑے بیڑے کو کسی اکیلے آدمی کے لیے قابو میں رکھنا بالکل ناممکن تھا۔ اب اسے کسی وقت بھی کروک سے سامنا ہونے کی توقع تھی، اس لیے وہ چوکس ہو کر بیٹھ گیا۔

عدنان کا بخار اتر چکا تھا لیکن کمزوری کے باعث وہ اچھی طرح چلنے پھرنے کے قابل نہ تھا۔ کامران ایک درخت پر چڑھ کر بیڑے کو دیکھنے لگا۔

"خاموش لیٹے رہو۔" اس نے عدنان سے کہا۔ "میں کروک سے دو دو ہاتھ کرنا چاہتا ہوں۔"

لیکن عدنان لیٹنے کے لیے ہرگز تیار نہ تھا۔ اس نے کہا، "کروک بہت طاقت ور ہے۔ تمھیں میری مدد کی ضرورت ہو گی۔"

آخر ایک تیز لہر بیڑے کو ان کے جزیرے کے بالکل قریب لے آئی۔ بیڑے پر

موجود جانور بھوک پیاس سے بلبلا رہے تھے۔ اب بیڑے پر سوار ہونے کا بہترین موقع تھا۔ وہ دونوں چپکے سے بیڑے پر پہنچ گئے۔ جانوروں نے انہیں دیکھا تو زور زور سے بولنے لگے۔

کروک بیڑے کے ایک کونے میں گہری نیند سویا ہوا تھا۔ اس کے کپڑے گندے اور داڑھی بڑھی ہوئی تھی۔ اس نے کامران کی قمیض پہن رکھی تھی اور کامران کا ریوالور بھی اس کے پاس تھا۔ کامران ایک لمحے کے لیے رکا۔ پھر آہستہ سے ریوالور کو اٹھایا اور اس کا دستہ زور سے کروک کے سر پر دے مارا۔ کروک کے منہ سے "آہ" نکلی اور پھر وہ بے ہوش ہو گیا۔

"اب ہمیں کیا کرنا چاہیے؟" کامران نے پوچھا۔ عدنان کے ذہن نے تیزی سے کام کرنا شروع کر دیا۔ اس نے پہلے انا کونڈا کے پنجرے کو اور پھر سامنے پڑے کروک کو دیکھا۔

کامران مسکرایا۔ "بخار نے تمہارے دماغ کو اور تیز کر دیا ہے۔ میں تمہارا مطلب سمجھ گیا ہوں۔"

وہ تیزی سے اپنے کام میں لگ گئے اور جب کروک انا کونڈا کے پنجرے میں بند کیا جا چکا تو انہوں نے اطمینان کا سانس لیا۔

ان کا تیرتا ہوا جزیرہ وہاں سے جا چکا تھا اور بھنور ختم ہو گیا تھا۔ انھوں نے جانوروں کو خوراک دی اور پھر بیڑے میں سوار ہو کر چل دیئے۔

دس میل سفر کرنے کے بعد وہ مینوس کی بندرگاہ میں پہنچ گئے، جہاں کئی چھوٹے بڑے جہاز کھڑے تھے۔ عدنان کو بیڑے پر چھوڑ کر کامران خود تھانے پولیس کو اطلاع دینے کے لئے چلا گیا۔

کامران ڈر رہا تھا کہ کہیں پولیس والے اس کی بات مذاق میں نہ ٹال دیں۔ لیکن پولیس انسپکٹر نے اس کی باتیں بڑے غور سے سنیں اور اسی وقت چند سپاہیوں کر ساتھ لے کر بیڑے پر پہنچا۔ کروک کو گرفتار کر لیا گیا۔ وہ کئی آدمیوں کا قاتل تھا، اور پولیس کو کافی عرصے سے اس کی تلاش تھی۔

کروک سے فارغ ہو کے کامران جہاز ران کمپنیوں کے دفتر میں گیا اور آخر ایک معقول رقم کے عوض "سی گل" نامی ایک جہاز کرائے پر حاصل کرنے میں کامیاب ہو گیا۔ اس کے بعد وہ تار گھر پہنچا اور اپنے والد صولت مرزا کو اپنی مہم کی کامیابی کی اطلاع دی۔ اگلی صبح اسے صولت مرزا کا جواب موصول ہو گیا۔ انھوں نے لکھا تھا:

"میری طرف سے تم دونوں اس مہم کی کامیابی پر مبارک باد قبول کرو۔ ہم تمہارا شدت سے انتظار کر رہے ہیں۔"

اگلے چند روز انہوں نے بڑے مصروف گزارے۔ جانوروں کے لئے کریٹ بنوائے گئے اور انہیں کریٹوں میں بند کر کے جہاز پر پہنچا دیا گیا۔ اس کے بعد وہ مینوس سے لانگ آئی لینڈ کی طرف روانہ ہو گئے۔ جوں جوں منزل آتی جا رہی تھی ان کی خوشی میں اضافہ ہوتا جا رہا تھا۔

سولہ دن کے سفر کے بعد وہ لانگ آئی لینڈ کے ساحل پر لنگر انداز ہوئے، جہاں ان کے ابو اور امی ان کے استقبال کے لیے پہلے سے موجود تھے۔

صولت مرزا نے بتایا کہ وہ تار اسی بدمعاش کروک نے انہیں بھیجا تھا۔ اس کا مقصد تھا کہ ہم اپنی مہم ادھوری چھوڑ کر واپس چلے جائیں۔ دراصل یہ بدمعاش بھی شکاری ہے اور ایمیزن کے جنگلوں سے جانور پکڑ کر چڑیا گھروں اور سرکس والوں کے ہاتھ بیچتا ہے۔ وہ نہیں چاہتا کہ کوئی دوسرا بھی یہ پیشہ اختیار کرے۔ اس لیے جو شکاری ایمیزن کے جنگلوں

میں قدم رکھتے ہیں، وہ انہیں طرح طرح کے حربوں سے پریشان کرتا ہے اور انھیں ہلاک کرنے سے بھی دریغ نہیں کرتا۔ اب تک وہ کئی شکاریوں کو قتل کر چکا ہے۔ تم نے اسے پکڑ کر بہت بڑا کارنامہ کیا ہے اور مجھے یقین ہے کہ تمھیں اس کارنامے پر انعام دیا جائے گا۔

***

۳

سمندر کی پُراسرار دنیا

Twenty Thousand Leagues under The Sea / مصنف: جولس ورن

مترجم: حفصہ صدیقی

پراسرار بلا

۱۸۶۶ء کا سال سمندر کے اندر بے شمار پراسرار اور عجیب و غریب واقعات کا سال تھا۔ اکثر ممالک سے آنے والے سمندری جہازوں کو بہت بڑے اور عجیب و غریب سیاہ جسم کا سامنا کرنا پڑا جو سوفٹ لمبا اور سائنس دانوں کے علم میں موجود کسی بھی مخلوق سے زیادہ طویل الجثہ تھا۔ یہ مخلوق سمندر کے اندر ایک خوف ناک سا روشنی کا جھماکا پیدا کرتی، جس سے پانی کی سطح پر سوفٹ سے زیادہ بلند روشنی کے مینار نمودار ہو جاتے۔

یہ "شے" پہلی دفعہ آسٹریلیا کے ساحل سے کچھ فاصلے پر دیکھی گئی، پھر اس کے محض تین دن بعد اس مقام سے ۲۱۰۰ میل کے فاصلے پر بحر الکاہل کے سمندر میں نظر آئی۔ اس کا تیسرا ظہور اس مقام سے ۶۰۰۰ ہزار میل کے فاصلے پر اوقیانوس کے عین وسط میں ہوا۔ اس "شے" کی اس قدر طویل فاصلے پر اس قدر تیزی سے اور کم وقت میں حرکت، اس شے کو زیادہ پر سرار اور غیر معمولی بنانے کا سبب تھی۔

دنیا کے ہر خطے میں بسنے والے لوگ اس "شے" کے بارے میں معلومات حاصل کرنے کے لیے پر جوش تھے، لہٰذا دنیا کے ہر خطے کی ہر زبان میں اس غیر معمولی سمندری مخلوق کے بارے میں معلومات اخبارات میں شائع ہونے لگیں۔ سائنس دان اس بحث میں پڑے ہوئے تھے کہ اس قدر بڑی اور اس قدر تیز رفتار سمندری بلا کا وجود ممکن بھی ہے یا نہیں۔

بعد ازاں ۱۸۶۷ء کے ابتدائی حصے میں یہ بلا یا شے سائنسی مسئلے سے ہٹ کر ایک حقیقی خطرہ بن کر سامنے آگئی، کیوں کہ ایک مسافر پانی کا جہاز اور ایک تجارتی جہاز کسی سمندری شے سے ٹکرا کر پاش پاش ہو گئے۔ وہ کیا شے تھی؟ کیا وہ کوئی سمندری چٹان تھی؟ کوئی پہاڑ؟ یا سمندری عفریت؟

ایک سمندری جہاز کا سمندر میں اس شے سے ٹکرانے کے بعد جائزہ لیا گیا۔ جہاز کے انجینئر کو اپنی آنکھوں پر یقین نہیں تھا۔ اس کا کہنا تھا کہ ایک مکمل مثلث کی شکل کا سوراخ جہاز کے دھاتی ڈھانچے میں پیدا ہو گیا، شاید کوئی شے جہاز سے ٹکرائی تھی۔ ان تمام واقعات کی تفصیلات میں نے اپنے امریکہ کے دورے کے دوران پڑھیں، جہاں میں پیرس میوزیم کے لیے پودے، جانور اور معدنیات وغیرہ جمع کرنے گیا تھا۔ میوزیم کے نیچرل ہسٹری کے پروفیسر اور "سمندری گہرائیوں کے راز" کے مصنف ہونے کی وجہ سے مجھے زیر سمندر زندگی کا ماہر سمجھا جاتا تھا۔

مگر ہر شخص کی طرح میں بھی اس عجیب و غریب مخلوق کے حوالے سے پریشان تھا۔ میں نے مختلف سمندری جہازوں کے کپتانوں کی بیان کردہ مخلوق کی خصوصیات کے حوالے سے اپنے دماغ کو کھنگال ڈالا۔ اس مشق سے میرا ذہن نار وہیل نامی مچھلی تک پہنچا جو کہ ساٹھ فٹ طویل ہوتی ہے اور اس میں طویل ترین سو فٹ لمبی بھی ہو سکتی ہے اور اس

کے منفرد لمبے نوکیلے دانت لوہے کی طرح سخت ہوتے ہیں۔ یہ دانت Scotia جہاز کے مستول یا جہازی ڈھانچے میں سوراخ کر سکتے ہیں۔

بہر حال امریکی حکومت نے سمندری سرگرمیوں کی حفاظت کے لئے اس عفریت سے نجات حاصل کرنے کا فیصلہ کر لیا۔ ایک تیز رفتار سمندری جنگی جہاز کو ہر قسم کے اسلحہ سے لیس کیا گیا، جس میں تیروں سے لے کر توپ تک ہر قسم کا اسلحہ شامل تھا تاکہ اس مخلوق کو شکنجے میں لے کر ہلاک کیا جاسکے۔

میرا وفادار ملازم کنسیل، گزشتہ دس سال سے میرے ساتھ تھا اور ہر سفر یا مہم میں وہ میرے ساتھ ہوتا تھا، چنانچہ اس مہم میں بھی وہ میرے ساتھ تھا۔ ہم ابراہام لنکن نامی اس جہاز پر اس مہم کے لیے سوار ہوئے۔ جہاز کے کپتان کمانڈر فراگوت نے ہمارا استقبال کیا اور فوراً ہی جہاز نیویارک کے ساحل سے اپنی منزل کی طرف رواں دواں ہو گیا۔

چھوٹے چھوٹے جہازوں پر سوار سیکڑوں افراد ایک گھنٹے تک اس سفر پر روانگی کے لیے ہماری حوصلہ افزائی کی خاطر نعرے بلند کرتے رہے اور ہمارے پیچھے آتے رہے۔ ہم نے علامتی شکریہ کے طور پر اپنا جھنڈا فضا میں لہرایا۔

ہم نے لونگ آئی لینڈ سے مشرق کی طرف بڑھنا شروع کیا اور تقریباً آدھی رات کے وقت پر اوقیانوس کے گہرے پانیوں میں داخل ہو چکے تھے۔

شکار شروع ہوتا ہے

کمانڈر فراگوت کو اس بات میں کسی قسم کا شک وشبہ نہیں تھا کہ وہ ناروہیل کو تلاش کر کے اسے ہلاک کرنے میں کامیاب ہو جائے گا۔ اس کے اعتماد کی وجہ اس کے پاس امریکی بحریہ کا تیز رفتار ترین اور جدید ترین ہتھیاروں سے لیس جنگی سمندری جہاز تھا۔ اس کے علاوہ اس کے پاس وفادار اور پرجوش عملہ تھا۔ ان تمام چیزوں سے بہتر چیز جو اس

کے پاس تھی وہ "نیڈ لینڈ" نامی شخص تھا جو کہ کینیڈا کے نشانہ بازوں (ہارپونز) کا سردار نشانہ باز تھا۔

نیڈ کی مہارت کے ساتھ اس کی بہادری اس کو جہاز پر سوار تمام آدمیوں سے ممتاز کرتی تھی۔ اس کی آنکھیں طاقتور اور ٹیلی سکوپ کی طرح تھیں، جن کے ذریعے وہ دور دراز مقامات کی چیزیں دیکھ لیا کرتا تھا اور اس کے ہاتھ طاقتور توپ کی طرح تھے جو ہر لمحہ پھٹ پڑنے کے لیے تیار رہتے تھے۔

ہمیں سمندر میں تین ہفتے گزر چکے تھے اور میں اور نیڈ اچھے دوست بن چکے تھے۔ ہم وہیل کے شکار کی اس مہم کے بارے میں گھنٹوں گفتگو کرتے تھے مگر نیڈ طویل الجثہ نار وہیل کے وجود کو تسلیم کرنے سے نہ صرف یکسر انکاری تھا بلکہ اس معاملے میں وہ ہٹ دھرمی کی حد تک انکاری تھا۔

"تم ان لوگوں میں سے ایک ہو جو بڑے سمندری جانوروں کے بارے میں معلومات رکھتے ہیں، پھر تم طویل الجثہ نار وہیل کے تصور سے انکاری کیوں ہو؟" میں نے نیڈ سے پوچھا۔

"اس قسم کی مخلوق کے بارے میں عام آدمی ہی یقین کر سکتا ہے پروفیسر۔" اس نے مجھے جواب دیا۔ "مگر میں نے سیکڑوں وہیل مچھلیوں کا شکار کیا ہے اور انہیں پکڑا ہے۔ کوئی بھی وہیل کتنی ہی طاقتور اور بڑی کیوں نہ ہو، نہ تو ان کا جسم، نہ ہی ان کے دانت اس قدر مضبوط ہو سکتے ہیں کہ وہ کسی جہاز کے دھاتی مستول میں سوراخ کر دیں۔ ہو سکتا ہے کہ لکڑی کے بنے ہوئے مستول میں ایسا ہو، مگر دھاتی مستول میں ایسا ہونا ناممکن ہے۔"

"فرض کرو، وہ مخلوق سمندر میں کئی میل نیچے رہتی ہو۔" میں نے دلیل دی۔ "ایسی

وہیل پر پڑنے والی سمندری لہروں کے دباؤ کا تصور کرو۔ اس صورت میں اس مخلوق کو اس دباؤ کا مقابلہ کرنے کے لیے غیر معمولی طاقت کی ضرورت ہو گی۔ اس دباؤ سے تمہارا جیسا طاقتور آدمی دب کر چپکا ہو سکتا ہے۔ اتنی گہرائی میں تمہیں ایسا محسوس ہو گا کہ ایک بڑا رولر ٹرک تمہارے اوپر سے گزر گیا ہے۔"

"اف خدایا!" نیڈ نے میری بات پر سر پکڑ لیا۔ "اس کا مطلب یہ ہے کہ اس مخلوق پر آٹھ انچ موٹی اسٹیل کے تختے اگ جانے چاہئیں، یہاں تک کہ ایک جنگی جہاز کے مستول سے موٹے دانت۔ میں اب بھی یہ بات ماننے کو تیار نہیں ہوں کہ ایسی کسی مخلوق کا وجود ہے۔"

"تو پھر ضدی شکاری! تم اسکو نیا کے ساتھ پیش آنے والے واقعے کی کس طرح وضاحت کرو گے۔" میری اس بات پر نیڈ تھوڑی دیر کے لئے خاموش ہوا پھر بولا۔ "ہو سکتا ہے وہ۔۔۔۔۔۔ نہیں، نہیں۔۔۔۔۔۔ ایسا نہیں ہو سکتا۔" اس کے بعد وہ ضدی ہارپون باز کچھ دیر کے لیے خاموش ہو گیا۔ ابراہام لنکن جہاز جیسے ہی جنوبی امریکہ کا ایک چکر مکمل کر کے اوقیانوس سے بحرالکاہل کی جانب مڑنے لگا، جہاز پر موجود ہر شخص نے سمندر کی سطح پر کسی شے کی تلاش شروع کر دی۔ ہماری آنکھیں اور ٹیلی اسکوپ دن رات کے کسی بھی وقت کے لئے رکتی نہیں تھیں۔ ہم بمشکل اپنا کھانا حلق سے اتارتے اور محض چند گھنٹوں کی نیند لیتے۔

ان تمام لوگوں میں نیڈ لینڈ وہ واحد آدمی تھا جس نے سمندر میں کچھ تلاش کرنے سے انکار کر دیا، سوائے اس کے کہ جب اس کی چوکیداری کی ڈیوٹی ہو۔ جب میں نے اس کو اس کی عدم دلچسپی پر ڈانٹا تو اس نے کہا۔ "یہ تمام بے وقوفانہ حرکتیں ہیں۔ ہم اندھا دھند سطح سمندر پر اس طرح اس مخلوق کو کیوں تلاش کر رہے ہیں۔ تم نے کہا تھا کہ

یہ "مخلوق" آخری دفعہ اوقیانوس کے بیچ میں نظر آئی تھی، وہ بھی چار سے پانچ ماہ قبل۔ اگر یہ مخلوق اس قدر تیز رفتار ہے تو اس کو یہاں سے بہت طویل فاصلے پر ہونا چاہیے۔ اگر اس کا کوئی وجود ہے تو!!!" اس نے چبا چبا کر میری بات کا جواب دیا۔

میرے پاس نیڈ کی بات کا کوئی جواب نہیں تھا، مگر ہم اس کے علاوہ اور کر بھی کیا سکتے تھے۔ ہم نے اس مخلوق کی تلاش میں تین مہینے صرف کر دیے تھے، اس دوران ہم شمالی اوقیانوس سے شمالی امریکہ اور جاپان تک کے سمندر کا ایک ایک انچ دیکھ چکے تھے۔ ہم نے ہر وہیل کا پیچھا کیا، مگر اب تک ہمارے ہاتھ کچھ نہیں آسکا تھا۔

ہم میں سے ہر شخص مایوس ہو کر غصے کا شکار ہو چلا تھا کہ ان کو کس طرح ایک بیکار مہم کے لیے بے وقوف بنایا گیا ہے۔ اب ان کا کہنا تھا کہ ہمیں یہ مہم ترک کر کے واپسی کا سفر کرنا چاہیے۔ لیکن کمانڈر فراگوت نے اپنے آدمیوں کو مزید تین دن کے لیے راضی کر لیا کہ اگر ان تین دنوں میں وہ بلا نمودار نہیں ہوئی تو ہم اپنا سفر ختم کر کے واپسی شروع کر دیں گے۔

اس نے یہ وعدہ ۲ نومبر کو کیا تھا۔ اگلے تین دن جہاز کے عملے نے پہلے سے بھی زیادہ تندہی سے اس مخلوق کی تلاش شروع کر دی، مگر ۵ نومبر تک بھی کوئی بلا یا عفریت سے ٹکراؤ نہیں ہوا، لہٰذا کمانڈر نے اپنا وعدہ پورا کرتے ہوئے واپسی کا سفر شروع کر دیا۔

اس شام ہم جاپان کے ساحل سے شاید دو سو میل کے فاصلے پر ہوں گے، میں اور میرا ساتھی کنسیل جہاز کے عرشے پر بیٹھے سمندر کو گھور رہے تھے۔ جہاز کے عملے کے افراد شفق پر کچھ تلاش کر رہے تھے کہ اچانک نیڈ کے چلانے کی آواز آئی۔ "وہ رہا۔۔۔۔۔۔۔وہ رہا۔۔۔۔۔۔" نیڈ سمندر کے نیچے بیضوی شکل کی کسی چمکدار شے کی طرف اشارہ کر رہا تھا۔ چمک اس قدر تیز تھی کہ اس سے چار سو گز کے فاصلے سے بھی اس

کو دیکھنے سے آنکھوں کو تکلیف ہو رہی تھی۔ کیا اس مخلوق کے اندر بجلی بھری ہوئی ہے۔ برقی بام مچھلی کی طرح؟ شاید ایسا ہو؟

"دیکھو۔۔۔۔۔۔دیکھو۔۔۔۔۔۔وہ حرکت کر رہی ہے، وہ پیچھے کی جانب حرکت کر رہی ہے۔۔۔۔۔۔اوہ نہیں اب یہ آگے آ رہی ہے۔۔۔۔۔۔اس کا رخ ہماری طرف ہے۔"

کمانڈر فراگوت نے جہاز کے انجن کو پیچھے کی طرف گھمایا تا کہ روشنی کی مخالف سمت میں سفر شروع کر دے یا وہ اس سے بھاگنے کی کوشش کر رہا تھا۔ یہ عجیب وغریب چمک دار جانور ہمارے جہاز کی طرف تیزی سے بڑھ رہا تھا، مگر ہمارے جہاز سے بیس فٹ کے فاصلے پر وہ اچانک رک گیا اور وہ روشنی یکایک غائب ہو گئی۔ چند سیکنڈز کے بعد ہم نے دوبارہ نیڈ کی آواز سنی۔ وہ چیخ کر بول رہا تھا۔ "وہ پورٹ کی طرف سے آ رہی ہے وہ دیکھو۔" نیڈ ٹھیک کہہ رہا تھا، سیاہ رنگ کی مچھلی شکل کا چمک دار وجود پانی کے اوپر کھڑا ہوا تھا۔ یہ تقریباً ڈھائی سو فٹ طویل تھا اور اس کی دم اس قدر تیزی سے حرکت کر رہی تھی کہ اس کی حرکت سے سمندر میں جھاگ بن رہا تھا۔

ہماری توپوں کے دہانے کھل گئے اور ان کے گولے اس سیاہ جسم پر پڑ رہے تھے، مگر وہ گولے پھٹنے کے بجائے اس مخلوق سے ٹکرا کر واپس پلٹ کر سمندر میں گر رہے تھے۔ جہاز کے عرشے پر بنے ہوئے جنگلے سے میں نے جھانک کر دیکھا کہ نیڈ میرے نیچے تھا اور وہ ایک ہاتھ سے پول پر لٹک رہا تھا، دوسرے ہاتھ سے اس نے اپنا نیزہ یا ہارپون بلند کیا ہوا تھا۔

وہ ایک کے بعد دوسرا خطرناک ہارپون فضا میں پھینک رہا تھا۔ وہ مخلوق اب ہم سے صرف پچیس میل کے فاصلے پر رہ گئی تھی۔ اچانک نیڈ کا ہاتھ آگے کی طرف لہرایا اور اس

کا ہار پون فضا میں تیر رہا تھا، اسی لمحے مجھے کسی چیز کے ٹکرانے کی آواز آئی، سمندر کی بڑی لہر جہاز سے ٹکرائی اور تھوڑی دیر میں۔۔۔۔۔۔ میں نے خود کو سمندر میں پایا۔

میں سمندر میں کوئی بیس فٹ نیچے جا چکا تھا کہ اچانک مجھے محسوس ہوا کہ کسی نے مجھے تھام لیا ہے، پھر چند نرم الفاظ میرے کان میں پہنچے۔ "جناب عالی! آپ میرے کندھوں پر سوار ہو جایئے، اس طرح آپ زیادہ آسانی سے تیرنے کے قابل ہوں گے۔" یہ میرا وفادار ملازم کنسیل تھا۔ میں نے اپنے وفادار ملازم کے ہاتھ مضبوطی سے پکڑ لئے۔

"کیا تم بھی پانی میں گر پڑے تھے؟" میں نے اس سے پوچھا۔ "نہیں جناب، کیوں کہ آپ کی حفاظت کرنا میرا فرض ہے، اس لیے آپ کی جان بچانے کے لیے میں نے سمندر میں چھلانگ لگا دی۔"

"ہمارا جہاز کہاں ہے؟"

کنسیل نے دور سے مدہم ہوتی ہوئی روشنی کی طرف اشارہ کیا۔ جہاز بری طرح سے متاثر ہوا ہے اور میرے خیال سے جہاز پر سوار کوئی بھی شخص ہماری غیر موجودگی کو محسوس نہیں کرے گا۔ کنسیل مجھے پکڑ کر سمندر کی موجوں کا مقابلہ کر رہا تھا۔ چار گھنٹوں بعد مجھے احساس ہوا کہ وہ تھک چکا ہو گا اور وہ کمزور ہوتا ہوا محسوس ہو رہا تھا۔

"مجھے خود جانے دو کنسیل۔"

"ہر گز نہیں۔ پہلے میں ڈوبوں گا، اس کے بعد آپ پر آنچ آئے گی۔" اس کے بعد مجھے اپنی ٹانگیں اکڑتی ہوئی محسوس ہوئیں۔ میرا منہ نمکین پانی سے بھر گیا تھا۔ میں نے آخری دفعہ سر اٹھایا اور اس کے بعد مجھے ایسا محسوس ہوا کہ میں ڈوب رہا ہوں۔

اس کے بعد دوبارہ میری آنکھ کھلی تو میں نے دیکھا کہ کنسیل میرے اوپر جھکا ہوا تھا۔ اس کی پشت پر نیڈ کھڑا ہوا نظر آ رہا تھا۔

"میں کہاں ہوں؟" میں نے نحیف آواز میں پوچھا۔

"میرے تیرنے والے جزیرے کے اوپر۔" نیڈ نے جواب دیا۔

"تیرنے والا جزیرہ؟" میں حیرت سے چلایا۔

"آپ اس کو تیرنے والا جزیرہ کہہ سکتے ہیں پروفیسر۔" نیڈ نے مسکراتے ہوئے جواب دیا۔ "یا آپ اسے اپنی طویل الجثہ نار وہیل کی پشت کہہ سکتے ہیں، مگر یہ نار وہیل اسٹیل کی پلیٹوں سے جڑی ہوئی ہے۔" اس نے کہا۔

میں ایک دم اٹھ کر بیٹھ گیا۔ میں نے دیکھا کہ میں کسی سمندری مخلوق کی پشت پر تھا جو نصف پانی کے اوپر اور نصف سمندر میں تھی۔

میرے ہاتھ اس کی جلد کو دبا رہے تھے، مگر اس کی جلد عام سمندری جانوروں کی طرح نرم نہیں تھی، نہ ہی مگرمچھ اور کچھوے کے خول کی طرح ہڈی جیسی تھی۔ یہ ہموار، چمک دار اسٹیل کی تھی۔ اس کا مطلب یہ ہے کہ یہ کوئی جان دار مخلوق نہیں تھی۔ یہ زیر سمندر چلنے والی کشتی تھی جو مچھلی کی شکل میں بنائی گئی تھی۔ یہ سوچ کر میری خوشی دوچند ہوگئی کہ کشتی کا مطلب ہے کشتی چلانے والا عملہ اور عملے کا مطلب ہے لوگ!!

"ہم محفوظ ہیں۔" میں چلایا۔

"صرف اس وقت تک جب تک اس آبدوز کا عملہ سمندر کے اندر ڈبکی لگانے کا فیصلہ نہیں کرتا یا پھر انہیں معلوم ہو جائے کہ ہم اس کے اوپر ہیں۔"

ہم نے اس آبدوز کے اندر عملے سے رابطہ کرنے کے لیے سوراخ یا کسی بھی شے کی تلاش شروع کر دی۔ ہم نے عرشے کے ایک ایک انچ کا جائزہ لیا، مگر تمام اسٹیل کی پلیٹیں مضبوطی سے جڑی ہوئی تھیں۔

نیڈ نے اسٹیل کی چادر کے اوپر ہاتھ مار کر انتہائی زوردار آواز نکالنی شروع

کی۔ اچانک آبدوز کشتی کے اندر سے کچھ کھلنے کی آواز آئی۔ اسٹیل کی ایک چادر اوپر اٹھی اور درز میں سے دو آدمی بر آمد ہوئے۔ انہوں نے اود بلاؤ کی کھال کی ٹوپیاں اور سیل مچھلی کے خول کے بنے ہوئے جوتے پہن رکھے تھے، ان کے ڈھیلے ڈھالے لباس کسی ایسی چیز کے بنے ہوئے تھے جسے میں نے اس سے قبل کبھی نہیں دیکھا تھا۔

ان دونوں افراد میں سے ایک چھوٹے قد کا چھوٹے شانوں والا اور مضبوط بازوؤں والا تھا، جس کے سیاہ پتلے بال تھے، مگر میری توجہ دوسرے شخص کی طرف زیادہ تھی۔ یہ لمبی پتلی ناک اور سخت چہرے اور تیز چبھتی ہوئی نظروں والا شخص تھا، جس کا انداز بتا رہا تھا کہ وہ حکمرانی کرنے والا شخص ہے۔ وہ لازمی طور پر جہاز کا کپتان تھا۔ کپتان نے کئی منٹ تک ہمارا بغور جائزہ لیا اور پھر اپنے ساتھی سے کسی ایسی زبان میں بات کی جو میری سمجھ میں نہیں آرہی تھی۔

میرا خیال تھا کہ کپتان فرانسیسی زبان سمجھ لے گا، میں نے فرانسیسی میں اپنا پورا واقعہ بیان کر دیا مگر اس کے چہرے پر ایسی کوئی چیز نمودار نہیں ہوئی جس سے یہ اندازہ ہوتا کہ اسے میری بات کا ایک لفظ بھی سمجھ میں آیا ہے۔

"ٹھیک ہے نیڈ اب تمہاری باری ہے۔ اب تم اپنی بہترین انگریزی استعمال کر کے اپنی قسمت آزماؤ۔"

مگر نیڈ کی قسمت بھی میری طرح رہی، ان دونوں اجنبی افراد کے کچھ سمجھ میں نہیں آیا۔ اب کنسیل نے اس واقعے کو جرمن زبان میں تیسری دفعہ بیان کرنا شروع کیا مگر اس کی جرمن کا بھی وہی حشر ہوا جو اس سے پہلے میری فرانسیسی اور نیڈ کی انگریزی کا ہو چکا تھا۔

یہ لوگ کون سی زبان سمجھتے ہوں گے۔ میں نے اسکول کے زمانے میں یاد کی ہوئی

عبرانی کے الفاظ دہرانے شروع کیے مگر ان دونوں کی طرف سے کسی قسم کے رد عمل کا اظہار نہیں ہوا۔

جہاز کے کپتان نے ایک آواز بلند کی اور اچانک جہاز کے سوراخ سے آٹھ آدمی نمودار ہوئے۔ وہ ہمیں پکڑ کر سوراخ کے اندر لے گئے، وہاں سے ایک آہنی سیڑھی نیچے جارہی تھی۔ وہ ہمیں دھکے دیتے ہوئے وہاں سے مزید اندر کی طرف بنے ہوئے تاریک کمرے میں لے گئے۔ ہمیں وہاں ڈال کر انہوں نے آہنی چادر کو بند کر دیا اور ایسا محسوس ہوا کہ جیسے بولٹ کے ذریعے اس کو بند کر دیا گیا ہو۔

"یہ ہماری ذلت ہے، ہم نے ان سے انتہائی شریفانہ انداز میں جرمن، فرانسیسی، انگریزی اور لاطینی زبان میں بات کرنے کی کوشش کی تھی۔ انہوں نے نہ صرف ہماری بات کا جواب نہیں دیا بلکہ ہمیں لوہے کے اس قید خانے میں بند کر دیا۔"

"غصہ مت کرو نیڈ، غصے سے کچھ حاصل نہیں ہوگا۔ ہو سکتا ہے وہ۔۔۔۔۔" میری بات یہاں ادھوری رہ گئی۔ اسی اثنا میں دروازہ کھلا اور ایک اسٹیورڈ نمودار ہوا۔ وہ ہمارے لیے لباس لے کر آیا تھا، جس میں پینٹ شرٹ شامل تھیں۔ یہ اسی چیز کی بنی ہوئی تھیں جس سے ان لوگوں کے لباس بنے تھے۔ جب ہم نے اپنے گیلے لباس تبدیل کر لئے اور خشک لباس پہن لیے تو اس نے کھانے کے لئے میز لگانی شروع کر دی۔ ایسے خوبصورت اور نفیس چینی اور سلور کے برتن میں نے اس سے قبل نہیں دیکھے تھے، ہر برتن پر "N" کندہ تھا، شاید وہ جہاز کے کپتان کے دستخط تھے۔

ہمارے پاس برتنوں کی تعریف کا وقت نہیں تھا کیونکہ بھوک زوردار تھی۔ کھانا انتہائی لذیذ اور بعض اقسام کی مچھلیوں کے گوشت کا بنا ہوا تھا اور بعض دوسری کھانے کی چیزیں ایسی تھیں کہ ہم نے اس سے قبل نہ تو کھائی تھیں اور نہ دیکھی تھیں۔ ہم ان کو

شناخت نہیں کر سکے تھے۔ کھانا کھانے کے بعد ہم فرش پر بچھی چادروں پر لیٹ گئے اور کچھ دیر بعد ہم سو چکے تھے۔

مجھے اندازہ نہیں کہ ہم کتنی دیر سوئے ہوں گے مگر میری آنکھ کمرے میں آنے والی سرد ہوا سے کھل گئی۔ میرے بعد نیڈ اور کنسیل دونوں جاگ گئے۔ نیڈ رات کی طرح ابھی تک غصے میں تھا۔

"تمہارا کیا خیال ہے، انہوں نے ہمیں اس لوہے کے قید خانے میں ہمیشہ کے لیے قید کر دیا ہے؟" وہ چیخا۔

"میری معلومات تم سے زیادہ نہیں ہے۔" میں نے جواب دیا۔

"میرا خیال ہے کہ ہم اس سمندری آبدوز سے متعلق کسی اہم راز تک پہنچ گئے ہیں تو کپتان کے لئے ہماری زندگی کی زیادہ اہمیت نہیں ہو گی۔ اگر ایسا نہیں ہے تو وہ ہمیں جلد ہی کسی خشک مقام پر چھوڑ دے گا۔"

"مگر ہمیں اس طرح ہاتھ پہ ہاتھ دھر کر نہیں بیٹھنا چاہیئے۔" نیڈ نے جواب دیا۔

"پھر تم کیا کرو گے؟"

"فرار------"

"فرار؟ پانی کے اندر کے قید خانے سے۔ یہ ناممکن ہے۔" ایک طویل بحث کے بعد میں نے یہ کہہ کر نیڈ کو خاموش کیا کہ ابھی کچھ دیر خاموشی سے انتظار کرو، غصہ کرنے کا کوئی فائدہ نہیں ہے۔"

مگر جیسے جیسے وقت گزر رہا تھا نیڈ کا غصہ بڑھتا جا رہا تھا۔ وہ ادھر سے ادھر چکر لگا رہا تھا۔ پھر اس نے چیخنا شروع کر دیا، مگر وہ آہنی چادریں بہری تھیں۔

میں نے جہاز کے کپتان کے بارے میں سوچنا شروع کر دیا، وہ کس قدر بے حس

آدمی تھا۔ وہ کس طرح ہمیں قید کر کے بھول چکا تھا، میں سوچ رہا تھا کہ شاید میرا پہلا خیال غلط تھا، وہ باہمت اور ہمدرد آدمی نہیں تھا۔ شاید وہ ایک ظالم قاتل کے سوا کچھ نہیں تھا۔

تھوڑی دیر بعد اسٹیورڈ کھانے کے برتن اٹھانے کے لئے اندر داخل ہوا، اسی اثناء میں نیڈ نے اس کے اوپر چھلانگ لگا دی اور اس کا گلا گھونٹنے لگا۔ میں اور کنسیل تیزی سے آگے بڑھے اور ہم نے نیم بیہوش شخص کے اوپر نیڈ کے مضبوط ہاتھوں کی گرفت کو ڈھیلا کرنے کے لیے زور لگانا شروع کیا۔ اس پورے عمل کو ابھی چند منٹ ہی گزرے تھے کہ ایک آواز نے ہمیں ایک جگہ منجمد کر دیا۔

الفاظ بہترین انگلش زبان اور لہجے میں ادا ہوئے، "صبر مسٹر نیڈ" پھر بہترین فرانسیسی میں اس نے اضافہ کیا۔ "شکریہ نیڈ، کنسیل اور آپ کا بھی شکریہ پروفیسر ایرونیکس۔ اب برائے مہربانی آپ میری بات سنیں۔"

ہم سب اسے دیکھ کر حیران رہ گئے۔ یہ آواز جہاز کے کپتان کی تھی، اس نے بولنا شروع کیا۔

"دوستو! میں جرمن، فرانسیسی، انگریزی اور لاطینی تمام زبان جانتا ہوں۔ دراصل میں یہ فیصلہ کرنا چاہتا تھا کہ آپ کے ساتھ کیا کیا جائے۔ آپ کے توپ کے گولوں نے میرے جہاز پر حملے کیے اور مسٹر نیڈ نے اپنے ہارپون سے اس پر حملے کیے، لہٰذا آپ اس سلوک کے مستحق تھے جو آپ سے روا رکھا گیا۔"

"مگر یہ تہذیب یافتہ لوگوں کا طریقہ نہیں ہے۔" میں نے کہا۔

"موسیو ایرونیکس! میں تہذیب یافتہ آدمی نہیں ہوں۔ میں نے آپ کی تہذیب یافتہ دنیا سے تمام تعلقات منقطع کر لیے ہیں، لہٰذا آپ کے اصولوں کی پاس داری میری مجبوری نہیں ہے۔ میرے اپنے قوانین ہیں، مگر کیونکہ میرے اندر رحم کا جذبہ موجود

ہے، اس لیے میں نے آپ لوگوں کو زندہ چھوڑ دیا۔ آپ میرے جہاز پر آزاد آدمیوں کی طرح ساری زندگی رہ سکتے ہیں۔"

میں نے اس سے بحث کرنی چاہی، مگر ذہین کپتان نے یہ کہہ کر مجھے قائل کر لیا کہ وہ میری لکھی ہوئی کتابیں اور مضامین کا مسلسل مطالعہ کر رہا ہے اور میری معلومات کا قائل بھی ہے، مگر اس کا کہنا تھا کہ اس کے ساتھ وقت گزارنے سے مجھے زیر سمندر ان چیزوں کے متعلق معلومات ہو سکتی ہیں جو اس سے قبل میں نے تصور بھی نہیں کی ہوں گی۔ اس کی باتوں سے میرے اندر کا سائنس دان آزادی کی خواہش پر حاوی آگیا اور میں کیپٹن کی بات ماننے کو تیار ہو گیا۔

"مگر میں آپ کو کس نام سے پکاروں؟" میں نے کپتان سے سوال کیا۔

"کیپٹن نیمو (Nemo)۔۔۔۔۔۔ تم اور تمہارے دوست اس جہاز پر ہمارے ساتھی مسافر ہیں۔

کیپٹن نیمو۔ یہ میرے لئے دلچسپ نام تھا۔ لاطینی میں Nemo کا مطلب noman یا no body ہے، یعنی میں کیپٹن غائب (no body) سے بات کر رہا تھا۔

اس کے بعد کپتان نے مجھے جہاز کا دورہ کروایا۔ پندرہ ہزار کتابوں کے ذخیرے کو دیکھ کر جوش سے میری چیخیں نکل گئیں۔ کیپٹن نیمو کا کہنا تھا کہ وہ زمین سے کوئی بھی چیز نہیں منگواتا۔ سمندر سے اسے مزیدار اور صحت بخش کھانے کے لئے چیزیں مل جاتی ہیں۔ جو کپڑے ہم نے زیب تن کر رکھے تھے وہ بعض اقسام کی سمندری مچھلیوں کے خول سے تیار کیے گئے ہیں، آپ کے بستر ایک قسم کی سمندری گھاس سے تیار کئے گئے ہیں، آپ کی ڈیسک میں موجود قلم وہیل مچھلی کی ہڈیوں سے بنے ہیں اور انک ایک قسم کے جھینگے (Squid) سے حاصل کی گئی ہے۔

"اس کا مطلب ہے تمہیں سمندر سے محبت ہے کیپٹن ؟میں نے اس کے انکشافات پر حیران ہوتے ہوئے کہا۔

"ہاں مجھے سمندر سے محبت ہے، مگر سطح سمندر سے میلوں نیچی سطح پر رہتے ہوئے۔ کیا کوئی شخص حقیقی طور پر آزاد ہو سکتا ہے ؟"

" آزادی ؟ آزادی کس چیز سے ؟"میں حیران ہوا

دوپہر کا کھانا ختم کر کے ہم ایک بڑے سے کمرے میں داخل ہوئے۔ یہ بڑی سی لائبریری تھی۔

"موسیو ایرونیکس یہ بارہ ہزار کتابیں ہیں۔"کیپٹن نیمو نے بتایا۔" دنیا کی ہر بڑی زبان میں ہر موضوع پر ؟۔۔۔۔۔ اور میں ان تمام کا مطالعہ کر چکا ہوں۔ آپ اس کو بلا تکلف استعمال کر سکتے ہیں۔"

میں نے کتابوں کا جائزہ لینا شروع کیا تو میں اس شخص کی ذہانت کا قائل ہوتا چلا گیا۔ لائبریری کے وسط میں سب سے بڑی الماری میں نمایاں طور پر رکھی ہوئی کتاب کیپٹن کی میرے ساتھ دوستی کی وجہ بیان کر رہی تھی۔ یہ کتاب پروفیسر پیرے ایرونیکس کی "سمندر کی گہرائیوں کے راز" تھی۔

لائبریری کے بعد کیپٹن مجھے ایک کے بعد ایک کمرہ دکھاتا رہا۔ ایک فن خطاطی اور مصوری کے لیے۔ ایک بڑے کمرے میں مچھلیوں کے خول، مرجان، مونگے اور دوسرے سمندری نوادرات جمع تھے۔ کیپٹن نے بتایا کہ سمندر سے یہ نوادرات اس نے اپنے ہاتھوں سے جمع کیے ہیں اور ایسے جواہرات اور سمندری اجسام دنیا کے کسی میوزیم میں نہیں ہیں۔

"آپ ابھی اور حیران ہوں گے جب میں آپ کو ناٹی لس (Nautilus) کا مشاہدہ

کرواؤں گا۔ یہ دیوار پر لگے ہوئے آلات دیکھئے۔ آپ کو اس طرح کے آلات ہر کمرے میں لگے ہوئے نظر آئیں گے، یہ آلات مجھے جہاز کی سمت، رفتار، سطح سمندر کے اوپر کا موسم، ہر چیز کے بارے میں مطلع رکھتے ہیں۔"

"شاندار! مگر مجھے سب سے زیادہ جو چیز حیران کرتی ہے وہ آپ کی شپ کی طاقت ہے۔"

"یہ ایک شاندار طاقت ہے، یہ مجھے روشنی، حرارت اور میری مشینوں کو چلنے کی طاقت مہیا کرتی ہے۔ یہ طاقت "بجلی" ہے۔

"مگر زمین پر ہمارے سائنس دان بجلی سے محض لیبارٹری کے اندر تھوڑی سی روشنی پیدا کرنے کے قابل ہوئے ہیں، جب کہ حرارت کے لئے تو ہم ابھی تک کوئلہ اور لکڑی استعمال کر رہے ہیں اور روشنی کے لئے گیس کا استعمال کرتے ہیں۔ یقیناً ہمارے پاس ایسی کوئی مشین نہیں ہے جو الیکٹرک موٹر سے چلتی ہو۔ یہ طاقتور بجلی کی توانائی تمہارے پاس کہاں سے آئی کیپٹن؟" میں نے سوال کیا۔

"سمندر سے۔ میں نے سمندری پانی سے نمک علیحدہ کر کے اس کو ایک خاص قسم کی بیٹری کو چارج کرنے کے لیے استعمال کیا جو میں نے خود تیار کی ہے۔ یہ مجھے دنیا کی کسی بھی توانائی سے زیادہ طاقت دیتی ہے۔"

اس کی باتیں سن کر میں مزید حیران ہو رہا تھا۔ میں نے اس سے ہوا کے بارے میں سوال کیا تو اس نے جواب دیا۔ "میں جہاز کی ہوا کو سطح سمندر پر جا کر تبدیل کرتا ہوں، اگرچہ ہوا کو بڑے تالابوں میں ذخیرہ کرنے کے لئے میں بجلی کے پمپ استعمال کرتا ہوں۔ اس طریقے سے ناٹی لس کئی دنوں تک سمندر کے اندر رہ سکتی ہے۔"

وہاں سے نکل کر ہم مختلف راستوں سے ہوتے ہوئے ایک کینوس کی طرح کی جگہ

پر پہنچے۔ "یہ راستہ کس طرف جاتا ہے؟"

"چھوٹی کشتی ڈنگی کی طرف۔"

"کیا؟ تمہارے پاس چھوٹی کشتیاں بھی ہیں؟"

"بے شک اور یہ نہایت شاندار کشتیاں ہیں، ہم انہیں مچھلی کے شکار کے لئے استعمال کرتے ہیں۔"

"اس کو تم اس وقت استعمال کرتے ہو گے جب تم سطح سمندر پر ہوتے ہو؟" میں نے حیرانی سے پوچھا۔

"ہرگز نہیں۔ سیڑھی کے اوپر والا دروازہ چھوٹی کشتی کی چھت کے دروازے کے ساتھ کھلتا ہے۔ اس چھوٹی سی کشتی کو پانی سے کسے ڈھکن سے بند کیا گیا ہے، لہٰذا جب میں اس کشتی کے اندر ہوتا ہوں، میں اس کے بولٹ کھول دیتا ہوں جس سے چھوٹی کشتی جہاز سے بندھی ہوئی ہے اور یہ کشتی تیز رفتاری سے سطح سمندر کی طرف آجاتی ہے۔ پھر میں اس کا ڈھکن ہٹا دیتا ہوں اور یہ کشتی سمندر میں تیرنے کے قابل ہو جاتی ہے۔"

ہماری گفتگو جاری تھی کہ ہم "انجن روم" میں پہنچ گئے، جہاں کیپٹن نیمو نے بتایا کہ وہ کس طرح ناٹی لس کو سمندر کے اندر اور سطح کے اوپر لے کر جاتا ہے۔ اس نے بتایا کہ شپ کے اندر پانی کے کئی ذخائر ہیں۔ جب ہمیں سمندر کے اندر جانا ہوتا ہے تو ہم اس کو پانی سے بھر دیتے ہیں اور جب سطح سمندر کے اوپر آنا ہوتا ہے تو ہم اس کا پانی خالی کر دیتے ہیں۔

"حیران کن۔۔۔۔۔۔ مگر تم پانی کے اندر اپنی کشتی کی سمت کو کس طرح دیکھتے ہو؟"

"ہماری شپ کے سب سے اوپری حصے پر خاص قسم کے شیشے کے کمرہ نما ڈبے لگے

ہوئے ہیں۔ یہ چپو چلانے والے کا کمرہ ہے۔ اس کے عقب میں ایک اور کمرہ ہے جو طاقتور اور تیز رفتار روشنی کی شعاعیں خارج کرتا ہے۔ یہ شعاعیں پانی میں روشنی کے فوارے بلند کرتی ہیں۔ یہ روشنی میلوں تک پھیلتی ہے۔"

"اہا۔" میں خوشی سے چلایا۔ "تو یہ وہ عجیب و غریب روشنی کا فوارہ تھا جس کے بارے میں لوگ کئی مہینوں سے پریشان تھے۔ ناٹی لس واقعی حیران کن ہے۔"

"پروفیسر! میں اس سے اس طرح محبت کرتا ہوں جیسے یہ میرا اپنا جسم ہو، کیونکہ میں اس کا ڈیزائنر، بلڈر اور کیپٹن ہوں۔"

"مگر تم اتنی رازداری سے اتنا شاندار جہاز تعمیر کرنے میں کیسے کامیاب ہوئے؟" میں نے سوال کیا۔

"اس جہاز کے مختلف حصے دنیا کے مختلف ممالک میں تیار کیے گئے ہیں اور پھر یہ مجھے مختلف مقامات پر مختلف ناموں سے بھیج دیئے گئے، میرے عملے اور میں نے ایک خالی جزیرے میں ورکشاپ تیار کی اور وہیں ہم نے ناٹی لس تعمیر کی۔"

"اس تمام پر اچھی خاصی لاگت آئی ہو گی؟"

"دس لاکھ ڈالر سے زیادہ پروفیسر، لیکن یہ رقم میرے لیے کوئی حیثیت نہیں رکھتی۔ تم جانتے ہو موسیو ایرونیکس کہ میں ارب پتی ہوں۔"

کیا مجھے اس عجیب و غریب آدمی کی باتوں پر ایمان لے آنا چاہیے۔ میں اسی شش و پنج میں تھا کہ ہم لاؤنج میں واپس پہنچ گئے۔ کیپٹن نیمو نے دیوار پر نصب ایک بڑے نقشے کی طرف اشارہ کیا۔ "ہم اس وقت جاپان سے ۳۰۰ میل کے فاصلے پر ہیں اور یہ نومبر ۱۸۶۷ء کے دن کے بارہ بجے ہیں۔ اسی لمحے ہم اپنا دنیا بھر کا زیر سمندر سفر شروع کرنے والے ہیں۔" اسی کے ساتھ کیپٹن نیمو کمرے سے نکل گیا۔ ابھی میں کمرے سے نکلنے ہی

والا تھا کہ لاؤنج کی روشنی گل ہو گئی۔ میں نے کسی چیز کے نیچے گرنے کی آواز سنی اور میں نے دیکھا کہ دو دروازے کھلے جو کہ دو کھڑکیوں کی صورت میں جہاز کے دونوں جانب کھلتی تھیں۔ جہاز سے باہر کا پانی میلوں تک روشن ہو چکا تھا۔

کیا خوبصورت منظر ہے۔ میں ایک بڑے ایکوریم کے اس پار سے نظر آنے والے منظر کو دیکھنے لگا۔ میں نے اس سے قبل ایسے سمندری جانوروں اور حیات کو زندہ اور اس طرح سمندر میں تیرتے نہیں دیکھا تھا۔ میں رنگین اور قسم ہا قسم کی مچھلیوں کی فوجوں کو تیزی سے آگے پیچھے دیکھنے میں اس قدر محو ہو گیا کہ گھنٹوں مجھے وقت گزرنے کا پتا ہی نہیں چلا۔

اگلے تین چار دن تک کیپٹن نیمو مجھے کہیں نظر نہیں آیا۔ نیڈ، کنسیل اور میں اس کی پر اسرار غیر موجودگی پر حیران تھے مگر ہم اپنے آپ کو ان کھڑکیوں سے باہر کے نظارے دیکھنے میں مشغول رکھتے جو ہر روز ہمارے لئے کھول دی جاتی تھیں۔

نویں دن کی صبح کو کیبن میں مجھے ایک رقعہ موصول ہوا جس پر تحریر تھا۔ "پروفیسر ایرونیکس! میں آپ کو اور آپ کے دوستوں کو کل کریپسو کے جزیرے پر شکار کی دعوت دیتا ہوں۔"

"کیپٹن ایرونیکس شکار کی مہم! اس کا مطلب ہے ہم ساحل پر جا رہے ہیں۔ وہاں سے ہم فرار ہو سکتے ہیں۔" نیڈ خوشی سے چلایا۔

اگر کیپٹن کو خشک زمین سے نفرت ہے تو وہ جنگلوں میں شکار کے لئے کیوں جا رہا ہے؟ یہ سوال مجھے پریشان کر رہا تھا اور اگلی ہی صبح مجھے یہ سوال کیپٹن نیمو سے کرنے کا موقع مل گیا۔

میرے سوال پر کیپٹن مسکرایا اور اس نے جواب دیا۔ "پروفیسر! یہ جنگل زمین پر

نہیں ہے۔ یہ پانی کے اندر ہے۔"

"پانی کے اندر ؟" میں نے حیرت سے پوچھا۔

"ہاں! مگر پروفیسر آپ اس شکار کے دوران بالکل خشک رہیں گے۔"

میں اس کو عجیب طرح سے دیکھنے لگا، مجھے اس کی ذہنی حالت پر شبہ ہو رہا تھا۔ شاید میری سوچ میرے چہرے پر آگئی تھی، چنانچہ کیپٹن نیمو نے کہا۔ "میں پاگل نہیں ہوں پروفیسر۔ تم سائنس کے آدمی ہو۔ تم غوطہ خوری کے لباس دیکھ چکے ہو۔"

"ہاں، میں دیکھ چکا ہوں مگر یہ سوٹ لمبے ہوا کے پائپوں سے متعلقہ کشتیوں سے منسلک تھے جو کہ اس قدر دور دراز شکار کے لئے قطعی موزوں نہیں ہیں۔" میں نے جواب دیا۔

"آہا! مگر پروفیسر ۔۔۔۔۔ میں نے خاص ہوا کے ٹینک بنائے ہیں جو کہ غوطہ خور کی پیٹھ کے ساتھ پٹیوں سے بندھے ہوئے ہیں۔ اس کے ساتھ وہ آزادانہ اپنی خواہش کے مطابق گھوم پھر سکتا ہے اور یہاں تک کہ سمندر کے فرش پر نو سے دس گھنٹے تک چہل قدمی بھی کر سکتا ہے۔"

"یہ واقعی شاندار ہے کیپٹن نیمو ۔۔۔۔۔" میں نے جوشیلے انداز میں کہا۔ "میں اس شکاری مہم پر جانے کے لئے تیار ہوں۔ تم جب بھی جاؤ میں تمہارے ساتھ چلوں گا۔"

"اس کا مطلب ہے کہ ہم شکار کے لیے زمین پر نہیں جا رہے۔" نیڈ غصے سے چلانے لگا۔ "پھر میں جانے سے انکار کر دوں گا۔"

کنسیل ہر حال میں میری پیروی کرتا تھا، لہٰذا وہ میرے پیچھے چل دیا۔ کیپٹن نیمو ہمیں ایک چھوٹے سے ڈریسنگ روم میں لے گیا۔ دو آدمیوں نے غوطہ خوری کا لباس پہننے میں ہماری مدد کی جو ایک بھاری واٹر پروف ربڑ کا بنا ہوا تھا اور اس کے جوتے سیسے کے

ذریعے بھاری بنائے گئے تھے۔ اس کے بعد انہوں نے ہمارے لباس کے دھاگوں جیسے کالر کے ساتھ بڑے دھاتی اور شیشے کے بنے ہوئے خود (ہیلمٹ) اسکرو کی مدد سے لگائے اور ہماری پیٹھوں پر پٹیوں سے ہوائی ٹینک منسلک کر دیے۔ اب ہم آسانی سے سانس لے سکتے تھے۔ آخر میں انہوں نے ہماری بیلٹوں کے ساتھ بجلی کے لیمپ لگا دیے اور ہمارے ہاتھ میں ائیر گن تھما دی۔ یہ گن چھوٹی چھوٹی شیشے کی گولیاں فائر کرتی تھی جس میں طاقتور بجلی بھری ہوئی تھی۔

ڈریسنگ روم سے نکل کر ہمیں ایک چھوٹے سے کمرے میں لے جایا گیا، اس میں پانی سے کسا ہوا دروازہ تھا جو بالکل منجمد تھا۔ اچانک مجھے اپنے سینے سے سر کی طرف ٹھنڈی ہوا گزرتی محسوس ہوئی، جب یہ کمرہ پوری طرح پانی سے بھر گیا، ناٹی لس کے اوپری شگاف میں سے ایک دروازہ نمودار ہوا اور چند ہی لمحوں کے بعد کیپٹن نیمو ہمیں سمندر کے فرش کی طرف لے گیا۔

ہم نے ریتیلے فرش سے چٹانوں والے علاقے کی طرف بڑھنا شروع کیا۔ یہ چٹانیں رنگ برنگے حیوانی نباتات سے ڈھکی ہوئی تھیں۔ یہ حیوانی نباتات Zoophilous چھوٹے سمندری جانور تھے جو کہ پودوں کی شکل کے ہوتے ہیں۔ اوپری حصے میں مچھلیوں کے غول تیرتے پھر رہے تھے۔ یہ میری نگاہوں کے لئے شاندار دعوت تھی۔

ایک گھنٹہ چلنے کے بعد میدان کی سطح نیچے کی طرف جاتی محسوس ہوئی، ہم سے آگے کی طرف وہ اونچی دیواروں سے گھری ہوئی ایک وادی تھی۔ یہ وادی سطح سے پانچ سو فٹ نیچے تھی، جس میں درختوں کی شکل کے پودے لگے تھے جن کی شاخیں سیدھی اوپر کو اٹھی ہوئی تھیں۔ وادی کا فرش نوکیلی چٹانوں اور گھنے درختوں سے ڈھکا تھا جس کی وجہ

سے اس جگہ پر پھول نہیں کھل سکتے تھے۔

اس کے بعد ہم کریسپو آئی لینڈ کے جنگل میں پہنچ گئے، ہم اس کے اندر گہرائی میں جاتے چلے گئے، یہاں تک کہ ہم ایک بڑی چٹانی دیوار تک پہنچ گئے، یہ جزیرے کا کنارہ تھا، کیپٹن نیمو اس سے آگے نہیں جاسکتا تھا کیونکہ اس کے بعد خشک حصہ شروع ہو جاتا تھا اور اس نے قسم کھائی تھی کہ وہ خشکی پر قدم نہیں رکھے گا۔

ابھی ہم ناٹی لس کی طرف واپسی کے لیے مڑے ہی تھے کہ کیپٹن نیمو نے ہمیں آگے بڑھنے سے روک دیا اور اپنی بندوق بلند کرلی، میں نے ایک ہلکی سی سائیں کی آواز سنی اور ایک جانور چند فٹ کے فاصلے پر مرا ہوا پڑا تھا۔

یہ بہت بڑا سمندری اودبلاؤ جیسا جانور تھا جس کی بھوری اور چاند کی رنگت والی کھال زمین پر کئی سو ڈالر میں فروخت ہوتی تھی۔ یہ عجیب و غریب شکل کا جانور تھا جس کا سر گول، چھوٹے چھوٹے کان، بلی کی طرح کی مونچھیں اور جال کی طرح کے پنجے اور پیر تھے اور اس کی دم مخملیں تھی۔ جہاز کے عملے کے ایک آدمی نے پانچ فٹ طویل اس مخلوق کو اپنے کندھوں پر اٹھایا اور ہمارے ساتھ ناٹی لس کی طرف لے گیا۔

جب ہم اپنے کمپارٹمنٹ کے اندر پہنچے، کیپٹن نیمو نے ایک بٹن دبایا۔ یکایک بیرونی دروازہ بند ہوا اور پمپ نے پانی کی سطح کم کرنا شروع کر دی۔ تھوڑی ہی دیر میں کمپارٹمنٹ خالی ہو چکا تھا اور ہم ڈریسنگ میں گر گئے۔

آنے والے کئی دنوں بلکہ ہفتوں تک میں نے کیپٹن نیمو کو بمشکل دیکھا۔ لاؤنج کے اندر بنی ہوئی کھڑکی نما درزیں کھلی ہوئی تھیں، لہٰذا ہم سمندر کا منظر آسانی سے دیکھ سکتے تھے۔ میں، نیڈ اور کنسیل سمندر کے عجائبات دیکھتے رہے۔

جہاز کے ایک افسر نے سمندر میں ہمارے پہلے مقام کو ایک چارٹ پر نشان زد کر دیا

تھا، اب میں اس کے ذریعے اپنے راستے کو جانے کے قابل ہو گیا تھا۔ ہم نے ابھی ہی ہوائی کا جزیرہ پار کیا تھا اور اب ہم بحر اوقیانوس کے شمال مشرق کی جانب محو سفر تھے۔ ہم ۴۸۶۰ میل یا ۴۵۸۰ میل کا سفر اپنے ابتدائی مقام یعنی جاپان کے ساحل سے طے کر چکے تھے۔

۱۱ دسمبر کی رات کو تین ہزار فٹ کی گہرائی میں Nautilus بالکل بے حس و حرکت ہو گیا۔ میں لاؤنج میں بیٹھا مطالعہ میں مصروف تھا جب کنسیل نے مجھے عجیب و غریب آواز میں پکارا۔

"موسیو، برائے مہربانی کھڑکی پر آیئے۔"

میں وہاں پہنچا جہاں کنسیل کھڑا تھا اور ایک بڑے سے سیاہ جسم کے اوپر اس کی نظریں تھیں۔ "کیا یہ بہت قوی الجثہ وہیل ہے؟" اچانک مجھے احساس ہوا یہ پانی کا جہاز ہے۔ "پانی کا جہاز؟" میں چلایا۔

"ہاں پروفیسر۔۔۔۔۔" نیڈ اداسی سے بولا جس کی نظریں باہر کی طرف جمی ہوئی تھیں۔ "یہ ایک ڈوبا ہوا جہاز ہے۔"

اسے ڈوبے ہوئے یقینی طور پر چند گھنٹے گزرے ہوں گے، کیوں کہ ابھی تک کسی سمندری حیات نے اس پر حملہ نہیں کیا تھا۔ یہ ایک تکلیف دہ منظر تھا، مگر اس سے زیادہ تکلیف دہ منظر یہ تھا کہ چار آدمی جن کا جسم خوفناک انداز میں مڑ کر مستول کے ساتھ بندھے تھے۔ جہاز کے عرشے کے سوراخ سے آدھی باہر نکلی ہوئی ایک عورت کی لاش تھی، جس نے اپنے سر پر ایک بچے کو اٹھایا ہوا تھا، بچے نے اپنے ہاتھوں سے عورت کی گردن کو پکڑا ہوا تھا۔ پتوار چلانے والا جہاز کے پہیوں کے پاس جم چکا تھا۔ ایسا محسوس ہو رہا تھا کہ وہ اس بھوتوں والے جہاز کو سمندر کی گہرائیوں کی طرف چلاتا ہوا لے جا رہا ہے۔

ہمارے دل زور زور سے دھڑکنے لگے۔ ہم میں سے کوئی بھی شخص ایک لفظ بھی ادا کرنے کے قابل نہیں تھا۔ پھر میں نے لاتعداد شارک مچھلیوں کو اس طرف آتے دیکھا، انسانی گوشت کی خوشبو نے ان کی آنکھوں میں روشنی بھر دی تھی۔

ناٹی لس (Nautilus) آگے بڑھتی چلی گئی مگر ہم تینوں اس کے بعد کئی گھنٹوں تک کے لیے اپنی جگہ جم گئے تھے۔

۲ جنوری کو ہم آسٹریلیا اور نیوگنی کے پانی کے دو بڑے قطعات کی گزر گاہ "ٹورس" پر پہنچے۔ یہ گزر گاہ جہاز رانی کے نقطہ نظر سے دنیا کی خطرناک ترین گزر گاہوں میں سے ایک شمار کی جاتی ہے۔ یہ نہ صرف اس جگہ پر موجود چٹانوں اور پہاڑوں کی وجہ سے خطرناک ہے بلکہ اس کے ساحلی علاقوں کے قریب رہنے والے آدم خور درندوں کی وجہ سے بھی۔

"پانی کا کس قدر خوفناک موڑ ہے۔۔۔۔۔" نیڈ نے خوف سے جھرجھری لیتے ہوئے کہا۔ میں، نیڈ اور کنسیل ناٹی لس (Nautilus) کے عرشے پر بنے پلیٹ فارم سے باہر دیکھ رہے تھے۔

کیپٹن نیمو جہاز چلانے کی جگہ بیٹھا انتہائی احتیاط سے ناٹی لس (Nautilus) کو آگے کی طرف بڑھا رہا تھا اور ان خطرناک سمندری پہاڑیوں سے جہاز آہستہ آہستہ گزر رہا تھا۔ ابھی ہم ٹورس گزر گاہ کے آخری سرے پر تھے کہ اچانک ہمیں اپنے پیروں کے نیچے دھکا سا محسوس ہوا۔ ناٹی لس (Nautilus) سمندری چٹان سے ٹکرا کر زمین کی طرف بیٹھتی چلی گئی۔ کیپٹن نیمو پلیٹ فارم پر ہمارے پاس آیا اور ہمیں یقین دہانی کروائی کہ کوئی نقصان نہیں ہوا ہے۔ اگرچہ ہمیں چٹان کے اوپر رکنا ہو گا، اس وقت تک جب تک سمندری لہریں دوبارہ بلند نہیں ہوتیں اور ایسا ہونے میں شاید پانچ دن لگیں جب مکمل چاند

نکل آئے گا۔

جیسے ہی کیپٹن نیمو نیچے گیا، نیڈ خوشی سے چلایا۔ "ہم زمین سے صرف دو میل کے فاصلے پر ہیں، یہ فرار کا بہترین موقع ہے۔"

"جو زمین تم نے دیکھی ہے وہ نیوگنی کی سرزمین ہے جو آدم خور درندوں کی سرزمین ہے۔" میں نے جواب دیا۔

"مگر کیا ہم وہاں جا کر چند درندوں کا شکار نہیں کر سکتے۔ میں اپنے دانتوں کو گوشت کا مزہ دینے کے لیے بے چین ہوں، کئی مہینے سے مچھلی کھا کھا کر میرا دل اکتا چکا ہے۔" نیڈ بولا۔

میں نیچے کیپٹن نیمو سے ساحل پر شکار کی اجازت لینے گیا اور میرے لیے حیران کن بات یہ تھی کہ وہ راضی ہو گیا، لہٰذا اگلے دن ہم نے اپنی بندوقیں، کلہاڑیاں اور چھوٹی کشتی تیار کر لی۔

سمندر میں دو ماہ گزارنے کے بعد زمین دیکھنے کی خواہش ہمارے جوش و جذبے میں اضافہ کر رہی تھی۔

ہم درختوں، جھاڑیوں میں ادھر سے ادھر بھاگ رہے تھے۔ درختوں سے ہم کیلے، انناس، کھوپرے، آم، گوبھی، پھلیاں وغیرہ توڑ توڑ کر کھا رہے تھے۔ کشتی پر جس قدر سامان سما سکتا تھا، اتنا ہم نے لاد دیا۔

اس کے بعد ہم اپنی اصل غذا یعنی گوشت کی تلاش میں نکلے، ہمیں ایک بڑا جنگلی جانور نظر آ گیا۔ نیڈ نے اسے بندوق کی ایک ہی گولی سے ہلاک کر دیا۔ اس کے بعد اس نے اس کی کھال اتار کر صاف کی، اس کا گوشت کاٹ کر اس کو کئی صاف ستھرے ٹکڑوں میں تبدیل کر دیا۔

ہم ساحل کی طرف واپس ہوئے اور تھوڑی ہی دیر میں آگ جل اٹھی، بھنے ہوئے گوشت کی خوشبو پورے ماحول میں پھیل گئی۔

ہم اپنی دعوت شروع کرنے کے لئے دائرے میں بیٹھ گئے۔ ابھی ہم نے کھانا شروع ہی کیا تھا کہ ہم پر پتھروں اور تیروں کی بارش شروع ہو گئی۔ یہ جنگل کے دوسرے کنارے سے ہو رہی تھی۔

"یہ آدم خور وحشی ہیں فوراً کشتی کی طرف بھاگو۔" کنسیل چلایا۔

جہاز کا عجیب و غریب راز

سیکڑوں آدم خور ہمارا پیچھا کر رہے تھے، اس کے ساتھ ہی تیروں اور پتھروں کی بارش جاری تھی۔ اس بارش سے بچتے بچاتے ہم نے اپنی کشتی میں چھلانگ لگا دی اور تیزی سے ناٹی لس کی طرف تیرنا شروع کر دیا۔ خوش قسمتی سے جزیرے پر کوئی کشتی نہیں تھی، لہٰذا وحشی آدم خور ہمارا پیچھا نہ کر سکے۔

ہم حفاظت کے ساتھ ناٹی لس تک پہنچ گئے اور میں تیزی سے کیپٹن نیمو کے پاس نیچے پہنچا، وہ آرگن پر موسیقی بجانے میں مصروف تھا۔ مجھے دیکھ کر وہ چونکا۔ "آہا! پروفیسر یہ تم ہو۔ تمہاری شکار کی مہم کیسی رہی؟"

"ہم پر جنگلیوں نے حملہ کر دیا تھا۔" میں نے تکلیف سے جواب دیا۔

مگر میری بات سے کیپٹن کے چہرے پر کسی قسم کے حیرت کے تاثرات نہیں تھے۔

"پروفیسر تم زمین میں جس جگہ بھی قدم رکھو گے تمہیں وحشیوں کا سامنا کرنا پڑے گا۔ یہاں بھی اور تمہاری دنیا میں بھی۔"

"لیکن اگر انہوں نے ناٹی لس پر حملہ کر دیا تب؟"

کیپٹن نیمو کچھ دیر خاموش رہا پھر آہستہ سے بولا۔ "اگر نیو گنی کے تمام آدم خور

آجائیں اور وہ مل کر ہم پر حملہ کریں تب بھی وہ ناٹی لس کا کچھ نہیں بگاڑ سکتے۔"

مجھے کیپٹن کی اس بات پر یقین آگیا تھا اس لئے میں اطمینان کے ساتھ اپنے کمرے میں چلا گیا۔

اگلی صبح چھ بجے میں پلیٹ فارم پر جاکر باہر کا منظر دیکھنے لگا۔ سمندر چھوٹی کشتیوں سے بھرا ہوا تھا اور سیکڑوں وحشی ہمارے جہاز کی طرف بڑھ رہے تھے۔

میں تیزی سے نیچے بھاگا تاکہ کیپٹن نیمو کو خبردار کردوں۔ میں نے اس کے کیبن کا دروازہ بجایا اور تیزی سے اندر داخل ہو گیا۔

"تم نے مجھے ڈسٹرب کیا ہے پروفیسر مگر مجھے یقین ہے کہ اس کا کوئی اہم سبب ہو گا۔"

"بہت اہم سر۔" میں نے کہا۔ "ہم پر سیکڑوں جنگلیوں نے حملہ کر دیا ہے۔"

"اوہ؟" اس نے آہستگی سے کہا۔ "مگر ہمیں صرف تمام سوراخ بند کرنے ہوں گے۔ پروفیسر تم تصور بھی نہیں کرسکتے کہ یہ معمولی تیر ہمارے جہاز کو نقصان پہنچاسکتے ہیں جب کہ تمہارے بڑے بڑے توپ کے گولے اس پر ایک نشان بھی نہ ڈال سکے۔"

اس کے بعد وہ اپنے کام میں مصروف ہو گیا اور میں اپنے کیبن کی طرف چلا گیا۔ پورا دن اور پوری رات مجھے ان جنگلیوں کی پلیٹ فارم کے اوپر چلنے کی آوازیں آرہی تھیں، خوف کی وجہ سے مجھے اپنا خون جمتا ہوا محسوس ہو رہا تھا۔

اگلے دن ڈھائی بجے کے قریب کیپٹن نیمو لاؤنج میں آیا اور اس نے اعلان کیا کہ لہریں بلند ہو گئی ہیں اور اب ہم سفر کرنے کے لئے آزاد ہیں۔ ہم اپنے ہوا کے ذخیرے کو تازہ کریں گے اور سفر کے لیے روانہ ہو جائیں گے۔

"مگر جنگلیوں کا کیا کیا جائے؟" میں نے پوچھا۔ "جب تم عرشے کا سوراخ کھولو گے تو

وہ اندر نہیں آجائیں گے ؟"

"موسیو ایرونیکس! کوئی بھی شخص میری اجازت کے بغیر اندر داخل نہیں ہو سکتا لیکن یقیناتم اس بات کو سمجھ نہیں سکو گے۔ میرے ساتھ آؤ۔"

میں کیپٹن کے پیچھے پیچھے راہداری سے ہوتا ہوا سیڑھیوں تک پہنچ گیا۔ ہم عرشے کے سوراخ کو دیکھ رہے تھے جو کھول دیا گیا تھا۔ فوراً ہی بیس کے قریب خوفناک چہرے اس سوراخ سے جھانک کر ہمیں دیکھنے لگے۔ ان جنگلیوں میں سے ایک نے سیڑھی کو پکڑ کر اندر داخل ہونے کی کوشش کی مگر ایک عجیب و غریب قوت نے اس کو باہر پھینک دیا۔ وہ عجیب و غریب زبان میں صلواتیں سناتا ہوا واپس بھاگا۔ دوسرے کئی جنگلیوں نے سیڑھی سے نیچے آنے کی کوشش کی اور اسی انداز سے چیختے ہوئے واپس پلٹ گئے۔

مجھے اندازہ ہو گیا تھا کہ یہ عام لوہے کی سیڑھی نہیں ہے، یہ بجلی سے چارج ہونے والی سیڑھی ہے اور کپتان کی خواہش کے بغیر اگر کوئی شخص اس کو چھوئے گا تو اس کو بجلی کے جھٹکے لگیں گے۔ اب اس بات میں حیرانی کی کوئی بات نہیں تھی کہ وہ کیوں اس طرح چیختے ہوئے واپس بھاگ رہے ہیں۔

اس کے بعد ناٹی لس جنگلیوں سے محفوظ ہو کر اور سمندری چٹانوں سے آزاد ہو کر اپنے سفر پر روانہ ہو چکی تھی۔ دو ہفتوں بعد ہم آسٹریلیا سے مغربی جانب چھ میل کے فاصلے پر تھے۔

ایک صبح جب ہم ہوا لینے کے لیے سطح پر آئے تو میں پلیٹ فارم پر چلا گیا۔ جہاز کے کپتان کا ساتھی وہاں پر پہلے سے موجود تھا، وہ موسم اور فضا کا ہر صبح گہرا جائزہ لیتا تھا۔ اچانک اس نے جہاز کے عرشے کے سوراخ سے نیچے کی طرف جھانکتے ہوئے خوشی سے کیپٹن نیمو کو پکارا۔ تقریباً فوراً کیپٹن نیمو عرشے پر نمودار ہوا۔ وہ ٹیلی اسکوپ پر افق کی

طرف کسی چیز کو تلاش کر رہا تھا۔

میں نے اپنی ٹیلی اسکوپ آنکھوں سے لگالی، اس سے قبل کہ میں اس کے عدسے کو درست کرتا، وہ میرے ہاتھ سے چھین لی گئی۔

میں نے مڑکر دیکھا تو کیپٹن نیمو میرے پیچھے کھڑا تھا۔ اس کی آنکھیں غصے سے چمک رہی تھیں۔ اس کا جسم غصے سے سخت ہو گیا تھا اور اس کے ہاتھ سختی سے جمے ہوئے تھے۔ مگر وہ میری طرف نہیں دیکھ رہا تھا۔

چند لمحوں کے بعد اس کا ٹھنڈا مزاج لوٹ آیا اور وہ کہنے لگا۔ "موسیو ایرونیکس! مجھے آپ کو اور آپ کے ساتھیوں کو کچھ دیر کے لیے قید خانے میں بند کرنا ہو گا۔"

"کیا تم مجھے اس کی وجہ بتانا پسند کرو گے؟" میں نے پریشانی سے پوچھا۔

"نہیں موسیو!! میں آپ کے سوال کا جواب نہیں دے سکتا۔" پانچ منٹ بعد میں، نیڈ اور کنسیل اسی قید خانے میں تھے جس میں ہم نے اپنی پہلی رات گزاری تھی۔ ہمارا کھانا وہیں آگیا اور کیوں کہ ہمارے پاس کرنے کے لئے اور کوئی دوسرا کام نہیں تھا، لہٰذا ہم نے کھانا کھانا شروع کر دیا۔

کنسیل اور نیڈ نے پیٹ بھر کر کھانا کھایا جب کہ مجھے کھانے پر کچھ شک محسوس ہو رہا تھا اس لئے میں بمشکل تھوڑا سا کھانا کھا سکا۔ میں نے دیکھا کہ کنسیل اور نیڈ میز پر سر رکھے گہری نیند میں جا چکے تھے اور میرا سر بھی چکرانا شروع ہو گیا۔ اس کا مطلب ہے کہ کیپٹن نے ہمارے کھانے میں نیند کا پاؤڈر ملا دیا تھا۔ یعنی اس کو اپنے راز کو راز رکھنے کے لئے ہمارا محض قید خانے میں رکھنا کافی نہیں تھا۔

اگلی صبح جب میری آنکھ کھلی تو میں نے اپنے آپ کو اپنے کیبن میں پایا۔ میرا دروازہ بند نہیں تھا، لہٰذا مجھے اندازہ ہو گیا کہ اب میں قیدی نہیں ہوں۔ میں نے اپنے سائنسی

نوٹس لیے، کاپی اور قلم سنبھالا اور لاؤنج میں آ گیا تاکہ ان نوٹس پر کچھ کام کر سکوں۔

شام کے وقت کیپٹن نیمو لاؤنج میں داخل ہوا۔ اس کی سرخ ہوتی ہوئی آنکھوں سے اندازہ ہو رہا تھا کہ وہ گزشتہ رات سویا نہیں ہے اور اس کے چہرے پر اداسی واضح طور پر دیکھی جا سکتی تھی، ایسی اداسی جو اس سے قبل میں نے اس کے چہرے پر نہیں دیکھی تھی۔ کئی منٹ تک ادھر ادھر ٹہلنے کے بعد وہ میرے پاس آیا اور پوچھا۔ "کیا تم ڈاکٹر ہو، موسیو ایرونیکس؟"

"ہاں کیوں؟" میں نے حیرت سے جواب دیا۔ "پیرس میوزیم میں نوکری سے پہلے میں نے کئی سال تک پریکٹس کی ہے۔"

"پھر تم میرے ایک آدمی کا علاج کر دو گے؟"

"کیوں نہیں۔" میں نے کہا اور اس کے ساتھ جہاز کے عملے کے کوارٹروں میں سے ایک شخص کے کمرے میں داخل ہو گیا۔

وہ شخص بستر پر لیٹا تھا اور اس کا منہ پٹیوں سے لپٹا ہوا تھا جن پر خون لگا تھا اور اس کا منہ کسی بہت بھاری چیز سے کچلا ہوا محسوس ہو رہا تھا۔

میں اس کے لیے اس کے سر کی نئی مرہم پٹی کے سوا کچھ نہیں کر سکتا تھا۔ میں مدد تو نہیں کر سکتا تھا البتہ میں گزشتہ رات کی کارروائی اور اس شخص کی حالت کے درمیان تعلق تلاش کرنے کی کوشش کر رہا تھا۔

جب میں نے کیپٹن نیمو سے اس شخص کے زخمی ہونے کی وجہ پوچھی تو وہ تیزی سے بولا۔ "یہ تمہارا معاملہ نہیں ہے۔ تم بس یہ بتاؤ کہ یہ کتنی دیر مزید زندہ رہے گا۔"

"میرا خیال ہے یہ دو گھنٹے کا مہمان ہے۔" میں نے کہا۔

کیپٹن نیمو نے اپنی مٹھیاں سختی سے بھینچ لیں اور اس کی آنکھوں سے آنسو بہنے

لگے۔ ایک مرد کو روتے دیکھنا میرے لیے بہت عجیب و غریب واقعہ تھا۔

اس کے بعد میں کیپٹن نیمو کو اگلی صبح دیکھ سکا۔ میں نے اس سے مرتے ہوئے آدمی کے بارے میں پوچھا۔ جب وہ ہمیں ایک اور سمندری تفریح کے لیے مدعو کرنے آیا تھا۔ نیڈ اور کنسیل اس دعوت نامے کی رضامندی کے لئے اس قدر بے تاب تھے کہ میں مزید ایک لفظ بھی نہ کہہ سکا۔

آدھے گھنٹے کے اندر ہم غوطہ خوری کے لباس میں سمندر کے فرش پر چہل قدمی کر رہے تھے۔ کیپٹن نیمو نے ہماری رہنمائی کی اور درجنوں عملے کے افراد ہمارے پیچھے تھے۔ سطح سے نوے فٹ نیچے کی طرف ایک ہموار ڈھلوان تھی۔ میں نے زندگی میں دو دفعہ کورل مرجان کی ریاست دیکھی۔ کورل جیلی کی طرح کے سمندری جانوروں کے ڈھانچوں سے بنی ہوئی پہاڑیاں ہوتی ہیں۔ ان سمندری مچھلیوں کو مونگرے یا مرجان کہتے ہیں۔ یہ مونگرے سطح سمندر سے کافی نیچے آبادی بنا کر رہتے ہیں اور پھر ان کے ڈھانچے ایک کے اوپر ایک کر کے جمتے چلے جاتے ہیں اور ہوتے ہوتے سمندری چٹان یا جزیرے کی شکل اختیار کر لیتے ہیں۔ یہاں پر سمندر کے نیچے ان مرجان سے پتھروں کا جنگل بن چکا تھا۔ سخت خول والے مونگرے یا مرجان ہزاروں مرجانی جانوروں سے ڈھکے تھے۔ جیسے ہی میں نے ان جھاڑیوں سے پھول توڑنے کی کوشش کی سیٹی کی طرح کے ایک الارم کی آواز بلند ہوئی اور یکایک سفید رنگ کے پھول اپنے سرخ خول کے اندر بند ہو گئے۔ پھولوں والے پودے سخت چٹانی درختوں میں تبدیل ہو گئے۔

مرجان کے اس شاندار باغ کے درمیان میں ایک دائرے میں صاف ستھری ہموار جگہ تھی۔ کیپٹن نیمو اور اس کے ساتھی اس جگہ پر رک گئے اور انہوں نے اس جگہ لمبا سوراخ کرنا شروع کر دیا۔ اپنے اس کام سے فارغ ہو کر چار دوسرے آدمی ایک سفید بنڈل

اپنے کاندھے پر اٹھا کر لائے اور انہوں نے اس بنڈل کو اس سوراخ میں ڈال کر دفن کرنا شروع کر دیا۔ اچانک مجھے خیال آیا کہ کیپٹن نیمو اور اس کے ساتھی اپنے جہاز کے عملے کے فرد کو مرجان کی چٹانوں کے درمیان سمندر کے فرش پر بنے اپنے نجی قبرستان میں دفن کر رہے ہیں۔

جب کیپٹن نیمو اور اس کے ساتھی قبر میں اپنے ساتھی کو دفن کر چکے تو وہ قبر کے گرد گھٹنوں کے بل بیٹھ کر دعا میں مصروف ہو گئے۔ میں، کنسیل اور نیڈ ان کے ساتھ دعا کے لئے جھک گئے۔

ہمارے سروں کو جھکے ہوئے چند منٹ گزرنے کے بعد آخری تقریبات شروع ہوئیں اور اس کے بعد ہم ناٹی لس کی طرف روانہ ہو گئے۔

جب ہم جہاز پر پہنچے تو کیپٹن نیمو نے وضاحت کی کہ وہ زخمی شخص دن میں انتقال کر گیا تھا۔ ہم نے اس کو اپنے پر امن قبرستان میں دفن کر دیا ہے۔

"اس طرح تمہارے مرحوم دوست کا جسم شارک کی دسترس سے محفوظ ہو جائے گا۔" میں نے کہا۔

"ہاں!" اس نے تلخی سے جواب دیا۔ "شارک اور انسانوں کی دسترس سے۔"

سچے موتی اور شارک

فروری کا مہینہ شروع ہو چکا تھا اور ہم بحیرہ ہند کے وسط میں تھے اور ہندی خطے کے آخری کنارے پر واقع سیلون کے ساحل کی طرف پہنچنے والے تھے۔ ایک صبح جب میں سیلون کے متعلق کتاب کے مطالعے میں مصروف تھا تو کیپٹن نیمو میرے پاس چلا آیا۔

"سیلون سچے موتیوں والی مچھلیوں کے شکار کے لیے مشہور ہے۔ کیا تم یہ شکار کرنا پسند کرو گے؟" اس نے مجھ سے پوچھا۔

"کیوں نہیں!! یقیناً۔" میں نے جواب دیا۔

"تو پھر ٹھیک ہے اس شکار کے لیے مارچ کا مہینہ سازگار ہوتا ہے، ابھی ہمیں اس کے لیے ماہی گیر نہیں مل سکتے مگر تمہیں اسی طرح کا مزہ آئے گا جیسا کہ ماہی گیروں کے شکار سے ملتا ہے۔"

"مگر تمہارے ماہی گیر سچے موتیوں والے گھونگھوں کو کیسے پکڑیں گے؟"

"ان کا طریقہ کار بہت سادہ اور قدیم انداز کا ہے۔ غوطہ خور چالیس فٹ نیچے جائیں گے اور اپنی کشتی کو ایک رسی کے ذریعے بھاری پتھر سے باندھ دیں گے۔ ان کے جوتوں کے ساتھ بھاری پتھر بندھے ہوں گے جو انہیں نیچے سے تھامے رکھیں گے اور وہ آسانی سے سیپ والی مچھلیاں جمع کریں گے۔"

"مگر یہ غوطہ خور کسی قسم کے غوطہ خوری کے لباس اور ہوا کے بغیر کتنی دیر تک نیچے رہ سکیں گے؟"

"زیادہ دیر نہیں۔" کیپٹن نے جواب دیا۔ "ہو سکتا ہے کہ کچھ لوگ چند منٹ تک قیام کر لیں، مگر مظلوم مخلوق جب سطح سمندر کے اوپر آتی ہے تو پانی کے دباؤ کی وجہ سے ان کی ناک اور کانوں سے خون بہنے لگتا ہے، اس کے علاوہ ان پانیوں میں شارک کا خطرہ بھی ہوتا ہے۔"

"کیا؟ ہمیں یہاں پر شارک مچھلی کا خطرہ بھی ہے۔" میں خوف سے چلایا۔

"بالکل!! مگر تمہیں شارک مچھلی کا شکار دیکھنے میں بہت مزہ آئے گا۔"

کیپٹن نیمو جیسے ہی کمرے سے نکلا، میرے جسم سے ٹھنڈے پسینے بہنا شروع ہو گئے۔ شارک۔۔۔۔۔۔ میں نے اپنے ماتھے سے پسینہ پونچھا اور سیلون کے متعلق کتاب کے مطالعے میں دوبارہ مصروف ہو گیا۔ میں ہر سطر کو غور سے پڑھنے کی کوشش کر رہا تھا

مگر کتاب کے حروف سے مجھے شارک مچھلی کے خوفناک جبڑے جھانکتے نظر آرہے تھے۔

اسی وقت نیڈ اور کنسیل دھڑ سے اندر داخل ہوئے۔

"ہمیں ایک بہت اچھا دعوت نامہ ملا ہے تمہارے کیپٹن کی طرف سے۔" نیڈ خوشی سے چلایا۔

"اوہ!! تو تمہیں پتہ چل گیا؟"

"ہاں!!" کنسیل نے جواب دیا۔

"کیپٹن نے ہمیں سیلون کے شاندار پرل فشری کے شکار پر مدعو کیا ہے۔"

"اس نے تمہیں کچھ اور نہیں بتایا؟"

"نہیں صرف یہ بتایا ہے کہ یہ بہت دلچسپ ہو گا۔"

مجھے اندازہ ہو گیا کہ کیپٹن نیمو نے انہیں شارک مچھلی کے بارے میں کچھ نہیں بتایا تو کیا مجھے بتانا چاہیے؟ اسی اثناء میں کنسیل نے مجھ سے سوال کر دیا کہ سیپ کیسے بن جاتے ہیں اور اس پر میں اپنا ذہن شارک سے ہٹانے پر اس کا شکر گزار تھا۔ لہٰذا میں نے سچے موتیوں یا پرل پر اپنا لیکچر شروع کر دیا۔

"سیپ دراصل چھوٹے چھوٹے سمندری جانور ہیں جو کہ ایک نرم سے گوشت سے دو خول کی صورت میں آپس میں جڑے ہوتے ہیں۔ بعض اوقات اس کے اندر چھوٹی سی سمندری مخلوق داخل ہو جاتی ہے یا ریت کا باریک سا ذرہ داخل ہو جاتا ہے اور سیپ کے گوشت سے رگڑنا شروع ہو جاتا ہے، خود کو بچانے کے لیے Oyester سیپ اس چیز کو ڈھانکنے کے لئے سخت خول خارج کرنا شروع کر دیتا ہے اور یہ خول تہہ در تہہ موٹا ہونا شروع ہوتا ہے اور اس میں شارک بن جاتی ہے۔"

"شارک؟؟" نیڈ چلایا۔

"کیا میں نے شارک کہا ہے؟ میرا مطلب تھا موتی۔۔۔۔۔۔"

"کیا کسی سیپ کے اندر ایک سے زیادہ موتی بھی بن جاتے ہیں؟" کنسیل نے سوال کیا۔

"ہاں۔۔۔۔۔۔ بعض سیپ میں کئی شارک ہوتے ہیں۔"

"تمہارا مطلب ہے موتی۔" کنسیل نے تعجب سے کہا۔

"ہاں بھئی۔۔۔۔۔۔ موتی۔۔۔۔۔۔ ویسے تم لوگوں کو شارک مچھلی سے ڈر تو نہیں لگتا؟"

"مجھے؟؟" نیڈ نے جواب دیا۔ "میں اس پر ہنس سکتا ہوں۔ میں ایک طویل عرصے تک ہارپون باز رہا ہوں۔"

"میں کسی سمندر کے عرشے سے اس پر تیر چلانے کی بات نہیں کر رہا ہوں۔" میں نے وضاحت کی۔

"اس کا مطلب ہے کہ ہم۔۔۔۔۔۔" نیڈ نے اپنا سوال مکمل نہیں کیا۔

"ہاں تم درست سمجھ رہے ہو۔۔۔۔۔۔ پانی کے اندر۔۔۔۔۔۔۔ تم کیا کرو گے کنسیل؟"

"اگر موسیو آپ جانے کے لیے تیار ہیں تو میں بھی اس کا سامنا کرنے کے لیے تیار ہوں۔"

اگلی صبح ہم خاموش بیٹھے تھے کیونکہ ہم جن کشتیوں میں سوار تھے وہ ہم کو سیپیوں والی مچھلیوں کے ذخیرے کی طرف بہا کر لے جا رہی تھیں۔ ہم ساحل سے کوئی تین میل کے فاصلے پر ہوں گے کہ کپتان نیمو نے لنگر گرانے کا حکم جاری کر دیا۔ ہم نے غوطہ خوری کے لباس پہنے ہوئے تھے۔ کیپٹن نیمو نے میرے ہاتھ میں ایک چھری تھما دی۔

"یہ تمہارے لیے بندوق سے زیادہ کارآمد ہوگی۔"

نیڈ اور کنسیل کے پاس بھی چھریاں تھیں۔ اس کے ساتھ ہی نیڈ کے پاس بڑے بڑے نیزے (ہارپون) بھی تھے۔ جہاز کے عملے نے ہمیں چھوٹی کشتی سے اترنے میں مدد دی اور ہم سمندر سے فرش کی طرف کیپٹن کی رہنمائی میں روانہ ہوگئے۔ ہمارے ارد گرد چٹانوں میں صدف والے لاکھوں سیپ چپکے پڑے تھے۔ ہم سب اس خزانے سے اپنے تھیلے بھرنے کے لیے بے چین ہوگئے۔

کیپٹن نیمو نے اس جگہ سے کچھ فاصلے پر ایک نشان کی طرف اشارہ کیا اور بتایا کہ یہ غالباً انڈین غوطہ خور تھا اور عام شکار کے دنوں میں باقاعدگی سے سیپ کے شکار کے لئے آتا ہے۔ اس نے ہمارے سامنے کئی دفعہ سیپ کے لیے غوطے لگائے مگر ابھی وہ ایک سیپ کو پھاڑ کر اس میں سے موتی نکالنے کی کوشش کر رہا تھا کہ ہمیں اس کے چہرے پر دہشت کا سایہ لہراتا ہوا نظر آیا۔ ایک خوفناک شارک اس کی طرف بڑھ رہی تھی۔ مجھے اس کی دہشت کی وجہ سمجھ آگئی، میں اپنی جگہ پر جم کر رہ گیا۔ شارک انڈین کو ہلاک کرنے کے لیے جیسے ہی آگے بڑھی، اس نے شارک کے جبڑوں سے بچتے ہوئے دوسری طرف چھلانگ لگائی مگر شارک کی طاقت ور دم اس کے سینے سے ٹکرائی اور وہ سمندر کے فرش پر گرتا چلا گیا۔

ابھی شارک اس انڈین کے حصے بخرے کرنے کے لیے آگے بڑھی ہی تھی کہ کیپٹن نیمو نے تیزی سے آگے چھلانگ لگائی۔ اپنے ہاتھ میں تیز دھار خنجر لے کر وہ اس عفریت سے مقابلے کے لیے تیار کھڑا تھا۔

شارک نے جب ایک نیا شکار دیکھا تو وہ اس کی طرف بڑھی۔ ابھی وہ کیپٹن سے محض ایک انچ کے فاصلے پر تھی، کیپٹن نے اپنا خنجر اس کے پیٹ میں گھونپ دیا۔ شارک

کے جسم سے خون کا فوارہ بہہ نکلا اور سمندر سرخ ہونے لگا۔

مگر ابھی تک شارک میں لڑنے کا دم تھا۔ بہادر کیپٹن نے اس کے پر کو پکڑا اور اس کے پیٹ میں بار بار خنجر گھونپنے لگا، مگر وہ اس کے دل کے مقام پر وار نہیں کر پا رہا تھا کہ اس طرح اسے آسانی سے ہلاک کر دیتا۔

پھر اچانک شارک نے اپنا وزن کیپٹن پر ڈالا اور اس کو فرش پر دبوچ دیا۔ شارک کے کھلے ہوئے جبڑے کیپٹن کو دو حصوں میں تقسیم کرنے کے لئے تیار تھے۔ اس لمحے میں نیڈ آگے بڑھا اور اس نے اپنے تیر سے اس پر وار کر دیا۔ شارک ایک خوفناک آواز کے ساتھ تھوڑی دیر تڑپی اور پھر ساکت ہو گئی۔

کیپٹن نیمو انڈین کی طرف بڑھا اور اس کو اپنے بازوؤں میں تھام کر سطح سمندر کی طرف لے گیا۔

ہم تینوں ماہی گیر کی کشتی تک اس کے پیچھے گئے۔ کیپٹن نیمو نے اس شخص کو مصنوعی تنفس دیا اور جلد ہی اس نے آنکھیں کھول دیں۔ وہ اپنے اوپر چار ہیلمٹ والوں کو جھکے ہوئے دیکھ کر کس قدر حیران ہوا ہو گا اور اس وقت وہ مزید حیران ہوا ہو گا جب کیپٹن نیمو نے سچے موتیوں سے بھرا ہوا تھیلا اس کے حوالے کیا۔ ہم اس انڈین کو حیران پریشان چھوڑ کر اپنی چھوٹی کشتی کی طرف بڑھ گئے۔

کیپٹن نیمو نے اپنا ہیلمٹ اتارتے ہی نیڈ کی طرف دیکھا اور کہا، "میری جان بچانے کا شکریہ۔"

ہماری کشتی جب ناٹی لس کی طرف بڑھ رہی تھی تو ہمیں راستے میں شارک کی لاش سطح پر تیرتی ہوئی نظر آئی، یہ تقریباً پچیس فٹ طویل تھی اور اس کا بہت بڑا سا منہ تھا جس میں دانتوں کی چھ قطاریں تھیں جو کہ اس کے جسم کے ایک تہائی حصے پر مشتمل تھے۔

چند لمحوں بعد درجنوں شارک نمودار ہوئیں اور اس مردہ شارک کے گوشت کے لیے جھپٹ پڑیں اور آپس میں لڑنے لگیں۔

ناٹی لس پر پہنچنے کے بعد میں نے ضروری سمجھا کہ اس انڈین کی زندگی بچانے پر میں اس کی تعریف کروں۔ میری تعریف پر اس نے کپکپاتی ہوئی آواز میں کہا۔

"یہ انڈین اس سرزمین پر رہتا ہے جہاں اس کی قوم کے لوگوں پر دوسرے لوگ ظلم کرتے ہیں۔ اس نسل سے تعلق رکھنے والے لوگوں کی مدد اپنی موت تک کروں گا۔"

مختلف سمندری بلاؤں کے ساتھ خونی تصادم کے بعد میں اس نتیجے پر پہنچا تھا کہ اب میرا ناٹی لس پر مزید قیام ناممکن ہے مگر میں آخری دفعہ کیپٹن سے مل کر یہ کوشش کرنا چاہتا تھا کہ کیپٹن خود مجھے یہاں سے رخصت کرے۔

میں نے اسے اس کے کیبن میں پالیا۔ وہ میز پر بیٹھا کچھ لکھنے میں مصروف تھا۔ میرے داخل ہونے پر اس نے ناگواری سے میری طرف دیکھا اور بولا۔

"تم یہاں کیا کر رہے ہو؟ جبکہ تمہیں معلوم ہے کہ میں کام میں مصروف ہوں۔"

"کیپٹن۔۔۔۔۔۔"میں پرسکون انداز میں گویا ہوا۔"میں تم سے وہ بات کرنا چاہتا ہوں جس کے لیے میں مزید انتظار نہیں کرسکتا۔"

"موسیو ایرونیکس! جو کام میں کر رہا ہوں وہ بھی انتظار نہیں کرسکتا۔ یہ کتاب جو میں لکھ رہا ہوں اس میں سمندر کے متعلق میری معلومات کا پورا خزانہ ہے۔ اس کتاب میں میرا اصل نام ہے اور یہ میری زندگی کے تمام کارناموں اور واقعات کا احاطہ کرے گی۔ میں اس کو ایک چھوٹے تیرنے والے صندوق میں بند کردوں گا اور اس کو وہ شخص سمندر میں پھینکے گا جو ناٹی لس میں بچ جانے والا آخری شخص ہوگا۔ اس وقت جب ناٹی لس اپنے اختتام پر ہوگی۔"

"کیپٹن میں اس بات سے پورا اتفاق کرتا ہوں کہ تمہارے مشاہدے اور مطالعے کو ضائع نہیں ہونا چاہیے، مگر اس بات کا کیا بھروسہ ہے کہ سمندر کی لہریں اس صندوق کو کس جگہ لے کر جائیں گی۔ ہو سکتا ہے میں اس کتاب کو زیادہ حفاظت سے رکھوں، اگر تم ہمیں آزاد کرتے وقت اسے ہمارے حوالے کر دو۔"

"ڈاکٹر ایرونیکس!" وہ چلایا۔ "میں پھر وہی بات دہراؤں گا جو میں نے چودہ ماہ قبل کہی تھی کہ کوئی بھی شخص اگر ایک دفعہ ناٹی لس میں داخل ہو جائے تو اس کا یہاں سے نکلنا ناممکن ہے۔ اب یہاں سے جاؤ اور آئندہ اس موضوع پر مجھ سے گفتگو کرنے کی کوشش نہ کرنا۔"

یہ گفتگو میں نے اپنے دوستوں کے سامنے دہرائی تو وہ دونوں اس بات پر متفق تھے کہ ہمیں جلد از جلد ناٹی لس سے فرار ہو جانا چاہیے، کیونکہ اس وقت ہم نیویارک کے ساحل سے محض چند میل کے فاصلے پر تھے۔ یہ فرار کے لئے بہترین موقع تھا۔

مگر اندھیرا ہونے سے قبل ہی نیویارک کو طوفان نے گھیر لیا۔ بارش تیز ہو رہی تھی اور سو میل فی گھنٹہ کی رفتار سے ہوائیں چل رہی تھیں۔

شمالی اوقیانوس کی طرف سے طوفان آ رہے تھے۔ ہم سب مایوس ہو چکے تھے کیونکہ ناٹی لس اب مشرقی سمندر کی طرف بڑھ رہا تھا۔

یکم جون کو ہم آئرلینڈ کے ساحل سے سو میل کے فاصلے پر تھے اور سطح سمندر پر سفر کر رہے تھے۔ میں لاؤنج میں بیٹھا مطالعے میں مصروف تھا کہ میں نے جہاز سے باہر ایک دھماکے کی آواز سنی۔ میں تیزی سے اوپر گیا تو میں نے دیکھا کہ نیڈ اور کنسیل دونوں وہاں پہلے سے موجود تھے۔

"وہ ہم پر گولیاں چلا رہے ہیں!!" نیڈ چلایا، اس نے چھ میل دور ایک پانی کے جہاز

کی طرف اشارہ کیا۔ یہ جنگی سمندری جہاز محسوس ہو رہا تھا اور میرا خیال تھا کہ اس منحوس ناٹی لس کی طرف آکر ڈوب جائے گا۔

اس کے فوراً بعد ایک اور گولی پانی کے اندر ٹکرائی۔

"وہ ہم پر گولیاں کیوں چلا رہے ہیں؟" میں چلایا جب کہ ہم نے اس پر گولی بھی۔۔۔۔۔" پھر اچانک ہی میرے ذہن میں آیا کہ کمانڈر فراگوت نے دنیا بھر کو بتا دیا ہوگا کہ ہم جس چیز کو نارو ہیل سمجھ رہے ہیں وہ دراصل ایک آبدوز sub Marine ہے اور اب یہ جنگی جہاز ہر سمندر میں ہر جگہ اس خوفناک جہاز کی تلاش میں ہوں گے۔

آخر کار میں نے اس بات کو تسلیم کر لیا کہ کیپٹن نیمو ناٹی لس کو دنیا سے انتقام کے لیے استعمال کر رہا ہے۔ وہ پانی کے جہازوں پر ان کے ملک کی تخصیص کے بغیر حملہ کرتا ہے اور اس رات اس نے ہمیں قید خانے میں بے ہوش کر کے اس لیے ڈال دیا تھا کہ ہم اس کے حملے کے راز کو نہ جان سکیں اور مرجان کے قبرستان میں دفن اس کے سپاہی دراصل ان لڑائیوں میں ہلاک ہونے والے سپاہی ہیں۔ اب اس حوالے سے مزید کسی وضاحت کی ضرورت نہیں تھی مگر کیپٹن نیمو کی زندگی کے کچھ گوشے ابھی تک راز تھے۔

"ہو سکتا ہے ہم انہیں اشارہ کر سکیں کہ ہم ان کے دوست ہیں۔" نیڈ نے کہا۔ "ہو سکتا ہے کہ وہ جان لیں کہ ہم ان کے دوست ہیں۔" اس نے اپنا رومال ہوا میں لہرانے کے لیے نکالا ہی تھا کہ ایک سخت ہاتھ نے اسے پکڑ لیا۔

"بے وقوف لوگو!" کیپٹن نیمو بولا۔ "کیا تم چاہتے ہو کہ میں تمہیں ناٹی لس کی دیواروں میں جکڑ دوں؟ فوراً نیچے جاؤ، تم سب۔"

"کیپٹن! میں نے احتجاج کیا۔ کیا تم واقعی اس جہاز پر حملہ کرنے جا رہے ہو؟"

کیپٹن نیمو کا چہرہ غصے سے تن گیا اور وہ بولا۔ "موسیو میں اسے ڈبونے جا رہا

ہوں۔ انہوں نے مجھ پر حملہ کیا ہے مگر میرا حملہ ان سے زیادہ خطرناک ہو گا۔ یہ تمام ہلاک ہو جائیں گے۔ یہ تمام قاتل ہیں اور میں ان کا نشانہ ہوں۔ ان ہی کی وجہ سے میں ہر چیز سے محروم ہوا ہوں۔ جن سے میں کبھی محبت کرتا تھا میرا ملک، میری بیوی، میرے بچے، میرا باپ، میں نے ان سب کو مرتے دیکھا! میں وہاں کی ہر چیز سے نفرت کرتا ہوں! اب اپنا منہ بند رکھو اور نیچے جاؤ۔"

ہم اپنے کیبن کی طرف دوڑتے چلے گئے۔ دروازہ بند ہوتے ہی میں نے سرگوشی کی۔ "ہمیں لازمی طور پر فرار کی کوشش کرنی چاہیے۔ وہ پاگل ہو چکا ہے۔ ہمیں اس جہاز کو مطلع کرنا چاہیے۔"

"ہمیں اندھیرا ہونے سے پہلے اس جگہ کو چھوڑنے کی تیاری کر لینی چاہیے۔" نیڈ نے کہا۔

رات ہو گئی مگر ہمیں میں فرار کا موقع نہیں ملا۔ کیپٹن نیمو صبح ہونے تک جہاز کے عرشے پر ہی رہا، جب جنگی جہاز کی توپوں نے گولہ باری شروع کر دی۔

کیپٹن نیمو نے جہاز کو غوطہ لگانے کا حکم دیا۔ مجھے اندازہ ہو گیا تھا کہ وہ جنگی جہاز کو اس کے نچلے حصے کی طرف سے ضرب لگانا چاہتا ہے جو حصہ اسٹیل کی چادروں سے ڈھکا نہیں ہو گا۔

"میرے دوستو!" میں نے اپنے دوستوں نیڈ اور کنسیل کو مخاطب کیا۔ "یہ دو جون کی خوفناک تاریخ ہے۔ خدا ہم کو محفوظ رکھے۔"

ناٹی لس کی رفتار خوف ناک حد تک تیز ہو گئی تھی اور اس کا پورا ڈھانچہ لرز رہا تھا۔ اچانک مجھے اس پر ایک دھکا سا محسوس ہوا، پھر مجھے ایسا محسوس ہوا کہ اسٹیل کی کوئی چیز کسی چیز کے اندر رگڑ کر گھستی چلی جا رہی ہے۔ ناٹی لس جنگی جہاز کے ڈھانچے کے آر پار

گھس چکی تھی جس طرح کوئی سوئی کپڑے سے گزرتی ہے۔اس طرح اب میں اس سے زیادہ انتظار نہیں کر سکتا تھا۔میں لاؤنج کی طرف بھاگا،میں اپنے حواسوں میں نہیں تھا۔کیپٹن نیمو وہیں کھڑا کھڑکی سے باہر کی طرف دیکھ رہا تھا، جہاں ایک بڑا جنگی جہاز سمندر کی سطح سے نیچے تہہ میں ڈوب رہا تھا اور ناٹی لس اس کی موت کی جدوجہد دیکھنے کے لئے اس کے پیچھے پیچھے تھی۔جہاز میں سوار ملاحوں نے جہاز کے ٹکڑوں تک پہنچ کر جان بچانے کی کوشش کی مگر پانی کی طاقتور لہروں نے ان کی تمام کوششیں ناکام بنادیں اور لہریں انہیں گہرائی میں لے جاتی چلی گئیں۔

میں یہ سارامنظر دہشت زدہ ہو کر دیکھ رہا تھا، مجھے اپنی سانسیں رکتی ہوئی محسوس ہو رہی تھیں۔کیپٹن نیمو واپس مڑا اور کیبن کا دروازہ کھول کر ایک طرف کو چلا گیا۔کھلے دروازے سے میں نے دیکھا کہ اس کے ہاتھ میں ایک نوجوان عورت اور دو معصوم بچوں کی تصویر ہے۔وہ اس تصویر کو کئی منٹ تک دیکھتا رہا اور پھر اس نے تصویر کو بھینچ کر سینے سے لگالیا۔تصویر اب بھی اس کے ہاتھ میں تھی اور وہ گھٹنوں کے بل بیٹھا گہری اداسی اور خاموشی میں ڈوبا ہوا تھا۔ناٹی لس اپنے راستے پر اس طرح محو سفر تھی جیسے ابھی کچھ بھی نہ ہوا ہو مگر میرا کیپٹن نیمو سے خوف کا احساس ابھی تک تازہ تھا۔اس کے ساتھیوں نے اس کو کتنا ہی نقصان پہنچایا ہو مگر اسے یہ حق حاصل نہیں کہ وہ دوسروں کے ساتھ اس طرح کا برتاؤ کرے۔

ہم اگلے بیس دنوں تک سمندر کی گہرائیوں میں رہے، اس دوران میں نے کیپٹن کو ایک دفعہ بھی نہیں دیکھا۔اب نقشے پر ناٹی لس کی پوزیشن بھی نشان زدہ نہیں کی جارہی تھی، اس لیے اب ہمیں اندازہ نہیں تھا کہ ہم کس مقام پر ہیں۔ایک صبح میری آنکھ کھلی تو میں نے دیکھا کہ نیڈ میرے اوپر جھکا ہوا ہے۔وہ بہت دھیمی میں آواز میں بول رہا

تھا۔ "فرار کا وقت آگیا ہے۔ میں عرشے پر گیا تھا جب ہم سمندر کی سطح پر تھے۔ ہم خشکی کے علاقے سے مشرقی سمت سے کوئی بیس میل کے فاصلے پر ہوں گے۔ آج رات دس بجے ہم چھوٹی کشتی پر ملیں گے۔"

"میں لازمی وہاں پہنچ جاؤں گا نیڈ۔" میں نے جواب دیا۔

آج کا پورا دن مجھے اس جہاز پر اپنا آخری دن محسوس ہو رہا تھا۔ میں خوف سے اپنا کیبن نہیں چھوڑ رہا تھا کہ کہیں میری ملاقات کیپٹن نیمو سے نہ ہو جائے، کیونکہ میرے دل میں ابھی تک اس کی دہشت طاری تھی۔ مگر رات کے سات بجے میں لاؤنج میں گیا تا کہ یہاں پر ذخیرہ کیے گئے مظاہر قدرت اور فن پارے آخری دفعہ دیکھ سکوں۔ مجھے یہ سوچ کر افسوس ہو رہا تھا کہ یہ انمول خزانہ ایک دن بیچ سمندر میں تباہ ہو جائے گا، مع اس شخص کے جس نے اسے جمع کیا ہے۔

میں اپنے کیبن میں واپس آیا اور موٹے سمندری کپڑے پہن لیے۔ میں نے اپنے تمام نوٹس جمع کئے اور ان کو اپنی جیکٹ کی اندرونی جیب میں احتیاط سے لگالیا۔ میرا دل تیزی سے دھڑک رہا تھا اور میں اپنے اعصاب پر قابو پانے میں ناکام ہو رہا تھا۔

گزشتہ رات میں اپنے بستر پر کچھ دیر کے لیے آرام کرنے کی کوشش کرنے لگا۔ اس مہینے کے واقعات ایک ایک کر کے میری نظروں کے سامنے گھومنے لگے۔ سب سے پہلے ابراہام لنکن جہاز کا تباہ ہونا، سمندر کی گہرائیوں میں مچھلیوں کا شکار، ٹورس کی بندرگاہ سے گزرنا، نیوگنی پر آدم خوروں کا حملہ، مرجان کا قبرستان، انڈین غوطہ خور کا واقعہ اور دوسرے واقعات ایک ایک کر کے مجھے یاد آنے لگے۔

ان ہی سوچوں میں تقریباً دس بج چکے تھے۔ میں نے اپنے کیبن کا دروازہ آہستگی سے کھولا اور راہداری سے لاؤنج کی طرف رینگتا ہوا جانے لگا۔ کیپٹن نیمو کے کمرے سے اداس

اور نرم سے نغمے کی دھن کی آواز آرہی تھی۔ اس کا مطلب تھا کہ کیپٹن نیمو کمرے کے اندر تھا اور مجھے اس سے گزر کر جانا تھا۔

میں نے خاموشی سے اندھیرا کمرہ پار کیا۔ جیسے ہی میں لائبریری کے دروازے کے قریب پہنچا، کیپٹن نیمو کے موسیقی کے آرگن کی آواز ایک دم تیز ہوئی اور آخری الفاظ جو میں نے اپنی زندگی میں آخری دفعہ کیپٹن نیمو کے سنے:

"بس، بس اے عظیم و برتر خدا۔"

"کیا وہ اپنے کیے پر شرمندہ ہے؟" میرے پاس مزید کچھ سوچنے کا وقت نہیں تھا۔ میں لائبریری سے تیزی سے باہر نکلا، دوسرے راستوں سے ہوتا ہوا چھوٹی کشتی میں سوار ہو گیا۔

نیڈ اور کنسیل نے کشتی کے سوراخ کو پیچ سے کسا اور جب وہ اس پیچ کو ڈھیلا کرنے کی کوشش کر رہا تھا جس کے ذریعے چھوٹی کشتی آبدوز سے بندھی ہوئی تھی، ہم نے ناٹی لس کے اندر سے چند لوگوں کو تیز آواز میں باتیں کرتے محسوس کیا۔

کیا کسی کو ہمارے فرار کا علم ہو گیا ہے؟ کیا وہ ہمیں تلاش کر رہے ہیں؟ نہیں! جو لفظ جہاز کا عملہ بار بار دہرا رہا تھا وہ "میل اسٹروم! میل اسٹروم" تھا۔

میل اسٹروم! شاید کسی ملاح کے لیے اس سے زیادہ تکلیف دہ لفظ کوئی نہیں ہو گا۔ یہ ناروے کے قریب کا ساحل ہے جہاں دنیا کے سب سے خطرناک بھنور پائے جاتے ہیں۔ اس کی تند لہروں سے کوئی بھی جہاز سلامت نہیں رہا ہے۔ تو کیا ہم جیسے ہی ناٹی لس سے فرار ہوئے تھے وہ فوراً ہی اس طرف چلی گئی تھی۔

کیا ناٹی لس میل اسٹروم میں حادثاتی طور پر پھنسی تھی یا یہ کیپٹن نیمو کی ارادی حرکت تھی۔ میرے پاس مزید سوچنے کا وقت نہیں تھا۔ ناٹی لس کی حرکت چھوٹے سے

چھوٹے دائرے میں محدود ہوتی جارہی تھی، ہماری چھوٹی کشتی ابھی تک ناٹی لس سے منسلک تھی جو کہ ناقابل یقین رفتار کے ساتھ گھوم رہی تھی۔ ہم بری طرح خوف زدہ تھے اور ہمارے خون منجمد ہو گئے تھے، ہمارے اعصاب شل ہو چکے تھے۔ ہم موت کے دہانے پر کھڑے تھے۔

"ہمیں بولٹ کو دوسری طرف گھمانا ہو گا، ہمارے پاس واحد راستہ یہی ہے۔"

اس سے قبل کہ ہم اپنا کام ختم کرتے ایک زوردار چٹخنے کی آواز آئی۔ بولٹ ٹوٹ چکا تھا۔ ہماری چھوٹی کشتی ناٹی لس جہاز سے علیحدہ ہو چکی تھی اور بھنور نے ہم کو مرکز گریز قوت سے باہر کی طرف پھینک دیا جیسے غلیل سے پتھر دور نکلتا ہے۔

میرا سر کشتی کی دیوار سے ٹکرایا اور میں بے ہوش ہو کر گر پڑا۔

اس رات ایسا کیا ہوا تھا جس کی وجہ سے ہم بھنور سے بچ نکلے، اس بارے میں نہ تو میں، نہ نیڈ اور نہ ہی کنسیل کچھ کہہ سکتے ہیں۔ جب میں ہوش میں آیا تو میں نے خود کو ایک ماہی گیر کے جھونپڑے میں پایا۔ یہ ناروے سے کچھ فاصلے پر واقع ایک جزیرہ تھا۔ جب میں نے آنکھ کھولی تو میرے دونوں دوست میرے گلے لگ گئے۔

اس طرح ہمارا سمندر کے اندر تیس ہزار میل کا سفر ختم ہوا۔

کیا لوگ میری بات پر یقین کریں گے؟ ہو سکتا ہے لوگ میری بات پر یقین نہ کریں لیکن سمندر میں دس مہینے گزارنے کے بعد میں نے سمندر کے بے شمار عجائبات دیکھ لیے۔

ناٹی لس کے ساتھ کیا ہوا؟ کیا وہ میل اسٹروم کے بھنور سے بچ نکلنے میں کامیاب ہو گئی، کیپٹن نیمو ابھی تک زندہ ہے؟ اگر ایسا ہے تو اس کے اس خوف ناک انتقام کی آگ بجھ گئی ہے؟ کیا وہ دن آئے گا جب سمندر سے وہ کتاب مل جائے گی جس میں اس کی زندگی کی کہانی درج ہے؟ کیا میں کبھی اس کا اصل نام جان سکوں گا؟

مجھے اس بات کی بھی امید ہے کہ ناٹی لس اس خوف ناک بھنور سے بچ نکلنے میں کامیاب ہو گیا ہو گا۔ اگر ایسا ہو گیا ہو اور کیپٹن نیمو ابھی تک زندہ ہو تو میں اپنے دل کی گہرائیوں سے یہ چاہتا ہوں کہ اس کے دل سے دنیا کے لیے نفرت ختم ہو جائے۔ میری خواہش ہے کہ وہ سمندر کی جستجو پر امن انداز میں جاری رکھے اور اپنی وسیع سائنسی معلومات کا ذخیرہ پوری دنیا کے سامنے پیش کرے جو پوری انسانیت کے لیے فائدہ مند ہو۔

***

منتخب دلچسپ کہانیوں کا ایک اور مجموعہ

مسافر کہانیاں

مرتبہ : سید حیدرآبادی

بین الاقوامی ایڈیشن جلد منظر عام پر آرہا ہے